TRANSCENDENTE

Lesley Livingston

TRANSCENDENTE

Um Romance da Saga Starling

Tradução
MARTHA ARGEL
HUMBERTO MOURA NETO

Título do original: *Transcendent*.

Copyright © 2015 Lesley Livingston.

Copyright da edição brasileira © 2016 Editora Pensamento-Cultrix Ltda.

Texto de acordo com as novas regras ortográficas da língua portuguesa.

1ª edição 2016.

Todos os direitos reservados. Nenhuma parte desta obra pode ser reproduzida ou usada de qualquer forma ou por qualquer meio, eletrônico ou mecânico, inclusive fotocópias, gravações ou sistema de armazenamento em banco de dados, sem permissão por escrito, exceto nos casos de trechos curtos citados em resenhas críticas ou artigos de revistas.

A Editora Jangada não se responsabiliza por eventuais mudanças ocorridas nos endereços convencionais ou eletrônicos citados neste livro.

Esta é uma obra de ficção. Todos os personagens, organizações e acontecimentos retratados neste romance são também produtos da imaginação do autor e são usados de modo fictício.

Editor: Adilson Silva Ramachandra
Editora de texto: Denise de Carvalho Rocha
Coordenação editorial: Roseli de S. Ferraz
Preparação de originais: Marta Almeida de Sá
Produção editorial: Indiara Faria Kayo
Editoração eletrônica: Join Bureau
Revisão: Bárbara C. Parente

Dados Internacionais de Catalogação na Publicação (CIP)
(Câmara Brasileira do Livro, SP, Brasil)

Livingston, Lesley
    Transcendente : um romance da saga Starling / Lesley Livingston ; tradução Martha Argel, Humberto Moura Neto. – São Paulo : Jangada, 2016.

    Título original: Transcendent
    ISBN: 978-85-5539-064-7

    1. Ficção canadense 2. Ficção fantástica I. Título.

16-06205   CDD-813

Índices para catálogo sistemático:
1. Ficção : Literatura canadense em inglês   813

Jangada é um selo editorial da Pensamento-Cultrix Ltda.
Direitos de tradução para o Brasil adquiridos com exclusividade pela
EDITORA PENSAMENTO-CULTRIX LTDA., que se reserva a
propriedade literária desta tradução.
Rua Dr. Mário Vicente, 368 – 04270-000 – São Paulo, SP
Fone: (11) 2066-9000 – Fax: (11) 2066-9008
http://www.editorajangada.com.br
E-mail: atendimento@editorajangada.com.br
Foi feito o depósito legal.

Para Laura

I

—**I**sto não está certo — Mason Starling murmurou baixinho, enquanto se ajoelhava ao lado do vulto caído no centro de um círculo de sangue que se espalhava rapidamente.

O piso de pedra por baixo dela estremeceu com o terremoto. Em seus ouvidos ecoaram os gritos da multidão envolta em túnicas brancas, reunida no terraço que se projetava sobre as ruas de Manhattan — ruas tomadas pelo caos, banhadas com a maldição de sangue que havia transformado a cidade numa terra devastada e adormecida.

Nada daquilo importava.

Naquele momento, Mason nem sequer percebia qualquer coisa.

— Sou a que escolhe os mortos... — As palavras emanavam como fumaça por entre os lábios dela, mas sua mente mal registrava que haviam saído de sua própria boca. — Esta *não* foi minha escolha.

— Nem a minha, querida — sussurrou Fennrys. — Não desta vez...

Uma gota de sangue surgiu por entre o sorriso sutil nos lábios dele e escorreu pela lateral de seu rosto; o vermelho fazia um contraste chocante com a palidez que dominara sua pele branca. Aquilo despertou fogo e ira no coração de Mason, e o rugido da revolta soou tão ensurdecedor em sua cabeça que ela achou que seu crânio explodiria.

O estrondo de um trovão rompeu a noite.

O corvo, empoleirado na lança que Mason segurava, soltou um grito. A mente dela entrou em foco subitamente quando a ave lançou-se na escuridão lúgubre do céu tempestuoso. Mason olhou horrorizada para a lança de Odin, empunhada por sua mão blindada, e com um grito de indignação atirou-a longe. A arma chocou-se contra o altar de mármore negro onde Roth, o irmão mais velho de Mason, jazia amarrado, sangrando, arfando, murmurando pedidos de desculpa pelo assassinato que havia cometido. Um ato perdido no passado que alimentava a maldição do Miasma que se espalhava sobre a cidade.

Aquilo podia esperar.

Isto... não podia.

Mason lançou-se para a frente, na direção do vulto esguio e escuro que estava ajoelhado do outro lado do corpo ensanguentado de Fennrys. Ela agarrou o deus egípcio dos mortos pelas lapelas de seu elegante terno de grife e disse:

— Dê um jeito nisso.

— Mason...

— *Salve-o!* — ela urrou, interrompendo o protesto de Rafe.

As mãos dela fecharam-se em punhos, e ela puxou o deus para si até estarem quase nariz com nariz. O uivo dela se transformou num soluço doloroso, entrecortado:

— Eu te imploro...

Os músculos da mandíbula de Rafe se contraíram num espasmo, e seu rosto se fechou numa expressão feroz.

— Você sabe muito bem que só posso fazer isso de um jeito. E não tem como garantir que...

— *Faça.*

O deus ainda hesitava. Mason viu a angústia no olhar dele, sombrio e atemporal. Aquilo que acabava de acontecer... estava errado, e Rafe sabia disso. Fennrys havia arriscado e vencido. Ele merecia uma segunda chance, e ter agora essa chance roubada...

Mason estremeceu com o vento. A água do tridente de Calum Aristarchos, terrivelmente gelada, encharcava a parte da frente de sua túnica em cota de malha. Foi necessário apenas um breve instante de reação instintiva da parte de Cal, com seus poderes divinos recém-descobertos, para que a arma se formasse a partir da água de uma fonte, tornando-se rija como aço temperado. E apenas um instante mais para que ele trespassasse o corpo de Fennrys com o instrumento letal.

Tudo havia sido um tremendo erro. Cal pagaria por ele. Mais tarde.

Cal podia esperar.

A respiração de Fennrys, antes rasa, agora estava ofegante e difícil. O som da morte...

— *Faça!* — Mason grunhiu para Rafe.

O deus fechou os olhos com força.

— Ficarei em *dívida* com você — ela disse.

Os olhos dele se abriram de repente. E havia chamas no fundo deles. As chamas do inferno.

Rafe, que era Anúbis, emitiu um rosnado grave que vinha do fundo de sua garganta, e seus ombros se encolheram para a frente, aproximando-se das orelhas. De repente, ele jogou a cabeça para trás; os *dreadlocks* se sacudiam ao redor de seu rosto, e suas feições ficaram indistintas como fumaça espessa. Num piscar de olhos, o jovem elegante trajado com um terno feito sob medida desapareceu, e um lobo negro grande e esguio surgiu no terraço de pedra, agachado e pronto para atacar; os lábios arreganhados, com longas presas brancas e afiadas à mostra, em um rosnado feroz. O lobo sacudiu a cabeça de um lado a outro, as orelhas achatadas contra o crânio. Os músculos ao longo dos ombros e da coluna se retesaram, e Mason recuou, resistindo ao impulso de envolver num abraço o corpo de Fennrys e protegê-lo da criatura monstruosa.

Ela baixou os olhos e viu as pálpebras de Fenn agitarem-se e imobilizarem-se.

O rosto dele relaxou.

Então sua visão foi bloqueada pelo vulto escuro do lobo quando este avançou, as mandíbulas escancaradas... para cravar fundo os dentes na garganta de Fennrys.

Fennrys estava morrendo.

De novo...

Mas o estranho era que a sensação agora era diferente.

Real.

Ele sentia o alento quente resfriando-se no pulmão.

Ouvia o ritmo de seu coração, tornando-se mais lento...

Havia paz.

Aceitação...

E então, quando seus olhos se fechavam pela última vez, a visão que desaparecia captou um vislumbre de algo se contorcendo nas profundezas do olhar azul-safira de Mason Starling. E tudo se estilhaçou em mil farpas afiadas de dor.

Claro. Nunca poderia ser fácil assim, não é?

A agonia repentina, abrasadora, que invadiu sua garganta transbordou para o peito e subiu até seu cérebro. Um punho pareceu apertar-lhe o coração, e seu corpo vergou-se como um arco, retesando-se e afastando-se do mármore frio e da poça cálida de sangue. Uma sensação repentina, avassaladora, visceral, desabou sobre ele como uma carga de tijolos despencando de grande altura – uma sensação poderosa e puramente física –, algo que Fennrys tinha absoluta certeza de que não deveria sentir nos estertores da morte.

Fome.

Uma onda rubra e faminta se abateu sobre ele, num golpe que o deixou insensível...

E de repente não havia mais nada.

II

Um relâmpago refulgiu acima deles.

E de novo.

E uma última vez.

As barreiras de vidro que circundavam o terraço se partiram, e os estilhaços voaram pelos ares como flechas mortíferas, impulsionados pela força do vendaval. O caos se instalou quando a multidão de eleusinos vestidos de branco – a maioria deles, pais ou parentes dos alunos da Academia Gosforth – abandonou o ritual interrompido e se dispersou, empurrando e se acotovelando para voltar ao Salão Weather, e correu rumo aos elevadores e às escadas de emergência. Todos abandonaram o terraço, deixando para trás o altar de mármore negro onde o irmão de Mason, Roth Starling, jazia amarrado e sangrando, alimentando a maldição que lançava num sono profundo toda a ilha de Manhattan.

Mason não se importava.

Deixem que corram, pensou. *Eles são carneiros. Não importam.*

Tudo o que importava era o Lobo.

Fennrys, o Lobo, cujo corpo se contraía e se contorcia diante dela, a garganta presa entre as mandíbulas lupinas de Anúbis. Mason assistia a tudo entorpecida, enquanto o horror do momento se prolongava pelo que parecia ser uma eternidade.

Ela se sentia oca, transparente... um fantasma.

Anúbis enterrou suas longas presas brancas na carne de Fenn, fazendo jorrar ainda mais sangue, tão precioso, do corpo dele, e naquele momento o mundo todo à volta dela foi do branco ofuscante ao vermelho-escuro... desbotando a seguir numa estática cinzenta e árida. Ela permaneceu ali... distante.

Fennrys vai sobreviver.

Ele precisava fazê-lo. Não havia outra opção aceitável.

Mason mal percebeu quando Toby Fortier e Maddox, amigo de Fenn e seu colega na Guarda Jano, apareceram no terraço. Ela ouviu as vozes deles – furiosas, assustadas, exigindo saber que diabos estava acontecendo – e ignorou-as. Viu Maddox postar-se diante de Daria Aristarchos para impedi-la de ir a qualquer lugar, e Toby correr até onde Heather Palmerston ainda estava ajoelhada, toda encolhida por trás do altar, perto do espaço aberto onde antes ficava a barreira de vidro. O mestre de esgrima usou sua afiada faca de lâmina negra para libertá-la das tiras de pano que atavam as mãos dela e ajudou-a a ficar em pé. Ela estava coberta por minúsculos estilhaços afiados que tilintaram ao cair de seu cabelo e de suas roupas, mas parecia estar ilesa. Mason sabia que devia sentir-se feliz por isso. Ou aliviada. Ou alguma coisa. Heather era amiga – uma boa amiga – e havia tentado ajudar Mason, e sofrera por causa disso.

Mas, naquele momento, Mason só conseguia pensar em Fennrys. Parecia que o tempo havia parado e que o universo espiralava-se numa onda negra a partir daquele único círculo iluminado onde ela se ajoelhava ao lado dele. Ao lado dele... e do deus escuro que, a pedido dela, dava tudo de si para salvar a vida de Fenn. Da pior forma possível. Ela fechou os olhos, desejando não ver quanto sangue já havia sido perdido pelo corpo de Fenn. Uma eternidade se passou, e então ela ouviu um arquejo entrecortado escapar dos lábios de Fennrys.

Os olhos de Mason se abriram e ela viu Rafe recuar e afastar-se do corpo estendido sob ele. O antigo deus egípcio, em sua forma humana ainda indistinta, colocou-se em pé cambaleante. Limpou a boca com as costas da mão, com os lábios retesados numa expressão de fera, os dentes rubros de sangue.

Quando Rafe pousou o olhar sobre ela, Mason viu que seus olhos estavam completamente negros. Os dois se olharam por um longo instante. Então ele sacudiu a cabeça, os *dreadlocks* finos como lápis caíram em sua fronte e formaram uma cortina diante de seu rosto, e ele chamou alguém que estava no Salão Weather, numa linguagem que Mason não conseguiu entender. Antes que ela pudesse organizar as ideias, os lobos de Rafe vieram para o terraço, e ele desapareceu no interior do salão, trôpego de exaustão. A matilha rodeou Fenn, e dois dos lobos começaram a tremeluzir, ficando indistintos e transformando-se. De repente, em pé no lugar deles havia dois jovens musculosos. Sem emitir uma palavra, eles se curvaram e ergueram Fennrys pelos braços e pelas pernas. A cabeça dele rolou para trás e ele se debateu debilmente enquanto o carregavam, seguindo atrás de Rafe.

Fennrys, o Lobo, estava vivo.

Mason quase chorou de alívio quando a névoa em seu cérebro de repente dissipou-se. Ficou em pé e fez menção de ir atrás deles, mas outro lobo — a fêmea com a mancha branca na testa — de repente assumiu sua forma humana, postando-se diante de Mason, e dali não saiu.

Honora, a banqueira de investimentos que faz hora extra como lobisomem, pensou Mason, recordando-se do que Rafe lhe contara. Ela perguntou-se fugazmente se o "trabalho clandestino" foi uma verdade literal. No fim das contas, ela não sabia quase nada sobre aquelas criaturas e sua existência. *Talvez você devesse ter pensado nisso antes de condenar Fennrys a compartilhar o destino deles.*

Não tive como. Eu não tinha escolha.

Mason limpou a garganta.

— Honora, não é? — perguntou.

A mulher assentiu. Não havia um fio de cabelo fora do lugar em seu elegante penteado em coque, ressaltado por uma mecha prateada que correspondia à mancha na testa da forma lupina; seus olhos de um dourado-esverdeado pálido brilhavam com uma inteligência viva. Ela era esguia, mas musculosa, por baixo de seu terninho azul-marinho, e sua aparência era quase exatamente a que Mason havia imaginado que ela teria.

— Me desculpe, Honora — disse Mason, tentando evitar que a voz falhasse de tanta tensão. — Preciso ver se ele...

— Não. Não precisa. — Honora não se moveu. — Não agora. Deixe que a matilha cuide dele. Agora aquele rapaz é um de nós, e não vai ser nada fácil para ele lidar com isso.

— O que você quer dizer?

— O que você acha que eu quero dizer, senhorita Starling?

Os olhos de Honora se estreitaram enquanto ela sustentava o olhar de Mason. A voz dela era suave, mas firme. Mason percebeu que poderia encontrar compreensão naquela mulher, mas não piedade.

Honora sabia o que Mason havia pedido que Rafe fizesse, e muito provavelmente ela compreendia o porquê. Mas ficou claro, naquele momento, que ela não aprovava. Nem um pouco. Mason perguntou-se sob quais circunstâncias Honora havia feito o trato *dela* com Anúbis.

— Eu quero dizer que você acaba de transformar aquele rapaz num monstro — prosseguiu Honora. — Agora você precisa sair de cena e nos deixar ajudá-lo a manter sua humanidade. Se ele conseguir.

Então ela virou nos calcanhares de seus sapatos de couro negro, práticos, mas sensuais, e saiu atrás de sua matilha, de seu deus e de Fennrys.

Mason ficou observando enquanto ela ia embora, e quando se virou viu que restava apenas um punhado de pessoas naquele quadrado de pedra que, varrido pelo vento, erguia-se muito acima da cidade. Toby e Heather, ambos fitando-a desconfiados, como se estivessem preocupados com o que ela faria a seguir. Calum — transfigurado, transformado, um estranho para Mason agora, em quase todos os níveis, e parecendo estranhamente à deriva no rastro de todo o caos.

Maddox estava parado na frente de Daria Aristarchos – uma das mãos estendida diante dela e a corrente prateada cheia de pontas, que ele manejava com tanta destreza, pendendo do outro punho. A alta sacerdotisa dos mistérios eleusinos mal parecia notar o guarda Jano. Estava paralisada, e a única coisa nela que se movia era o olhar, que ia e voltava cheio de incredulidade e desconfiança, de Mason para o sangue no terraço, para o rosto de seu filho, Cal.

O filho que ela pensou que estivesse morto.

Havia sido essa crença que desencadeara um esquema de vingança diabolicamente planejado, mas por muito tempo adormecido, levando Daria a conjurar uma maldição de sangue, em que o irmão querido de Mason, Rothgar Starling, foi usado como combustível. Porque Roth era um assassino consanguíneo. Ele jazia estendido sobre a superfície de mármore negro do terrível altar, sem sentidos e contorcendo-se em agonia. Por trás dele, Gwen Littlefield – esguia, de cabelos roxos, a face como uma máscara de angústia – ainda estava paralisada, as mãos pressionadas contra a pedra fria, os dedos pálidos bem abertos, enquanto a maldição de sangue corria de Roth por meio dela... e então para a cidade.

Gwen era a arúspice de Daria, uma jovem e infeliz feiticeira que a sacerdotisa eleusina havia forçado a agir como sua vidente – e como a canalizadora para a terrível magia de sangue. Mason podia sentir o poder que emanava em ondas da garota delicada e de aparência frágil.

Roth estava inconsciente; seus braços e seu peito estavam cobertos de cortes superficiais feitos pela lâmina em formato de foice que Daria empunhava. Os ferimentos deviam ter sido dolorosos, mas não traziam risco de vida. Era apenas a maldição que o fazia sofrer de verdade.

Assim como fazia sofrer a garota com quem ele compartilhava aquela terrível conexão.

Mason abaixou-se para pegar a faca de lâmina longa que estava caída na poça de sangue e água a seus pés – a arma que Fennrys havia deixado cair quando Cal lhe trespassou o peito – e foi até Daria. A sacerdotisa deu um golpe com a elegante lâmina curva que segurava, para manter a distância a jovem Valquíria furiosa, mas Mason simplesmente desviou-se da foice e acertou o cotovelo revestido pela armadura no pulso de Daria. Então agarrou-a pela frente da túnica de sacerdotisa e encostou sua própria faca no pescoço da mãe de Cal.

A lâmina de prata que estava na mão de Daria caiu retinindo nas pedras do piso, e ela recuou o máximo que pôde, tropeçando na barra de sua túnica e agarrando-se à mureta baixa de pedra que rodeava o terraço — a única barreira que a impedia de despencar no vazio, agora que os painéis de vidro haviam sido reduzidos a cacos.

O vento empurrava Mason pelas costas.

— Mason! — gritou Cal, alarmado.

Ela o ignorou.

— Faça isso parar — ela disse; sua voz ribombava pelo ar como trovão.

Por um momento, Daria apenas a olhou como se ela estivesse falando outro idioma. O olhar dela varreu de cima a baixo a armadura de Valquíria de Mason, e ela sacudiu a cabeça numa incredulidade aturdida. Ou em negação. Seus ombros angulosos, envoltos na túnica branca de sua ordem de sacerdotisa, começaram a tremer como se ela estivesse prestes a cair no choro ou a gargalhar de forma histérica.

Mason sacudiu-a pelo braço com força.

— A maldição. Faça-a parar — disse.

Cal deu um passo inseguro na direção delas.

— Mase...

Mason lançou-lhe um olhar por baixo da aba do elmo que o fez estacar. Ela virou-se de novo para Daria.

— *Agora*.

— Não posso — respondeu Daria, num gemido rouco.

Uma luz prateada, insana, contorceu-se nas negras profundezas dos olhos dilatados de Daria, e Mason percebeu que ela mesma ainda estava presa nos espasmos do encantamento.

— Agora que teve início, o Miasma continuará até que o motor que conduz a maldição não exista mais — prosseguiu Daria. — Quer que eu ponha um fim nele? Isso significa romper o vínculo entre seu irmão e minha arúspice. Um vínculo que só pode ser rompido pela morte.

Morte...

A palavra penetrou como uma punhalada no cérebro de Mason, doce como ácido, sedutora como o canto de uma sereia.

Lá embaixo, nas ruas e nos carros destruídos e nos quarteirões em chamas, ela podia *sentir* a morte. De todos eles. Cada um. Ela sentia, de forma distante, mas bem distinta, o apagar de toda e qualquer vida humana que chegava ao fim na cidade naquela noite. E tais números continuavam aumentando de maneira constante. Era como um milhar de pequeninos cortes, ferindo-a por dentro. Mason sentiu um arroubo cego de fúria tomando conta de sua cabeça. Ouviu a si mesma rosnar como um animal enquanto pressionava a lâmina da faca na garganta de Daria. A alta sacerdotisa se curvou para trás, pendendo sobre o espaço vazio acima da Rockefeller Plaza, um medo real traçando as linhas de seu rosto.

Em meio ao labirinto de ira incandescente, Mason ouviu alguém chamando seu nome de novo, mas desta vez não era Cal.

— Mason! — gritou Toby Fortier, ex-treinador de Mason. — Pare! Solte essa arma, Starling!

O reflexo automático de centenas de horas obedecendo aos comandos gritados pelo mestre de esgrima quase a fez obedecer.

— Mason! *Está me ouvindo?*

Ela estava, mas ignorou tanto a ele quanto ao impulso de se afastar, e em vez disso apertou com mais força o cabo da arma e pressionou mais a lâmina contra a garganta de Daria.

— Mason...

— É tarde demais! — guinchou Daria. — Foi *seu pai*, Mason, que me forçou a fazer isso! Ele vai acabar com todos nós... Você, eu, o mundo!... Se eu não o detiver. Você... Você não quer isso! Sei que não quer. Ajude--me. Enfrente-o. Podemos construir um paraíso na Terra... Não deixe que o nobre sacrifício de seu irmão seja em vão...

Por entre o som dos gritos de Toby, e o vento uivante, e os apelos estridentes e desesperados de Daria, Mason de repente ouviu outro ruído. Um gemido baixo, suave, um som repleto de dor e de amor...

E de adeus.

Ela demorou um pouco para localizar a voz – uma versão mais madura da voz que ela costumava ouvir conversando timidamente com Roth no pátio da escola Gosforth quando todos eram crianças. A voz de Gwen Littlefield. A voz de uma criança que crescera e se tornara poderosa por si mesma, exceto pelo fato de que tinha sido coagida – usada e abusada – por Daria Aristarchos.

Gwen...

Mason virou-se e olhou por cima do ombro, bem a tempo de ver Gwen debruçar-se sobre a pedra do altar. De algum modo, num gesto de uma vontade de ferro, ela havia conseguido retomar parte do controle sobre seu corpo rígido e dominado pela maldição e removera as mãos de cima do altar de pedra. As palmas de suas mãos estavam ensanguentadas, mas ela parecia não notar, enquanto depositava um longo beijo nos lábios de Roth. Ele lutou contra os efeitos da maldição para também tocá-la. Em vão.

Gwen voltou a erguer-se, sacudiu com força a cabeça, os olhos repentinamente límpidos e faiscantes de lágrimas, sob a franja de cabelos roxos. Então virou-se e correu para a beira do terraço, mais rápida do que uma gazela. Mason assistiu horrorizada quando Gwen abriu os braços...

E se jogou do terraço para o abraço da noite.

III

Gunnar Starling estava parado diante do enorme espelho fumê que pendia da parede da sala de estar, no apartamento majestoso na região central de Manhattan. Olhava para além de seu próprio reflexo, como se pudesse ver coisas ocultas movendo-se ali. Rory postava-se à porta de entrada do aposento, os olhos fixos no pai, na forma como o brilho dourado do olho esquerdo de Gunnar ecoava a luz do fogo na lareira. As sombras que se agitavam na parede por trás de Gunnar pareciam talvez mais... animadas do que deveriam. E Rory poderia jurar que o cheiro de fumaça que sentia era diferente do aroma de madeira de macieira que normalmente saía das chamas da elegante lareira. Ele sentia o travo penetrante de metal derretido. E... carne. Ele sentia o cheiro de sangue.

Fechou os olhos e, por um instante breve e desconcertante, pensou ouvir gritos. Abriu-os de novo e o som desapareceu, e ele imaginou que seriam apenas ecos do caos lá embaixo, nas distantes ruas da cidade. No entanto as portas da varanda estavam fechadas por causa da chuva violenta e gelada, e do vendaval. Os relâmpagos brilhavam por entre a escuridão feroz das nuvens de tempestade, tão baixas que Rory tinha a impressão de que, se fosse lá fora e erguesse a mão — sua reluzente mão de *prata* —, poderia tocá-las.

Ele voltou o olhar para o pai e viu que o espelho não refletia mais a sala onde estavam. Em vez disso, a imagem encerrada pela pesada moldura de madeira era ao mesmo tempo familiar e completamente estranha. Um aposento branco, iluminado com luz vermelha e roxa, e sua irmã em pé no meio dele. Só que... ela parecia...

Fantástica.

E aterrorizante.

Rory nunca havia pensado em sua irmã com nenhum desses termos antes. Mas vendo-a ali em pé, usando um elmo com asas de corvo, vestida da cabeça aos pés em reluzente cota de malha prateada e couro negro macio, uma capa azul-escura caindo-lhe pelas costas por trás dos ombros e empunhando uma lança longa e delgada...

— Ela é magnífica, não é? — perguntou Gunnar.

O orgulho paterno na voz dele irritou Rory. Magnífica? Mais magnífica do que um filho com mão de prata?

— É — Rory tentou reunir entusiasmo suficiente para não desagradar o pai. Gunnar era louco por Mason, e assim Rory tinha que bancar o bonzinho. Por enquanto. — Ela é legal, sim.

Gunnar suspirou e virou-se, fixando no filho mais novo um olhar perturbador. Rory sabia que o pai tinha sacrificado a visão física do olho esquerdo para receber das Nornas o dom de uma "outra" visão, mas era justamente *aquele* olho que parecia vê-lo com mais nitidez. Um fio de luz dourada que se retorcia brilhou por um instante no fundo daquele olho. Quando Gunnar baixou a mão que tocava a superfície do espelho, ele bruxuleou e desapareceu, e a imagem de Mason e seus companheiros transformou-se em sombras. Gunnar cruzou o aposento e pôs a mão no ombro do filho, puxando-o até a lareira. A luz das chamas, refletindo-se nas feições fortes e angulosas do patriarca dos Starling e em sua cabeleira de um prateado muito claro, fazia-o parecer-se com um deus do fogo. A tormenta rugia lá fora e, por trás de Gunnar, as janelas que iam do piso ao teto da cobertura somente acentuavam o efeito. Rory foi invadido por um instante de assombro, enquanto olhava o homem que por toda a sua vida havia amado e odiado – e temido.

– Rory... você é meu filho. Você é precioso para mim, embora eu saiba que você mesmo não acredita nisso. Por ser meu filho, no passado, fingi não perceber suas... indiscrições. – Antes que Rory pudesse sequer formular em sua própria mente aquele pensamento, os lábios de Gunnar torceram-se no esboço de um sorriso, e ele prosseguiu. – E não, esta não é uma piada, apesar das atuais circunstâncias. Agora que sacrifiquei um dos olhos para adquirir a verdadeira visão, posso *ver* muitas coisas.

Ele fez um gesto indicando os vultos no espelho, e Rory viu Roth deitado de costas, olhando para cima com olhos cegos, que se moviam de um lado a outro. Parecia que tinha levado uma surra – ele estava coberto de sangue e de cortes – e sua face contraía-se numa expressão de agonia que era muito mais profunda do que a dor física. E apesar de sentir no estômago uma pontada de horror, condoído ao ver o irmão, alguma outra coisa dentro dele sussurrou *Ótimo*.

– Seu irmão me traiu. Mas tudo segue o que foi traçado. Ele ainda não sabe, mas a luta dele contra seu próprio destino fez com que ficasse cara a cara com ele. Vejo isso agora. – Gunnar virou-se para Rory. – Como também vejo você. Acho que agora eu o entendo um pouco melhor. Você é um sobrevivente. E é assim que deve ser. Esse é o *seu* destino.

Rory queria mais do que sobrevivência. Mas era esperto o suficiente para não dizer isso. E Top Gunn tinha razão em uma coisa. Sobrevivência era um passo necessário para obter o que ele queria. E o que ele queria era... bem, tudo. Os bens, as glórias, as garotas... Ele queria que as Heather Palmerston do mundo o venerassem e que os Calum Aristarchos lhes trouxessem bebidas e suplicassem por misericórdia de maneira humilhante quando tivessem demorado demais. Misericórdia que Rory sempre relutaria em conceder. Sim, claro, ele sabia que, basicamente, estava se deleitando com o potencial da megalomania. Mas tudo bem. Por algum motivo, praticamente todo mundo que Rory conhecera, desde criança, o havia considerado como uma semente ruim. Quem era ele para frustrar as expectativas?

— Você sabe por que estamos fazendo isto. Você compreende esta jornada rumo ao esquecimento. — Gunnar fitou-o com aquele meio olhar fixo que Rory sentia penetrar até o fundo de seu crânio. — Você sabe que deve haver um fim para que possa haver um novo começo. Fazemos isso por amor, Rory. Amor por este mundo e o desejo de torná-lo íntegro de novo, diante de tudo o que a humanidade causou a esta que é a criação mais preciosa do universo.

Amor? Rory questionou. Ele nem precisou lutar para controlar sua expressão diante do sentimentalismo ridículo do pai. Aquilo era tão patético que ele quase sentiu pena do velho. Mas precisava ter cuidado. Se iria sobreviver ao que estava por vir, ia precisar de Gunnar. Precisaria dele até o momento em que o pai cumprisse seu destino. Que, se Rory entendia direito, seria assumir o papel do grande deus Odin e ser morto em batalha pelo — se o que o pai dizia fosse verdade — namorado de Mason.

Rory sentiu sua cara se fechar enquanto ele lutava, não pela primeira vez, para assimilar tudo aquilo. Por tudo que lhe haviam contado, a forma como entendia os deuses nórdicos era esta: ao longo das eras, quando as crenças dos humanos foram deixando de lado os Aesir, estes começaram a sumir da existência. Balder foi o primeiro a desaparecer, e isso deu início a todo o longo e lento declínio. Os demais deuses e as deusas seguiram o mesmo caminho. Não todos eles, e não completamente. Mais exatamente, a *pessoa* de Odin havia desaparecido, mas o *poder* permanecera, para ser assumido em algum momento por alguém que fosse considerado merecedor, ou forte o suficiente. *Ou quem sabe idiota o suficiente*, pensou Rory. Pelo que ele sabia, não foi o que aconteceu com todos os deuses. Loki, teimoso e contrário até o fim, havia resistido, permanecendo por vontade própria acorrentado e submetido a tormentos. Também Heimdall havia mantido seu posto como arauto do Fim dos Dias. Em tempos mais recentes, mais do que um arauto, segundo as Nornas. Um instigador. E elas com certeza sabiam — afinal de contas, era o que *elas* vinham fazendo ao longo da história: instigar. Só que, desta vez, com Gunnar Starling e sua família, parecia que elas finalmente teriam sucesso.

— Algo o incomoda, filho? — indagou Gunnar.

Rory fechou e abriu os dedos de prata. A sensação de sua mão cerrando-se naquele punho forte como um martelo o reconfortava. Acalmava-o.

— Eu só... Acho que ainda estou tentando entender como é que tudo isso está rolando. E por quê.

— O "porquê" é que as Nornas nos consideraram merecedores... até agora... de executar até o fim as tarefas sagradas de nossos ancestrais. O "como" é... bem, magia.

— Tá. Isso eu saquei. Mas...

Ele se interrompeu quando o pai de repente arquejou e segurou o lado esquerdo do rosto com as duas mãos. Gunnar jogou a cabeça para trás e recuou alguns passos, cambaleando, os dentes cerrados no que parecia ser uma dor intolerável.

— Papai, você está bem? — Rory deu um passo hesitante na direção dele, estendendo sua mão ainda humana.

Gunnar apoiou o peso do corpo no espaldar de uma das poltronas de couro da sala, a respiração pesada e ofegante. Deixou as mãos caírem e Rory viu que um brilho vermelho substituíra o reflexo dourado em seu olho. Todo o sangue havia fugido do rosto dele, que ficou mortalmente pálido.

— Você sentiu isso? — ele perguntou.

Rory franziu as sobrancelhas. *Senti o quê?* Para ser sincero, tudo o que ele havia sentido era um vazio repentino no estômago, como uma forte contração de dor.

— O vácuo — murmurou Gunnar. — Há um grande vazio.

Talvez ele *tivesse* sentido alguma coisa.

— Aconteceu alguma coisa...

Enquanto Rory observava, o olhar avermelhado de Gunnar voltou-se para o interior e um sorriso lento, aterrorizante, espalhou-se por seu rosto. Ele fez que sim com a cabeça, cheio de satisfação.

— A bruxinha — disse ele. — A arúspice... ela pôs fim à própria vida. Daria deve estar terrivelmente desapontada, mas agora temos nossa chance. Porém temos que agir depressa. Eles não vão permanecer no templo dela por muito tempo mais, e o Miasma logo vai se dissipar. Você está forte o suficiente para ir à cidade?

— É claro que estou — respondeu Rory, irritado.

Quem diabos seu pai pensava que ele era? Claro, ele tinha levado uma surra e tanto uns dias antes. Seu braço tinha sido destruído. Mas, como o Homem Biônico, ele estava muito melhor agora. Melhor, mais forte, mais rápido. Seus dedos de prata fecharam-se sobre si mesmos.

— Humm — seu pai resmungou. — Veremos.

Ele se virou de novo para o espelho e ergueu a mão, encostando a palma na superfície lisa, que ondulou como uma miragem e fez-se nítida, mostrando Mason de novo. Ela não usava mais os trajes de Valquíria, e parecia estar discutindo com Cal. E havia algo muito diferente *nele*, também, pensou Rory.

— Quero que você vá até eles. Encontre-os e provoque-os para causar uma briga. Tenho recursos que você pode usar para isso. Mason deve ser provocada para desempenhar seu papel como aquela que escolhe os mortos. Isso vai contra a natureza dela, mas ela *deve* vestir esse manto. É vital. Sem um terceiro filho de Odin, sem alguém que vista o manto de Thor, não vai haver Ragnarök. Assim como fui transformado no recipiente do poder do Pai de Todos, da mesma forma você e seu irmão carregam as essências de Vali e de Vidar, os filhos de Odin destinados a reconstruir o mundo. Mason teria de ser o terceiro filho. O sacrifício. Ela teria de preencher o papel de Thor e perder sua vida no campo de batalha junto comigo. — O rosto de Gunnar cerrou-se numa expressão sombria, e um relâmpago da tormenta iluminou suas feições numa careta horrível. — Sua mãe frustrou meus planos. Mas agora tenho a chance de consertar o erro dela. Como Valquíria, Mason vai escolher o terceiro filho de Odin, e é meu desejo que escolha... ele.

Gunnar indicou o espelho com a cabeça e Rory começou a protestar indignado.

— Cal? Ele? — guinchou. — Você está brincando! Esse cara é um pau mandado total! Caramba, pai, qualquer um menos ele!

Gunnar lançou ao filho um olhar sombriamente divertido.

— Você vai permitir que ciuminhos tolos de escola fiquem no caminho de um apocalipse glorioso?

— Sim! Ele não é Thor... Ele é um babaca arrogante!

— Então esperemos que seja um babaca arrogante capaz de se defender numa luta — disse Gunnar. — Creio recordar-me, dos torneios de esgrima onde vi sua irmã competindo, que ele é capaz. Muito bem. Como eu disse, você precisa envolvê-los num conflito. Providencie para que o empenho de Cal seja o mais valoroso. Mason deve considerá-lo o melhor candidato.

— Isso não vai acontecer. — Rory sacudiu a cabeça. — Não com aquele tal de Fennrys por perto.

— Não envolva o Lobo — alertou Gunnar, severo. — Não lhe dê nenhum motivo para brigar. Frustre as tentativas dele e concentre seus esforços no rapaz Aristarchos. Assegure-se de que ela o escolha e, quando o mecanismo final for colocado em ação, saia do caminho e deixe o destino seguir seu curso. O Lobo *deve* continuar a ser o que é, de modo que, no final, ele e eu possamos nos enfrentar no campo de batalha. Ele vai tirar minha vida, e então Roth vai tirar a dele. O rapaz Aristarchos, usando o manto do deus do trovão, morrerá junto a nós dois... Agora, veja que doce ironia. E que conveniente é que ele já seja metade deus.

— Ele é *o quê?*

Quando diabos foi que isso *aconteceu?* — perguntou-se Rory.

Gunnar ignorou o arroubo dele.

— Ele também é o filho do meu maior rival, e já está marcado pelos *draugr.*

— E ele é o maior tarado — disse Rory. Ela ignorou o tremor que sentiu quando se lembrou daquela noite no ginásio Gosforth, quando os *draugr* — os zumbis-guerreiros nórdicos — atacaram primeiro. — E está doido por sua filha, sabia?

– Ótimo! – exclamou Gunnar, batendo no ombro de Rory. – Então pode ser que ele até goste quando Mason lhe conceder o poder do Deus do Trovão. Pelo pouco tempo que terá de vida, claro.

Grande, Rory esbravejou em silêncio. *Então aquele babaquinha é promovido a Thor, Roth mata o menino-lobo de Mason, e eu consigo o quê? Viro um obscuro deus de segunda.* Nas lendas, qual exatamente era o motivo da fama de Vali, além de ter sobrevivido a quase todo mundo? *Ah, tá... algo tipo ter nascido para ser um assassino de seu irmão, nas antigas lendas.*

Com esse pensamento, Rory encolheu os ombros mentalmente e suspirou.

– Tudo bem. Posso conviver com isso – resmungou para si mesmo. – E aí Roth vai ter que ficar esperto no nosso admirável mundo novo.

IV

O vendaval tempestuoso que uivava à volta do arranha-céu arrebatou o corpo de Gwen Littlefield e rodopiou-o pela escuridão. Ele descreveu uma trajetória em arco, afastando-se da torre do Rockefeller, e então despencou como uma pedra rumo à Plaza, 67 andares abaixo, onde Mason mal entrevia a estátua dourada de Prometeu, herói titã da mitologia grega e defensor da humanidade, trazendo dos céus o fogo roubado.

Em algum lugar no céu escuro lá em cima, o corvo gritou.

Heather berrou.

Mason afastou o olhar antes de ver o corpo de Gwen bater no chão.

Entretanto ela não conseguiu evitar *sentir*, em seu coração de Valquíria, a morte da garota, como se alguém a esmurrasse no esterno – com força suficiente para partir suas costelas. Mason se dobrou para a frente por um instante, invadida por uma agonia. Achou que ia cair no chão, mas de repente braços fortes a rodearam e alguém a segurou com força, num abraço feroz. Mason relaxou o corpo de encontro a uma muralha de músculos peitorais, por trás da qual ouvia as batidas intensas de um coração. Ela sentia o fluxo da respiração entrando e saindo dos pulmões, e quase lhe parecia o fluxo e o refluxo do oceano – o poderoso movimento da arrebentação.

Ondas...

Água.

Ela recuou e se deparou com os olhos verde-azulados de Calum.

– Afaste-se de mim, seu desgraçado!

Mason lutou para se libertar do abraço metálico. Desde quando Calum era tão forte daquele jeito? Aliás, quando é que *ela* começou a ser tão forte? Com um empurrão de súbito, ela o arremessou para longe de si – com força suficiente para deixá-lo sem fôlego –, e ele cambaleou para trás e seus ombros bateram no parapeito de pedra.

Eles estavam num lugar tão alto que, a distância, Mason podia ver os restos da ponte Hell Gate, intensamente iluminada pelos refletores das equipes de demolição que trabalhavam dia e noite para remover os destroços. A mesma ponte que a levara a Asgard, nem três breves dias antes. Toda uma vida.

Uma eternidade.

Cal estendeu a mão para ela.

– Mase...

Mason afastou o braço dele com uma violência que o surpreendeu. Ela viu isso nos olhos dele, mas não se importou. Os ecos da morte de Gwen Littlefield dilaceravam seu crânio por dentro, e no interior do Salão Weather ela ouviu o som doloroso de um uivo lupino. Mason lançou a Cal um olhar venenoso e, arrancando o elmo da cabeça, atirou-o contra uma das janelas altas. O impacto produziu uma rede de rachaduras, irradiando-se para todas as direções como a tapeçaria de Aracne – a tecelã que enfureceu tanto a deusa Atena que esta a transformou em aranha.

É uma péssima ideia irritar uma deusa, pensou Mason.

É isso que você acha que é?

Ela não sabia. Ela já não sabia mais nada com tanta certeza. Ela só sabia que estava sofrendo. E não era a única. Um grito dilacerado a fez olhar para trás, e ela viu Roth erguendo-se do altar. O narcótico *kykeon* e a magia da maldição ainda percorriam-lhe o corpo e tornavam desajeitados e perigosos seus movimentos, enquanto ele cambaleava rumo ao parapeito de pedra de onde a garota que amava havia acabado de se lançar no nada.

Roth gritou o nome dela – o som saía de seus lábios como uma ferida aberta rasgada no ar – e então arremessou-se na direção do parapeito. Toby e Maddox correram e o agarraram pelos braços ensanguentados para impedir que ele seguisse atrás de Gwen. Roth estava atordoado demais para resistir a eles por muito tempo. O rompimento súbito de sua conexão psíquica com Gwen – tão chocante por ser permanente – atingiu-o com força devastadora. Os joelhos dele se vergaram e ele desfaleceu entre os dois homens. Mas enquanto o mestre de esgrima e o guarda Jano tentavam afastá-lo da beira do abismo, o olhar vidrado de Roth cravou-se em Daria e o rosto dele torceu-se numa máscara de horror e ódio, entalhada com a lâmina de um coração partido. Ele atacou, e Mason arremessou-se na frente de Daria um momento antes que Roth pudesse estraçalhar a garganta dela com as mãos nuas.

– Não! – ela gritou para ele, forçando-o a retroceder.

– Me deixe, Mase! – ele rosnou.

– Não... Roth – implorou Mason. – Chega de sangue!

Sua força de Valquíria mal conseguia impedir que Roth alcançasse Daria, enquanto ele se debatia e tentava atacar. Mason enterrou os dedos na carne dele e sacudiu-o pelos ombros até os dentes dele baterem, forçando-o a olhar para ela. Quando o olhar enlouquecido de Roth finalmente pareceu focalizar o rosto dela, a garganta de Mason ficou apertada de angústia com o que viu ali. As palavras seguintes deixaram sua boca em um sussurro áspero.

– Chega de sangue – disse, afastando-o de Daria. – Nem mesmo o dela.

– Mase...

– *Por favor.*

Roth ergueu as mãos para envolver o rosto da irmã e tocou-lhe a testa com a sua. A pele dele estava úmida de suor. E de sangue e lágrimas.

– Isto tem que terminar... – ele sussurrou.

— Eu sei. — Ela assentiu com a testa tocando a dele. — Mas não dessa maneira. Não somos assassinos, Roth. Você não é um assassino. Não importa o que ela te forçou a fazer... Não importa o que aconteceu no passado. Não somos nossos pais, e *não* somos peões neste jogo idiota e doentio deles. Não está vendo? Gwen acabou de provar isso sem a menor sombra de dúvida. Ela fez uma escolha, e você precisa honrá-la. — Mason afastou a cabeça e olhou nos olhos dele, injetados de sangue. — Você tem que confiar nisso. E nela. E em mim.

Roth piscou os olhos atordoado, olhando-a por um instante. Então riu. A risada dele era o crocitar áspero de um corvo e arrepiou-a até a medula dos ossos.

— Confiar em você, irmãzinha? — Roth perguntou.

Ele a largou e recuou alguns passos hesitantes.

— Eu acabei com sua vida.

— Roth...

— Você não deveria existir! — ele urrou de forma selvagem, agitando um braço na direção dela. — E ainda assim, aí está você. Você é uma maldita *Valquíria*. Isso *aconteceu*. Apesar de tudo o que fizemos.

Ele voltou até ela e agarrou-a pela nuca, puxando-lhe a face para tão perto da dele que ela sentia na pele sua respiração cálida.

— Você acha que pode decidir alguma coisa nesta história? — ele sibilou. — Não pode. E você quer que eu confie em você? Você me aterroriza, Mason. Como posso confiar desse jeito?

Ele a soltou e Mason deu um passo cambaleante para trás, afastando-se da fúria e da dor e do horror no semblante de seu irmão. Roth sempre tinha sido um esteio para Mason. O oposto de seu outro irmão, o idiota e egoísta Rory.

Roth a protegia. Ele cuidava dela.

Ele assassinou você...

Talvez ele tivesse razão. Talvez ela não devesse existir.

Não.

Ela sacudiu a cabeça. Aquele não era Roth falando. E não tinha sido Roth quem agira, tantos anos antes. Tinha sido a vontade da mulher que Mason acabava de impedir que ele atacasse. Parte dela sussurrava que devia simplesmente sair do caminho. *Deixe que ele faça isso.*

Ela estivera a ponto de fazê-lo ela própria, pouco antes, não estivera?

— Não. — Mason sacudiu a cabeça de novo, em parte para convencer a si mesma. — Não sei, Roth. Talvez não possamos nunca mais confiar de verdade um no outro. Mas, se for esse o caso, então podemos muito bem desistir e admitir que está tudo terminado.

A expressão de Roth mudou de fúria para mágoa. As mãos dele descaíram e seus ombros se curvaram de cansaço. Na trégua que se seguiu, a porta de vidro para o terraço se abriu e Honora colocou a cabeça para fora. Ela não olhou para Mason, apenas acenou para Toby e Maddox.

— Precisamos de mais um pouco de músculos — disse ela. — Só para impedir que ele machuque a si mesmo.

A expressão no olhar da mulher fez Mason pensar que, mentalmente, ela havia acrescentado as palavras "ou a nós" no fim da frase. Toby lançou um olhar a Mason, hesitando, mas ela acenou com a cabeça para que ele fosse. Maddox já havia cruzado a porta e desaparecido, e Mason se sentiu melhor sabendo que eles estariam lá para ajudar Fenn. Ela queria desesperadamente ir também, mas o pedido de ajuda de Honora claramente não a incluía, e a última coisa de que Fennrys precisava era que Mason começasse a criar encrenca com as criaturas — *pessoas, Mase, eles são pessoas* — que tentavam ajudá-lo.

Quando a porta se fechou por trás da mulher-lobo, Mason baixou os olhos para a reluzente armadura mágica com que ainda estava vestida, da cabeça aos pés. A lança de Odin jazia no chão, aos pés do altar, uma arma antiga, brutal. Olhando-a, Mason sentiu a umidade de uma lágrima escorrer por sua face e ergueu a mão para limpá-la. Seus dedos se afastaram manchados de vermelho. Mason estava chorando sangue.

Hum, deve ser algum lance de Valquíria, pensou atordoada de exaustão.

Ela ouviu Roth respirar fundo ao ver o sangue na ponta dos dedos dela.

— Por favor — ela disse. — Eu só... não consigo. Eu realmente não posso aguentar mais mortes.

Houve um momento de silêncio, e então, de repente, ele cruzou o terraço e ela sentiu os braços dele rodeando-a.

— Irmãzinha, eu sinto tanto... — ele murmurou contra os cabelos dela.

Ela o deixou segurá-la por um momento. Então afastou-se.

— Eu também — disse.

Haveria tempo, mais tarde, para entender o que havia acontecido com eles quando eram crianças. Haveria tempo para lidar com Daria, e haveria um ajuste de contas e talvez, apenas talvez, Mason saísse do caminho e deixasse Roth fazer o que achava que devia ser feito. Mas, naquele exato momento, Mason precisava se controlar.

Ela sacudiu a cabeça, reprimindo as lágrimas, e foi até a lança de Odin. Prendendo a respiração, curvou-se depressa para pegá-la. Era pesada, mas equilibrada de forma tão perfeita que parecia a Mason que poderia lançá-la a um quilômetro, quase sem esforço algum. Ela fechou os olhos e procurou dentro de si aquele pequeno espaço protegido por muralhas que ainda pertencia totalmente a Mason Starling, antes que aquelas coisas loucas começassem a acontecer. Ele precisava ainda estar ali, ela sabia.

Eu preciso ainda estar ali.

Porque se ele não estivesse — se *ela* não estivesse — então ela estaria mesmo perdida, e nada que fizesse daí em diante teria qualquer importância, porque o resultado final seria inevitável. E seria o resultado *final*. O fim de tudo...

Fenn...

Ela pensou em Fennrys, e naquela noite no *loft* dele, em que ele lhe dera a rapieira de cabo recurvo, e como a arma se encaixara bem em sua mão, e como parecera perfeita. Deus, como ela queria de volta sua espada... Como queria que tudo voltasse a ser o que era naquela noite... Quando ela era apenas Mase e ele era apenas Fenn e todo o resto simplesmente não importava. Ela sentiu um tremor a seu redor, e quando abriu os olhos, a lança de Odin tinha desaparecido. Ou se transformado. Sua essência e seu poder uma vez mais se disfarçavam na forma de sua espada, empunhada por sua mão nua.

E, de repente, Mason era Mason de novo. A armadura havia desaparecido. Mas, em algum lugar bem lá no fundo, ela podia sentir a fúria da Valquíria, como carvões em brasa brilhando silenciosamente sob as cinzas de uma fogueira apagada. Esperando para inflamarem-se de novo...

Para que ela pudesse queimar o mundo.

V

Mason jogou a longa cabeleira negra para trás, por cima dos ombros, e guardou a rapieira na bainha que uma vez mais pendia do boldrié atravessado em seu torso. Vestia de novo seus *jeans* e botas, e a camiseta cintilante de manga curta que usara naquela noite expunha a pele nua dos braços ao vento gelado. Ela se abaixou e pegou o medalhão de Fennrys que jazia a seus pés. O fecho do cordão de couro trançado – aquele que ela mesma colocara no medalhão, especialmente para Fennrys – tinha sido partido pela mordida de Anúbis. Mason sacudiu o medalhão para fazer o sangue escorrer dele e o guardou no bolso. Então voltou-se para seu irmão, que a olhava imóvel, com um olhar firme e solene. A névoa de dor e drogas havia se dissipado, deixando atrás de si, nos olhos dele, uma escuridão luzidia, como gelo negro.

Pelo menos ele se parecia com Roth de novo.

Calado. Controlado. Perigoso...

Ótimo.

Ela precisaria que ele fosse tudo isso, que seguisse adiante. Disso não tinha qualquer dúvida.

— Você sabe que tudo vai piorar muito antes de melhorar, não sabe? — disse.

— *Se* melhorar. Sei. — Ele deu de ombros.

— Preciso saber o que você sabe, Roth. — Ela foi até ele e olhou fixo nos olhos dele. — Preciso entender o que está acontecendo e o que papai e Rory planejaram. E preciso saber se você não é parte dos planos.

— Não sou.

Eles se encararam por um longo momento, e Mason viu algo no olhar do irmão que nunca havia visto antes.

— Você está com medo, Roth? — perguntou, num sussurro.

Ele fez que sim.

— De mim.

— Sim. — Ele colocou a mão no ombro dela. — Você me apavora de verdade, Mase. Sem mentira. Mas... não é por causa de quem você é.

— É por causa do que eu sou.

Ele concordou de novo.

— É. Só que eu não sou um idiota, e sei que você não quer nada disso, assim como eu. Assim como Gwen não queria. Você está certa. Não tenho nenhum motivo para *não* confiar em você, Mason. E acho que já é hora de você voltar a confiar em mim.

Mason inclinou a cabeça para o lado e fitou-o.

— Eu *sempre* confiei em você, Roth.

— Eu sei. — Um vinco profundo marcou-lhe a testa. — Provavelmente não deveria ter confiado.

Ela ficou olhando o irmão, sem entender, até que Daria deu uma risada amarga.

— Não, *nenhum de nós* deveria — disse a mãe de Cal com os olhos fixos em Roth.

— Fiz o que tinha de fazer — disse Roth. — E nunca desejei fazer mal a ninguém.

— Diga isso a meus cães de caça.

Cães de caça? Mason indagou-se. Ela abriu a boca para perguntar, mas Roth só lançou um olhar mortífero a Daria e lhe deu as costas, com um gesto para que Mason o seguisse na direção das portas de vidro. Ele se deteve diante delas e virou Mason para que ela o encarasse.

— Me escute, Mase. Posso não ter agido sempre pensando no melhor para você... e você precisa saber disso... mas você também precisa acreditar em mim quando digo que sinto muito, muito mesmo, por isso.

Ele estendeu a mão e acomodou uma mecha solta de cabelo atrás da orelha dela, sem qualquer efeito; o vento tirou-a de entre os dedos dele e fez com que saísse rodopiando ao redor da cabeça dela, com o restante dos cabelos negros. Ela sentiu os dedos de Roth gelados tocando a lateral do rosto dela.

— Eu vou te contar tudo o que sei — prosseguiu Roth. — Prometo. Mas só quando sairmos daqui.

— Sairmos daqui?

— Não podemos ficar. Papai com certeza viu os raios que caíram. Ele sabe de tudo. E vai vir para cá.

No momento em que ele disse isso, Mason entendeu que tinha razão. Ela quase podia ver o rosto do pai ao perceber que havia triunfado — que havia conseguido transformar sua única filha numa Valquíria. Em uma daquelas que escolhiam os mortos. Era algo que Mason ainda estava lutando para compreender. Seu pai.

Papai.

Mason conteve as lágrimas de novo, mas sentiu um pingo gelado de chuva na face. Ergueu o rosto para o céu quando um trovão ribombou lá no alto e as pesadas nuvens negras começaram a chorar em seu lugar. Ela olhou para a mãe de Cal, imóvel, com suas vestes brancas de sacerdotisa agitando-se úmidas como as velas de um barco abandonado. Daria ergueu o queixo e tentou parecer desafiadora, mas toda a sua elegância arrogante — a atitude superior que trajava como uma armadura — tornara-se quebradiça e rompera-se. Pela primeira vez, Mason conseguia ver a mulher que existia sob a fachada, e por um instante imaginou que tipo de garota poderia ter sido. Aquela que tornara-se amiga da própria mãe de Mason, de forma tão determinada que, quando Yelena Starling morreu, havia começado a tramar contra Gunnar Starling uma vingança tão incomensurável que se estenderia ao longo de décadas.

Roth acompanhou o olhar de Mason.

— Esse é outro motivo pelo qual precisamos ir andando. O Miasma logo vai começar a dissipar-se. Posso sentir. A morte de... — O rosto dele contraiu-se de novo. — A morte de Gwen foi como uma lanceta. A maldição de sangue está se esvaindo de mim. Vai demorar um pouco, mas quando isso acontecer... quando ruírem as muralhas de nevoeiro que cercam Manhattan... o exército será mandado para cá. Vamos lá, todos para dentro do salão. — Ele foi até as portas de vidro e as abriu, olhando Daria com a promessa de vingança escrita nos olhos. — Até você. Eu iria adorar deixar que enfrentasse qualquer novo inferno que vier, mas na verdade acho que podemos precisar de você antes de tudo isto terminar.

Enquanto rumava em direção à porta aberta, Cal sacudiu a cabeça e falou pela primeira vez no que pareceu a Mason uma eternidade.

— Vai haver um caos tremendo nas ruas quando a cidade despertar. Será um pânico generalizado. E provavelmente vão colocar a ilha toda de quarentena e...

Ele foi interrompido por outro uivo angustiado, entrecortado, que vinha de algum lugar no interior do Salão Weather. Mason sentiu os cabelinhos da nuca se arrepiarem quando o som horripilante — o grito de um animal preso numa armadilha — distorceu-se apenas um momento depois, transformando-se num lamento humano de agonia.

Fennrys...

Os gritos reduziram-se a gemidos baixos, guturais, e Mason fechou os olhos com força. Mas tudo que podia ver era Rafe — a aparência dele com o sangue de Fenn tingindo seus dentes. Heather aproximou-se e colocou a mão no ombro de Mason.

— Você devia ir até ele — disse Heather. — O som disso... não é nada bom.

Mason hesitou. Honora havia pedido que ficasse longe. A matilha tomaria conta dele, segundo ela. E Toby e Maddox estavam lá. E... ela estava com medo.

— Está tudo bem — disse Heather, interpretando mal a relutância de Mason.

Ela passou o olhar por Cal e pela mãe dele, e então por Roth, que já não parecia prestes a cair de cara no chão, como parecera minutos antes.

— Acho que por enquanto temos tudo sob controle aqui fora.

Ela se abaixou para pegar a lâmina prateada em forma de foice que Daria Aristarchos tinha deixado cair e entregou-a a Roth, que a usou para indicar a Daria que entrasse pela porta; ele seguiu atrás dela.

— E não importa o que aquela loba vestida de Prada pense, eu aposto que a coisa de que Fennrys mais precisa neste momento é você. Vá.

Ela deu um breve abraço em Mason e empurrou-a com suavidade para a porta. Outro grito de fúria e dor cortou o ar, e Mason virou-se e correu pelo salão deserto na direção de Fennrys, o Lobo.

Calum viu-a ir para junto de Fennrys e precisou de muito esforço para não correr atrás dela, implorando que não fosse. Ele quase cedeu ao impulso, até que sentiu os olhos de Heather sobre si. O olhar fixo dela era tão palpável como se ela tivesse colocado a mão em seu ombro — firme, gelado, implacável... mas de algum modo não totalmente desapiedado. Bem coisa da complicada Heather Palmerston. Ele foi até onde a jovem estava postada, ao lado da porta, detendo-se antes de passar por ela e entrar na sala onde Mason estava com Fennrys.

— Oi... — ele disse.

Em resposta, Heather acenou com a cabeça em silêncio. Ela ficou parada ali, com os braços cruzados, sem dúvida esperando que ele dissesse algo mais, mas as palavras pareceram formar uma bola e entalar na garganta dele.

Heather suspirou. Estava mortalmente pálida e tinha olheiras ao redor dos olhos. Os rastros secos das lágrimas que vertera naquela noite manchavam seu rosto, e seu olhar varreu Cal da cabeça aos pés. De novo, Cal quase pôde senti-lo, mas desta vez não era gelado. Era mais como o calor de um potente holofote de luz branca.

— Então... — ela disse por fim, sacudindo a cabeça quando ficou evidente que ele não conseguia encontrar mais nada para dizer.

Os olhos dela moveram-se do rosto de Cal para o punho dele, aquele que havia manifestado o tridente com o qual ferira Fennrys, e o rapaz soube o que ela estava pensando. Ele sentiu uma onda de culpa invadi-lo.

— Que diabos, Cal?

— É... — ele tentou descerrar os dedos, mas eles pareciam grudados.

Ainda podia sentir a superfície lisa e fria da arma que criara com a mente.

— Eu sei. É... — Ele bufou frustrado. — Estou feliz por você estar bem, Heather.

— Acho que eu poderia dizer o mesmo sobre você. — Heather ergueu um ombro, num gesto de pouco caso, e ele percebeu que ela tremia. — Se tivesse certeza de que isso é verdade.

Claro que Heather ia dizer assim, na lata, ele pensou amargurado.

Como daquela vez em que ela simplesmente o informou de que haviam terminado porque Cal não a amava. Ele sempre tinha achado que amava, mas só naquele momento percebeu que ela estava certa. Ela sempre estava certa.

— Você sabe que *matou* um cara, né? — ela perguntou, e sua voz era baixa e sem entonação. Cortava como uma faca afiada.

— Ele não está...

— Ele *estaria*. Estaria morto se não fosse... o que aconteceu em seguida.

Ela fechou os olhos por um instante, como se visse de novo o momento terrível em que o jovem de *dreadlocks* que Cal conhecia como Rafe transformou-se num imenso lobo de pelagem negra e cravou os dentes no pescoço de Fennrys. Quando os abriu novamente, olhou de novo para Cal, um cansaço profundo no olhar.

— Ainda estou tendo certa dificuldade mental para entender o que exatamente aquele cara fez — ela disse. — Mas você... Eu sei o que você fez. Talvez não como, mas a parte do *o quê*, sim. Só não consigo imaginar o *porquê*, sabe?

— Eu não pretendia.

— Pretendia, sim, Cal.

— Tá legal. — Cal sacudiu a cabeça e suspirou frustrado. — Eu pretendia. Achei que ele ia ferir Mason.

— Então você... manifestou, conjurou, sei lá o quê, mas você fez... o maior e mais afiado tridente que eu já vi... Fez com *água*, e com sua *mente*, e então *atravessou o coração* de Fennrys com ele. Isso não é deter uma pessoa. É acabar com ela.

Dentro do Salão Weather, outro uivo lastimoso vibrou no ar, como uma sirene de alarme. Cal se perguntou se Mason agora compreendia, de verdade, quem era o monstro e quem era o homem. As cicatrizes em seu rosto formigaram e ele estremeceu. Heather ainda o olhava. Ele não sabia dizer se com piedade ou com ódio.

Eu não ligo. Não importa. Não preciso dela.

Ele tinha tudo de que precisava na sala ao lado. Em Mason. E quando ela percebesse isso — que agora ela e Fennrys jamais poderiam ficar juntos —, ela viria até ele. De pé entre Cal e a porta de entrada para aquele futuro em potencial, Heather deu um sorriso triste, como se tivesse lido os pensamentos dele.

— Nunca vai acontecer, querido — disse. — Sério, eu vou ficar surpresa se ela não enfiar aquela lança bem no seu peito quando voltar. Só para te mostrar qual foi a sensação quando você fez a mesma coisa com o cara que ela ama.

Cal estremeceu.

— Jesus, Heather. Você às vezes consegue ser bem desagradável, sabia?

— E você consegue ser bem cego. — Ela sacudiu a cabeça. — Eu detesto mesmo dizer isso, Cal, mas acho que talvez tenha muito mais de sua mãe em você do que você gostaria de acreditar.

— Cale a boca...

— Abra os olhos! — Heather quase gritou com ele.

Ela respirou fundo e fechou os olhos por um instante. Quando o olhou de novo, ele ficou chocado ao ver quanto amor por ele ainda preenchia o olhar dela. Não fazia sentido algum, mas ele começava a perceber que "sentido" e "amor" tinham muito pouco a ver um com o outro neste mundo. Uma onda de amargura quanto à injustiça absoluta e total de tudo aquilo abateu-se sobre ele.

— O que *aconteceu* com você, Aristarchos? — perguntou Heather, com um tom de súplica na voz. — De verdade. Estou tentando entender.

— Não sei como você poderia entender. Não somos iguais. Nunca fomos.

— O que você quer dizer?

Ele encolheu os ombros.

— Talvez seja o motivo de eu nunca ter conseguido amar você de verdade, Heather. Não é culpa sua. Você é apenas humana.

Ele não tivera a intenção de dizer aquilo daquela forma. Como um insulto. Mas foi como soou — até mesmo a seus próprios ouvidos —, e pela expressão no rosto de Heather, ele percebeu que também soara assim para ela. Ela piscou e afastou-se um passo, e seu olhar de repente se tornou impenetrável. Em vez de chorar ou gritar ou mesmo olhá-lo com mágoa nos olhos, Heather Palmerston apenas riu dele.

— É, acho que sou — ela disse. — Agradeço a Deus... ou aos *deuses*, acho... pelos pequenos favores.

Então ela se virou e foi embora, jogando o cabelo por cima dos ombros orgulhosamente rígidos e deixando Cal lá parado, sentindo que era *ele* o ser inferior.

VI

ennrys?
    Não. Não, não, não... não Fennrys.
    Não isto. Isto não era ele.
    Isto não é... Eu não sou...

– Fenn?

A dor era insuportável. Uma fogueira acesa dentro de si. Ele conseguia sentir as fibras de cada um dos músculos de seu corpo ardendo como se fossem inundadas por uma toxina virulenta. Seu sangue não era sangue, era fogo. Ele o queimava enquanto corria através das veias. A transformação em lobisomem havia desencadeado algo. Havia despertado algo nas profundezas de seu ser, e Fennrys não sabia o que era. Tudo que sabia era que estava faminto.

As grandes feridas rasgadas em seu peito pelo tridente de Calum latejavam com uma dor distante e alheia, já se fechando, carne e pulmões e coração, tudo se entretecendo novamente. Mas os ferimentos da profunda mordida nas laterais da garganta eram como constelações de agonia – cada perfuração, uma pequenina explosão solar de dor lancinante –, e ele sentia a estranha magia da mordida do deus ancestral da Morte, sombria e transformadora, emanando desses pontos. Dominando-o. Despindo-o de sua humanidade. Lutando contra sua outra natureza. Mas o que era aquela outra natureza, o próprio Fennrys nem mesmo compreendia por completo naquele momento. Ele estava morto – havia morrido –, e agora podia sentir aquelas sombras de forma mais intensa, com os sentidos ampliados de um lobo envolvendo-o como a pelagem espessa e dourada que agora exibia. E temia que sua morte anterior tivesse de algum modo distorcido a maldição lupina de Anúbis. Que a tivesse contaminado e deturpado, dando-lhe uma forma que nunca deveria ter tido.

Ele sentia o cheiro do medo que envolvia os outros membros da matilha de Rafe. Era inebriante. O cheiro alimentou sua fome, e ele tentou atacar, ansiando arrancar deles aquele medo, a dentadas, engolindo-o em grandes nacos crus. Mas a delgada corrente de prata com que Maddox envolvera sua garganta impedia-o de fazer isso. A prata queimava como ácido. Apesar da dor, ele ainda lutava, debatendo-se e arranhando o piso de pedra com as longas garras, e o suor que pingava da testa de Maddox no focinho de Fennrys, enquanto o guarda Jano lutava para mantê-lo dominado, teria, ele pensou, um sabor muito melhor se fosse sangue.

Não. Não, não, não... não são meus pensamentos.

Maddox era seu amigo. A matilha estava ali para ajudar.

Ele não era um assassino.

Você é, sim.

E muito mais do que isso.

No fundo de sua garganta, Fennrys pôde de repente sentir o gosto... *do mar?* O ar marinho, o cheiro do oceano. Gélido e penetrante como um nevoeiro. Por baixo de si, podia sentir as ondas passando. Como se estivesse no convés de um navio. Podia sentir o bater das velas ao sabor do frígido vento norte. Podia sentir o gosto na boca, e ainda mais fundo que isso. No coração.

Como uma recordação.

Ou uma premonição.

O quê, pelos infernos de todos os mundos, está acontecendo comigo?, ele se perguntou. E a resposta veio: *Você está se tornando o monstro que sempre soube que era.*

Sim, ele era um monstro. Uma fera. E agora ele era — poderia ser — um monstro mais veloz, mais forte, mil vezes mais perigoso. Uma arma brutal de quatro patas. Uma sede de sangue incontrolável obscurecia sua mente com cinza e vermelho e preto. Seus flancos corcoveavam, bombeando a respiração para dentro e para fora dos pulmões como o fole de uma forja, o ar quente jorrando pelas narinas trêmulas. Ele sentiu o coração humano que ainda batia em seu peito — aquele que Ammit, a Devoradora de Almas, em sua cegueira, havia decidido permitir que ele conservasse — inchar e se transformar. Sua forma e seu propósito alterados.

— Fennrys?

Aquela voz de novo. Seu coração se agitou e contorceu-se. Reverteu a mudança... Lembrou-se de seu propósito *real*. Lembrou-se das coisas de que estivera repleto antes que o tridente o perfurasse. Antes que o amor que o enchera se esvaísse para uma poça de seu sangue no chão. Antes que a pluma branca ficasse vermelha.

Ele se lembrou.

E seu corpo começou a mudar na outra direção.

Os cheiros se atenuaram, a visão ficou menos clara.

Mãos. Patas, não. Garras, não.

Seus olhos de lobo olharam para baixo e viram a carne dos braços ondulando por baixo da pele humana clara. Sua voz de lobo gritou em protesto contra aquilo. Tão perto. As correntes de sua casca humana frágil e mortal estavam esticadas quase ao ponto de se partirem. Ondas de desejo chocavam-se em sua mente, como o golpear de correntes marinhas se encontrando.

Tão perto.

De quê?

As sensações estavam se perdendo. O prêmio, a meta...

Que meta?

... Havia estado logo ali. A seu alcance. Ao alcance de seus dentes.

Não entendo.

— Fenn...

Aquela voz.

— Sou eu. Mason.

O uivo estrangulou-se num soluço doloroso no fundo de sua garganta. E Fennrys colapsou, coberto de pelagem dourada, no frio chão de mármore.

— Estou aqui...

Ele se perguntou se deveria sentir-se reconfortado com aquilo. Estava fraco. Ferido.

Vulnerável.

— Você vai ficar bem. Vai dar tudo certo.

Nem de perto, na verdade...

E *isto*, ele percebeu, era sua nova realidade. Por causa *dela*.

— Pare! — Mason gritou para Maddox, que puxava uma corrente e lutava para manter sob controle um enorme lobo dourado. — Pare! Você está machucando ele!

Ela se espremeu por entre os vultos agitados dos outros lupinos, ignorando as mandíbulas ameaçadoras, e abriu caminho, passando por Rafe. Ele estendeu a mão e a agarrou pelo braço, puxando-a para trás quando a fera avançou sobre a garota, uivando e rosnando, os dentes parecendo longas facas brancas, pingando saliva. Uma dor profunda ardia nos olhos da criatura. Dor e loucura e uma consciência de si que nenhum animal devia ter. Mason recuou confusa. Ela se virou para olhar no rosto o antigo deus lobisomem egípcio.

— O que tem de errado com ele? — perguntou ela.

— Você está brincando, não é? — disse Rafe, numa voz tensa de ira.

— Não!

Mason se contorceu, livrando-se das mãos dele, e olhou de novo para Fennrys, o Lobo, acuado num canto, os músculos tensos e preparados para saltar se ela chegasse a seu alcance de novo. Ela leu nos olhos dele, então, que, se tivesse oportunidade, ele destroçaria a garganta dela.

Maddox segurou a corrente com mais força, mas seus olhos estavam fixos em Mason.

— Por que ele está desse jeito? — Mason perguntou a Rafe. — *Você* não é assim! Eles não são...

Ela indicou com um gesto os outros lobos, que se moviam quase como um só, constantemente em movimento e flanqueando o lobo amarelo, mantendo-o a distância e cercado. O ar em torno de Fennrys tremulava com encantamentos e foi como se, por um instante, ela tivesse visão dupla. O lobo e o homem ocupando o mesmo lugar no espaço ao mesmo tempo. Então houve outro tremular e o lobo estava sozinho de novo, uivando e se contorcendo.

— Cada vez é diferente — disse Rafe, baixinho. — Mas... nunca desse jeito.

Mason sabia que ele estava bravo com ela. Dava para sentir isso em sua voz.

Ela não se importava. Havia forçado Rafe a transformar Fennrys numa criatura como o resto de sua matilha. Um lobisomem. Um monstro. Mas *vivo*. Forte. Forte o suficiente para se curar dos ferimentos terríveis, mortais, que Cal lhe infligira com — por incrível que pareça — um tridente.

"Praticamente impossíveis de matar" tinha sido como o antigo deus egípcio dos mortos havia uma vez descrito sua matilha para Mason. E ela havia se lembrado dessas palavras quando Fennrys estava praticamente morto. Ela fez aquilo porque Fenn precisava que ela o fizesse.

Não.

Não era o que Fenn precisava — uma voz em sua cabeça a corrigiu.

Era o que você *precisava.*

Mason estremeceu com o tom acusatório de sua própria consciência. Mas ela não podia negar que aquilo que a voz em sua cabeça dissera era verdade. Fennrys? Ele teria ficado bem. Ela havia visto isso em seus olhos quando ele fitou o rosto dela. Ela havia visto ali, naquele momento, a paz que faltara desde que o conhecera. O contentamento. A disposição para abrir mão de tudo e finalmente seguir adiante. Por fim.

Ele havia olhado para ela com amor e ela... *ela* não havia sido capaz de fazê-lo.

Ela não tinha sido capaz de deixá-lo ir.

O coração moribundo dele, o apagar de seu espírito, o sorriso estranho e adorável que iria emoldurar o que seria o último suspiro dele... Não eram coisas sem as quais ela estava preparada para viver.

De repente, houve outro estremecimento do ar ao redor dele, e Fennrys era Fennrys de novo — humano e furioso e lutando como um alucinado —, e então, da mesma forma repentina, ele era um lobo. Sua forma estava mutável e fluida, e parecia quase como se ele estivesse preso no coração de uma nuvem de tempestade. O ar da sala que tocava nele agitava-se e se contorcia com uma energia obscura.

— O que está acontecendo? — Mason perguntou a Rafe.

— Ele está tentando resistir.

— É *possível* ele fazer isso?

— Nunca vi ninguém que o tenha feito. — O deus ancestral franziu as sobrancelhas. — Não desta forma. Acabei de transformar aquele garoto na coisa mais próxima a um semideus e não quero me gabar, mas o que eu fiz... o que *você* me pediu para fazer... é uma magia perigosa. Não é o tipo de coisa que você simplesmente ignora e sai andando.

Fennrys arqueou-se de um modo que parecia, de fato, que ele estava violentamente demonstrando que não se importava, e as sombras na parede por trás dele ondularam como fumaça. A corrente retiniu, e os músculos sob a camiseta e os *jeans* de Fenn — que ficavam aparecendo e desaparecendo, como se fossem uma miragem — se retesavam e se distendiam.

— Sabe... tipo *isso* — disse Rafe.

— Ele não está a fim de se acalmar — Maddox gritou, enquanto Fennrys arremetia de novo, quase arrancando a corrente de prata das mãos do guarda Jano. — A gente não pode acertar ele na cabeça, ou algo assim?

— Com o quê? — devolveu Rafe, empurrando Mason para longe quando Fennrys tentou atacá-la. — Outro lobisomem? É a única coisa que pode feri-lo, mas não acho que isso vai ajudar.

— Você não pode ir lá e fazer algo? — Mason perguntou nervosa. — Você não é tipo o alfa da matilha, ou sei lá o quê?

— É... Eu *tentei* fazer isso! Só consegui piorar as coisas. Olhe para ele. — Rafe acenou a mão para a grande fera dourada. — Não tem como ser mais alfa do que *aquilo* e, a esta altura, provavelmente sou a segunda pessoa que ele mais odeia por aqui.

Mason lançou um olhar ao deus lobisomem, perguntando-se o que exatamente ele queria dizer. A *segunda* pessoa que ele mais odiava? Fennrys transformou-se de novo e começou a berrar em sua voz humana — uma ladainha impressionante de pragas que impressionou até Toby, pela cara que este fez —, e então, com outra transformação, o Lobo estava de volta.

Alguém tinha que fazer *alguma coisa...*

Mason empurrou Rafe e passou por ele, ajoelhando-se no chão pouco além do alcance das mandíbulas do lobo acorrentado, que abocanhava o ar.

— Fennrys? — ela chamou baixinho.

As orelhas do grande lobo de pelagem dourada se voltaram para ela. O focinho se ergueu em sua direção, trêmulo, e ele arreganhou os dentes. O piso de mármore vibrou com o som profundo de seu rosnado.

— Mason — sibilou Rafe. — Não seja idiota. Por favor...

— Apenas diga para a matilha recuar — disse Mason, mantendo a voz baixa e firme. — Ele não pode me ferir. Você sabe disso.

Rafe sacudiu a cabeça.

— Não sei *nada* sobre isso.

Na verdade, ela também não sabia. Mas valia a pena arriscar. Fennrys ou iria destroçar a si mesmo ou iria destroçar alguém se ela não o ajudasse. Mason fechou os olhos e ficou imóvel por um instante. Era difícil, agora que ela havia voltado a ser Mason de novo. Era difícil levar a mão até a espada embainhada na sua cintura. Mas ela o fez, e a lâmina deslizou para fora da bainha e transformou-se na lança longa e letal. Em algum lugar, um corvo crocitou. Houve uma cascata de luz cintilante, e quando Mason baixou o olhar, viu que uma vez mais estava vestida com a armadura brilhante de uma das guerreiras de Odin.

Não é muito diferente de se vestir para uma competição, disse a si mesma.

Os elos prateados da cota de malha davam uma sensação de que não era muito diferente da jaqueta condutiva que ela usava nos combates, e o elmo alado parecia muito com o equipamento de proteção da cabeça que ela havia usado praticamente todos os dias da vida nos últimos anos.

Ela ouviu Maddox respirar fundo, tenso, e tentou sorrir para ele de uma forma que tornasse sua manifestação de Valquíria menos... aterrorizante. Para todo mundo, inclusive ela. A julgar pelas expressões faciais uniformes por todo o salão, ela não tinha sido nem um pouco bem-sucedida na tentativa.

Em vez de "sorriso encorajador", quem sabe uma "careta de batalha", imaginou ela.

Ao vê-la totalmente trajada de Valquíria, o Lobo que havia sido Fennrys começou a abocanhar o ar e a rosnar de novo; os dentes à mostra e as orelhas para trás. Mason suspirou frustrada e sufocou o melhor que podia seus próprios sentimentos de intensa fúria crescente. Ela apoiou a lança de Odin na parede e ergueu as mãos para tirar da cabeça o elmo alado. Então removeu as luvas encouraçadas e, sem saber mais o que fazer, estendeu a mão, o dorso para diante, como se estivesse se aproximando de um cão desconhecido amarrado do lado de fora de um café.

Maddox conseguiu dar um meio sorriso quando Fennrys virou de lado a cabeça enquanto a olhava, e ela se sentiu meio ridícula. No fundo do olhar dele, ela viu que Fennrys também sentia o mesmo. Conhecendo-o tão bem quanto ela o conhecia, e vendo a expressão totalmente humana que irradiava dos olhos de um animal, aquilo era quase engraçado. Teria sido — se conseguisse abstrair a tragédia que acabava de causar. Fenn choramingou para ela e ergueu uma enorme pata dianteira em sua direção.

Mason sentiu um soluço trêmulo brotar em seu peito, caiu de joelhos e envolveu com os braços o pescoço dele, enterrando o rosto em sua pelagem. Ela sentiu Maddox afrouxar a corrente ao redor do pescoço do lobo e estendeu a mão para removê-la, jogando-a ao chão e abraçando Fennrys, tentando acalmar o animal ofegante e aterrorizado que ele subitamente se tornara.

Atrás de si, ela ouviu Rafe ordenar baixinho que a matilha recuasse.

Ela sentiu Maddox ficar em pé e afastar-se cautelosamente de Fenn e ficou o mais imóvel que podia, envolvida em sua armadura. Fennrys envolvido em seus braços. Mentalmente ordenou que todos se fossem e deixassem os dois a sós. Quando finalmente sentiu que a alcova acortinada estava vazia, diminuiu a pressão do abraço na espessa pelagem dourada e fez o possível para ajudar Fennrys, o Lobo, a voltar para casa.

A voltar para ele mesmo... e a voltar para ela.

VII

Quando era criança, Mason Starling morreu.

A experiência a deixara com alguns... problemas. Uma claustrofobia terrível, por exemplo. Vários anos de terapia não haviam ajudado quase nada, e Mason por fim desistiu e decidiu lidar com aquilo à sua maneira – sem hipnose, drogas ou as intermináveis sessões de divã em que um gentil senhor, já idoso e das antigas, lhe disse que, sempre que sentisse que as paredes a esmagavam, tudo que ela precisava fazer era fechar os olhos e, mentalmente, ir para seu "porto seguro". Na época, ela achou que tinha sido a coisa mais idiota que alguém já lhe havia dito.

Meu porto seguro.

Ela imaginou se Fenn teria um porto seguro, se algo do gênero era sequer remotamente possível para alguém como ele, mas decidiu tentar e descobrir. Claro, ela não dispunha de nenhum medicamento ou qualquer ideia de como hipnotizá-lo, e tinha certeza de que ele não se deitaria em nenhum daqueles sofás de couro branco do Salão Weather.

No entanto ela dispunha do medalhão dele. Ela dispunha da magia.

Mason levantou-se e pegou a lança. Agora que estava a sós com Fenn, ordenou mentalmente que a arma e ela voltassem "aos trajes civis". Embainhou a espada e, colocando a mão no bolso, tirou de lá o medalhão Jano de Fennrys. Desfez a trança do cordão e deixou-o o mais comprido possível, para poder circundar a espessa pelagem amarela do pescoço lupino de Fennrys. Então pôs de lado qualquer traço da turbulenta e furiosa Valquíria recentemente manifesta para poder concentrar-se no que Fennrys havia lhe contado sobre a Magia.

Devia fazê-la acontecer em sua mente.

Encontre seu porto seguro, Fenn, ela implorou mentalmente, vertendo sua vontade no medalhão.

— Encontre-o — sussurrou.

Ao mesmo tempo, ela buscava o seu. *Encontre seu porto seguro...*

A ausência repentina dos sons da chuva foi a primeira coisa que Mason notou.

E o leve cheiro de poeira.

Madeira antiga... e metal... o som distante do tráfego e uma sensação de amplidão, mesmo que sentisse estar num aposento. Mason abriu os olhos e tudo simplesmente... se foi. Ela deu um grande sorriso de pura felicidade e girou num círculo lento, sua saia graciosa sussurrando ao redor das coxas enquanto ela se movia e seus sapatos ressoavam com suavidade no piso de concreto. O galpão vazio e mal iluminado onde estava estendia--se até os cantos sombrios, abandonados e cheios de teias de aranha, e Mason pensou que nunca na vida havia visto um lugar tão lindo.

Sem hesitar, ela foi até o elevador de carga a um canto, com cara de muito antigo, e entrou. Puxou a grade da porta, que rangeu ao fechar-se, e empurrou a alavanca do antiquado painel de controle de latão. Quando o mecanismo começou a gemer e o carro iniciou sua lenta subida, Mason sorriu e levou um dedo até uma placa de vidro empoeirada fixada à parede, que continha o certificado mecânico do elevador. Ela traçou um coração na poeira cinzenta. E, dentro dele, suas iniciais e as de Fenn.

À altura em que o elevador parou no segundo andar, ela provavelmente estava vermelha como um pimentão, imaginou. Ela limpou o pó do dedo e abriu a grade, saindo para o *loft* secreto e estiloso que pertencia a Fennrys, o Lobo. Como sempre fazia quando sabia que Mason estava vindo, ele fizera a cortesia de abrir todas as janelas, e as cortinas finas ao longo da parede de tijolos ondulavam suavemente na brisa que trazia os tênues sons noturnos da cidade.

No fundo da sala de estar, de costas para ela e voltado para a parede de vidro preto que escondia uma extensa coleção de armamentos, estava Fennrys, o Lobo. Ela podia ver o reflexo dele, de olhos fechados e rosto relaxado, enquanto ele permanecia em pé, com uma das mãos apoiada no vidro. Mason ficou onde estava, no vestíbulo, relutante em perturbar as reflexões de Fenn, e aproveitou a chance para se dar um pequeno prazer. Seu olhar sorveu a silhueta dele — as linhas das costas e dos ombros, a forma como a cintura dava lugar a quadris estreitos e pernas longas e fortes — e ela admirou a elegância fácil e casual de sua postura, mesmo nos momentos de relaxamento.

Sem que ele abrisse os olhos, ela viu o reflexo dele começar a sorrir.

— Olá, querida — ele murmurou. — Imagina só, encontrar você aqui...

Mason esperou enquanto ele se virava e lentamente cruzava o aposento na direção dela. Eles se encontraram diante do *closet* do *hall* de entrada, que estava aberto, e o olhar dela deslizou pela coleção de jaquetas de couro ali penduradas. Ela estendeu a mão e pegou aquela cuja manga tinha sido rasgada pelas garras de alguma fera com que Fenn havia lutado em seu passado como guarda Jano e lembrou-se da primeira vez em que a viu e da conclusão, então ridícula, que tirara. Deu um sorriso maroto.

— Viu? Eu *sabia* que você era um lobisomem.

Ele jogou a cabeça para trás e gargalhou.

Era algo tão estranho de ver que, por um momento, aquilo a perturbou um pouco. Mas então ela se deu conta de que se sentia do mesmo jeito. Simplesmente... feliz. Mason sorriu para Fennrys e adiantou-se, passando por ele e atravessando a sala, até a janela que dava para o parque High Line — o oásis verde construído na linha de trem elevada abandonada que serpenteava por entre os cânions de pedra do Lower West Side de Manhattan. Ela se debruçou para sentir o ar frio da noite e viu um grande lobo amarelo com olhos azuis-claros percorrendo o caminho do parque onde ela e Fennrys tinham passado muitas noites deliciosas, treinando esgrima e passeando e beijando-se. Na árvore de sumagre acima da cabeça do lobo estava empoleirado um grande corvo negro, observando-o com um olhar fixo.

Mason sentiu os braços de Fenn envolverem-na, e ela se aconchegou a ele. Agora havia um fogo crepitando na enorme lareira, e ela ficou imaginando se ele o havia conjurado ou se tinha sido ela, sem querer, com um pensamento. Não que fosse importante. Não que ela ligasse. Ela se perguntou por um breve instante se poderia ficar ali com ele para sempre, em seu porto seguro compartilhado.

— Você me trouxe aqui? — perguntou Fenn, baixinho.

— Acho que sim. — Ela se recostou nele. — Eu só queria ajudar.

— Em algum momento você pode ter que parar de fazer isso, Mase.

A respiração dele soprava o cabelo por trás da cabeça dela.

— Por quê?

— Você está aqui, me ajudando agora, porque você já me ajudou antes. Você sabe.

Ele colocou de lado o cabelo dela, beijando-lhe a pele nua logo abaixo da orelha.

— Com todo esse lance de lobisomem...

— Eu não tive a intenção de que isso acontecesse.

— Tem certeza?

Ela se voltou, nos braços dele, e olhou para cima.

— Eu só queria te salvar.

— Você fez um acordo com um deus da morte e ele me transformou num monstro...

Contrastando com as palavras sombrias, Fenn deu aquele seu sorriso estranho, desajeitado, maravilhoso, e baixou a cabeça para murmurar um beijo logo abaixo da clavícula dela.

— Só para me manter vivo. Não tenho certeza de que isso corresponde de fato a "salvar".

Mason inclinou a cabeça para trás e perdeu-se na sensação da boca dele em sua pele.

— Você está dizendo que eu deveria ter deixado você morrer? — perguntou com uma voz que soava ofegante a seus próprios ouvidos. — De novo?

Fenn ergueu a cabeça e, quando olhou para ela, havia em seus olhos uma serenidade tranquila. A luz do fogo refletindo-se na lateral de seu rosto transformava sua pele em ouro líquido, lançando o outro lado em sombras profundas. Ele parecia uma pintura renascentista de algum herói clássico, trabalhada em escuridão e luz, equilibrada entre os dois extremos. Um estudo sobre o contraste. Ele passou um dedo pela lateral do rosto dela. Seu toque era leve como o de uma pluma quando ele inclinou a face dela para cima e beijou-a nos lábios.

— Você não acha que há um momento em que é necessário desistir, Mase? — ele sussurrou. — Que chega um ponto em que você simplesmente precisa abrir mão?

— De você? — Ela sacudiu a cabeça, um movimento pequeno, mas decidido. Firme. — Nunca.

— Mesmo que nada disto seja real? — ele perguntou, mas então ela o estava beijando de novo, e pela forma como os braços dele a rodearam e ele a puxou para si, ficou claro que não importava qual seria a resposta.

Ele a beijou com tanto ardor que ela sentiu a inalação dele tirando--lhe todo o ar dos pulmões. As mãos de Fenn se entrelaçaram no cabelo dela como se ele quisesse atar-se fisicamente a ela, e Mason derreteu-se por completo no calor do abraço dele.

Quando achou que estava quase à beira de um bom e velho desmaio, ela recuou e encheu os pulmões de ar. O peito de Fenn estremecia enquanto ele mesmo arfava, e então outra vez começou a rir. Em silêncio desta vez, a cabeça para trás e os olhos fechados. Quando os abriu de novo, ela viu seu próprio rosto refletido na profundidade do olhar dele e mal reconheceu a si mesma. Os olhos azuis faiscavam e suas faces estavam afogueadas, e o sorriso dela era mais amplo do que qualquer um que ela já se vira dar na vida real.

Será que em algum momento já fui tão feliz assim?

Quando olhou para cima, para dentro dos olhos dele, ela pensou ver refletido ali o que poderia ser o mesmo sentimento.

E ele?

Ela abriu a boca para contar-lhe como se sentia. E *mais* do que isso.

Agora posso contar. Posso finalmente contar-lhe que eu...

— Mase, você está ouvindo?

Fennrys de repente virou a cabeça para um lado. Inclinou a cabeça atento.

Ela estava ouvindo. O som de engrenagens antiquadas rangendo e entrando em ação enquanto o carro do elevador começava a subir a partir do primeiro andar. Coisa que por si só era estranha, porque Mason tinha certeza de ter deixado a grade da porta aberta, e o carro havia ficado parado no segundo andar quando ela chegou.

Bem, o que você espera de uma visão em sonho? Lógica?

— Você estava esperando alguém? — ela perguntou.

— Não, mas isso pode ser porque eu não acredito de verdade que *estou* aqui, e que posso esperar alguém. E você?

— Não. — Ela sacudiu a cabeça.

Fennrys pegou a mão dela e juntos cruzaram o apartamento indo até o velho elevador de carga que subia repleto de barulhos, até parar. Fenn estendeu a mão e empurrou a grade para abri-la e então entrou. Mason o seguiu e de imediato foi atingida pela sensação desconcertante de que o interior do elevador estava... *em outro lugar.*

O ar no elevador rústico, empoeirado, de madeira e metal, dava uma sensação revigorante e alegre, temperada com o aroma de agulhas de pinheiro e a proximidade da água gelada e limpa. E... flores de macieira. Ela sentia a luz do sol nos ombros, onde não havia outra iluminação a não ser uma solitária e pálida lâmpada incandescente, e havia a impressão de um amplo espaço aberto, mesmo que ela devesse ter sentido claustrofobia.

Mas... fora isso, o elevador estava vazio.

Fennrys deu uma volta, descrevendo um círculo inteiro, com a cabeça ainda inclinada, ouvindo. Sua testa estava franzida, mas de concentração, não de preocupação ou receio. Quando algo atrás dela chamou-lhe a atenção, Mason virou-se para ver o que era. Fennrys olhava com atenção para a placa de vidro emoldurada e aparafusada à parede do carro, que continha o certificado mecânico do elevador, envelhecido e amarelado. O coração, circulando as iniciais MS e FL, que Mason traçara na superfície empoeirada, estava bem visível à luz mortiça.

Ele me pegou, ela pensou. E ficou vermelha.

A expressão de Fenn suavizou-se, demonstrando surpresa, e ele chegou mais perto da parede do elevador, forçando Mason a retroceder até suas costas tocarem o painel de operação. Ele estendeu a mão por cima do ombro dela, na direção do vidro, e com a lateral do punho limpou a poeira, apagando o desenho do coração.

Mason sentiu seu próprio coração se apertar.

Então Fenn esmurrou o vidro, forte o bastante para estilhaçá-lo.

O tilintar do vidro quebrado caindo era como o som de sinos de prata...

E o elevador e todo o *loft* ao redor deles tremeluziram e desapareceram na escuridão. As paredes pálidas e frias do Salão Weather entraram em foco quando Mason abriu os olhos. Ela estava ajoelhada no chão de mármore, a cabeça de Fennrys acomodada em seu colo. De repente, o Lobo havia desaparecido e mais uma vez ele usava sua forma humana. O medalhão de ferro pendia-lhe do pescoço pelo longo cordão de couro, e sobre as marcas de sua superfície dançava um brilho suave, que se apagou enquanto ela olhava. Ela pousou a mão no cabelo loiro e revolto dele e sentiu o calor que se irradiava de sua testa. Fennrys se mexeu e sentou-se, passando a mão pelo rosto. Seus olhos azuis estavam límpidos de novo, e ele estava no controle. Mason podia ver, porém, que o Lobo ainda estava lá, enterrado lá no fundo, mas quieto. Ela sentiu a mesma coisa em relação a sua Valquíria – a ânsia intensa era como as brasas vivas sob as cinzas do fogo adormecido, ou como o agitar das asas do corvo numa árvore distante. Era controlável.

– Você está bem? – ela perguntou baixinho.

Fennrys fez que sim. Baixou os olhos para o medalhão que estava sobre seu peito e em seguida ergueu-os para olhá-la.

— Como?

— Eu só formulei o desejo de que você encontrasse seu... hã... porto seguro. — Ela sentiu que ficava vermelha.

Jargão piegas e tonto de terapeuta.

— Porto seguro, hein? — Ele deu um sorriso débil. — Você, meu apartamento, um fogo bacana na lareira... parece bem bom.

— Na verdade eu nem sabia que estaria lá junto a você — ela disse.

— Talvez não tivesse me sentido tão seguro sem você.

Ele não parecia muito convencido, Mase pensou.

— Foi algo que um de meus psiquiatras me disse quando eu era pequena. Nunca funcionou comigo antes, mas... Eu não sabia mais o que fazer. Acho que dessa vez o medalhão fez a diferença. Ou alguma outra coisa.

Ou quem sabe você nunca tenha tido um lugar seguro aonde ir antes de Fennrys aparecer.

— Está tudo bem. Você foi ótima, Mase.

Ele forçou um sorriso, mas era um sorriso tenso. Não era seu estranho sorriso desajeitado de sempre, que provocava um formigamento cálido nas solas dos pés dela.

— Obrigada.

Um ruído atrás deles fez com que erguessem a vista e, ao virar-se, Mason viu Maddox ali parado, enrolando a corrente prateada agora que o perigo parecia ter passado.

Ela se virou de novo para Fennrys.

— No elevador... por que você esmurrou o vidro?

— Eu não sei.

Fennrys franziu a testa, seu olhar voltou-se para dentro de si.

— Havia... algo. Algo que eu devia lembrar. — Ele sacudiu a cabeça. — Mas agora me escapou.

— Ah, achei que podia ter sido o coração — disse Mason. — Achei que você tinha ficado furioso, ou algo assim...

— Que coração?

Mason pestanejou enquanto o olhava. Ele não tinha visto o desenho dela no vidro empoeirado? Mesmo com a luz fraca da lâmpada do elevador, o coração estivera tão visível como se fosse à luz do dia. Ela se perguntou se, no fim das contas, eles haviam tido a mesma experiência. Talvez os detalhes fossem diferentes. Ou talvez o lugar seguro e feliz dele não incluísse um coração com as iniciais de ambos dentro.

— Não, nada. Não é importante. — Mason sacudiu a cabeça e forçou-se a sorrir.

— Se vocês dois estiverem a fim — Maddox interrompeu com uma urgência delicada —, que tal a gente ir andando? A tempestade está piorando, e os tremores também. E, de minha parte, não quero ficar preso naquele elevador se a luz apagar ou se os monstros aparecerem.

Quando Fennrys passou por ele, Maddox segurou-lhe o braço e Mason ouviu-o murmurar:

— Você está...?

— Tão bem quanto posso estar num futuro próximo — Fenn disse tenso.

— Certo. — Maddox não soava tão seguro. — Então vou reunir a tropa.

VIII

— Heather? — chamou Toby ao virar a esquina, obviamente à procura dela.

Ela passou um dedo no canto do olho, para ter certeza de que não havia nenhum sinal de lágrimas, e se virou.

— Oi, treinador — respondeu.

— Está tudo bem?

— Você quer dizer, ainda sou humana? Acho que sim. Parece que sou a única.

Ela encolheu um ombro, num gesto que deveria ser descontraído, mas que se transformou num estremecimento, e Heather abraçou a si mesma com força, percebendo de repente que poderia muito bem estar em estado de choque.

Toby levou-a até uma das poltronas brancas de couro e a sentou. Chutou para longe uma mesinha baixa, esparramando o conteúdo da travessa de prata cheia de frutas podres que estava sobre ela, e ajoelhou-se diante de Heather. Ela ergueu uma sobrancelha quando ele virou para cima a palma da mão direita dela, como se fosse ler sua sorte. Em vez disso, ele pousou dois dedos no pulso e ficou imóvel por um instante. Heather sentiu sua pulsação cardíaca agitada, veloz e rasa, de encontro aos dedos grossos de Toby.

Depois de um instante, ele ergueu os olhos para ela.

— Ok. Você ainda é humana. E provavelmente em menos estado de choque do que deveria estar. Mas quero que fique aqui sentada, quieta, por alguns minutos, certo? Sei que tudo isso foi bem difícil para você.

— Para *mim*? — ela bufou. — Você está brincando, não é?

— É. Bom. Acho que foi um dia e tanto para todos nós — ele resmungou. — Para alguns mais do que para outros.

— Todo o lance com Mason é bem ruim, não é? — Heather acenou com o queixo naquela direção. — Quero dizer... ela... uau. É de dar medo. Quero dizer... tem aquela roupa da hora e tudo mais, mas ela parecia tão... diferente. Mais diferente até do que Cal e, sabe... Não estou conseguindo acreditar.

— É, eu também não estou — disse Toby, um meio sorriso surgindo em seus lábios.

— Isso não devia ter acontecido, devia? Quer dizer, Mason.

— Não, não devia.

— O que você vai fazer?

Toby ficou em silêncio.

— O que tiver que fazer.

— Boa sorte, então.

— É, se chegar a isso... vou precisar de mais do que sorte. Todos nós vamos precisar.

Heather ficou sentada ali, sem saber mais o que dizer, até que o cara que os demais chamavam de Maddox apareceu.

— Oi. — Ele acenou a cabeça de leve para Heather e falou com Toby em voz baixa. — Parece que ela conseguiu controlá-lo. Ao menos por enquanto. Agora precisamos sair daqui o mais depressa possível. Enquanto ainda podemos.

— Concordo com você. Não quero estar em nenhum lugar para onde Gunnar Starling possa estar indo neste momento.

Heather estremeceu. *Nem eu* — pensou, relembrando o que tinha acontecido no trem. Ela olhou para Toby e levou um susto. De repente, parecia que fazia três dias que ele não dormia. Tinha olheiras profundas sob os olhos, e a barba que começava a crescer tornava indefinidos os contornos do que costumava ser um cavanhaque muito bem aparado. Sua onipresente caneca térmica cheia de café estava ausente, e ela se perguntou se o mestre de esgrima não estaria sofrendo de uma séria abstinência de cafeína. Era algo esquisito de pensar naquelas circunstâncias. Mas ela ficou imaginando se alguma coisa em sua vida voltaria a ser normal. Sobretudo quando alguém como Toby ficava lhe dizendo coisas como:

— Você ainda tem a runa de proteção que lhe dei?

Heather suspirou, aceitando a esquisitice, e fez que sim.

— Ótimo — disse Toby. — Ela vai repelir a maldição do Miasma quando estivermos lá embaixo e deve manter você a salvo do que quer que apareça. Bem, ao menos, *mais* a salvo.

— E quanto ao resto de vocês?

— O resto de nós é... imune, de formas diversas. — Toby sacudiu os ombros.

— Certo. E você, qual é a sua? — ela perguntou a Maddox, que era incrivelmente atraente e ao mesmo tempo sabia se virar muito bem. — Semideus? Demônio?

— Humano, obrigado. — Ele sorriu para ela. — Mas tenho uma constituição impressionante. Eu me alimento bem, não fumo, uso um talismã lotado de Magia Faerie útil de verdade... essas coisas. Um monte de lances virtuosos. Fica difícil me amaldiçoar.

— Bem útil — murmurou Heather.

— Além do mais, tenho na manga mais de um século de treinos de artes marciais, e só isso já tende a dar uma boa vantagem. Sou devoto ardoroso de usar cada recurso possível para salvar a pele.

De repente, Heather se lembrou de um possível recurso que ela própria tinha — a pequena balestra, com as duas setas, a dourada e a cinzenta, que um misterioso... *alguém* lhe dera num vagão de metrô – e correu em busca de sua bolsa, que encontrou ainda caída ao chão perto dos elevadores. Pendurou-a a tiracolo e, ao virar-se, viu que Mason vinha na direção dela.

– Oi, Starling – acenou casualmente. – Como estão as coisas?

Mason deu uma risada cansada.

– Ah, normal. Uma típica noite de sexta. Lobisomens, valquírias, terremotos, maldições de sangue e o Fim do Mundo... Estou esperando a praga de gafanhotos a qualquer momento. E você?

– A mesma doideira. – Heather sorriu. – E aí? Onde é que você esteve *de verdade* nos dois últimos dias?

– Você acreditaria se eu dissesse Asgard?

– Acho que eu não acreditaria se você dissesse que *não* esteve – respondeu Heather.

Ela olhou na direção de onde Mason viera.

– Como está indo o loiro gostosão superdurão?

– Está bem, por enquanto. Controlado. Rafe disse que isso nunca aconteceu com nenhum de seus... hã...

– Nenhuma de suas vítimas?

– Dos membros da matilha dele. – Mason estremeceu e abraçou a si mesma.

– Tá legal. – Heather concordou com um aceno de cabeça. – Então... e esse cara, Rafe... é tipo... *o quê*, mesmo?

– Anúbis.

– O Senhor do Mundo dos Mortos egípcio.

– Já foi, é. E... uma característica bônus, deus dos lobisomens.

– Os livros-texto nunca mencionaram essa parte – observou Heather, seca.

– Eu sei. Esquisito, não é? – Mason deu uma risadinha nada alegre.

– Mas faz sentido. – Heather deu de ombros. – É só ver todas aquelas pinturas tumulares com o cara.

– É, bem lobisomesco.

— E então... — Heather hesitou. — Depois de... você sabe, Fenn...?

— Não está morto.

— Certo. E isso é bom. Certo?

Mason só olhou para ela.

— Quero dizer, *lógico* que isso é bom.

De repente, houve outro gigantesco tremor sob os pés delas.

— Faz dias que isso está rolando — disse Heather. — Na cidade inteira. Desde o lance da ponte do trem. É como se o mundo estivesse se rachando.

— Talvez esteja — murmurou Mason.

— Vamos — disse Heather. — Vamos cair fora daqui.

Ambas foram se juntar ao resto do pessoal.

— Toby acha que devíamos voltar a Gosforth porque é o único local seguro em Manhattan — dizia Roth quando as duas se reuniram aos demais.

A maioria dos cortes superficiais em seus braços parecia estar sarando, desaparecendo com o fim da maldição de sangue.

— E eu estou de acordo. É solo protegido — completou Roth.

— Se é esse o caso, então por que fomos atacados no ginásio? — indagou Cal. — Como isso pode ter acontecido se a Academia é protegida, como você diz?

— Meu palpite é que isso aconteceu porque as instalações são novas. — Toby deu de ombros. — Assim, os *draugr* puderam escalar as paredes, passar pelo telhado e chegar ao carvalho do pátio e derrubá-lo para usar como aríete e abrir caminho para dentro do ginásio.

Daria fez um aceno tenso com a cabeça, concordando, suas mãos mexiam compulsivamente no cabelo, de novo e de novo, como se ela estivesse tentando retomar fisicamente o controle de si mesma.

— Era a única porção da escola que estava vulnerável — disse. — As famílias fundadoras ainda não tinham tido tempo de se reunir para instalar nela os encantamentos de proteção integrados.

— Acho que não sabiam que isso ia acontecer — disse Mason, tentando controlar o impulso de ir até a sacerdotisa eleusina e socar o rosto dela.

— Ah, sabiam, sim — disse Toby com desdém. — Pelos últimos mil anos sabiam que isso ia acontecer. Só que, sabe... talvez não *nesta* semana.

— Então ainda não é seguro...

— É seguro, sim — interrompeu Daria. — O conselho reinstalou a rede de encantamentos defensivos naquela mesma noite. Está seguro. E talvez seja o único quarteirão em toda a Manhattan que ficou imune à Névoa do Sono.

— Tudo bem, então — concordou Mason. — Vamos para Gosforth.

IX

O corpo de Gwen Littlefield se fora.

Os estilhaços de vidro das barreiras do mirante destruídas cobriam o piso do pátio do nível inferior da Plaza, reluzindo como farpas de gelo nas poças de água. Perto da grande estátua de Prometeu, um trecho do concreto estava rachado e afundado, parecendo a cratera de algum impacto. A teia de rachaduras que irradiava dali estava manchada com um vermelho profundo. Os passos de Mason hesitaram, e ela se virou para olhar para a torre do Rockefeller. Lá no alto do prédio ficava o terraço onde ainda estava o altar negro. E aquele era o ponto, ela sabia, onde Gwen havia caído.

O corpo, no entanto, não estava em nenhum lugar por ali.

Era estranho. Perturbador. Mas, vendo Roth parado, olhando para nada além de uma mancha de sangue, Mason sentia um alívio indescritível. Ela não podia imaginar o efeito que teria sobre seu irmão ver seu amor destroçado. Mason estendeu a mão e tocou-lhe o ombro.

– Não tem nada que a gente possa fazer – disse baixinho. – Vamos. Temos que...

— Mason! Cuidado! — gritou Cal de repente.

Ele se lançou na direção dela, atingindo-a com o ombro e empurrando-a para longe. Ela rolou pelo chão sentindo dores e ouviu a si mesma praguejar quando as palmas de suas mãos se esfolaram na calçada. Ficando em pé outra vez, Mason se voltou para Cal, com os punhos erguidos, um instante antes de perceber que ele provavelmente acabava de salvar-lhe a vida.

A coisa que despencara do céu no ponto onde ela estivera era tão horrenda que o cérebro de Mason teve dificuldade de assimilar em palavras. Um turbilhão de asas negras e de penas oleosas, com cabelos desgrenhados e pés retorcidos terminando em garras, a criatura emitiu um guincho ensurdecedor, enquanto agarrava o espaço vazio onde Mason estivera um momento antes.

Batendo as asas de forma alucinada, o ser monstruoso lançou-se ao ar de novo, lançando lufadas de ar rançoso. Mason e os demais engasgaram com o odor, cambaleando para trás. Roth tampou o rosto com um braço e Cal teve uma violenta ânsia de vômito. Como um abutre mutante superdesenvolvido, a criatura pousou sobre a estátua de Prometeu, empoleirando-se sobre a bola dourada de fogo que a estátua segurava. Fixou o olhar em Mason e seus companheiros, os olhos negros e injetados de sangue encaixados numa face que era a de uma mulher velha, mas retorcida e esticada por cima de ossos angulosos demais, com um nariz protuberante longo e pontudo. Mason viu que, por baixo das asas imensas e em frangalhos, o corpo da criatura era um híbrido horrível de ave e humano, os braços e pernas esquálidos com plumas esparsas aqui e ali. O corpo da coisa estava coberto com uma túnica esfarrapada e imunda, que parecia manchada de sangue.

— Uau — Mason ouviu Heather murmurar nervosa. — A cidade está começando a parecer uma enorme festa de Halloween.

— Harpia — grunhiu Toby.

— Obrigada, Toby — ela respondeu. — Eu nunca teria imaginado...

Mason pousou a mão no cabo de sua espada, mas não a sacou da bainha. A ideia de encarnar de novo sua versão Valquíria aterrorizava-a. Mesmo que, no fundo, também fosse ao menos um pouquinho emocionante.

— Menos, Starling!

Toby dirigiu um olhar de alerta a ela e depois a Fennrys, que começara a rosnar baixinho no fundo da garganta.

— Por enquanto, vamos deixar de fora os corvos e os lobos, certo? Se forem lutar, lutem como humanos.

— Certo. Tudo bem.

Ela olhou para Fennrys, que concordou com a cabeça e afastou a mão da arma.

— Ótimo — disse Toby, e deu um passo à frente, colocando-se entre Mason e a harpia.

Então ele saudou a criatura. Em sua voz, uma ponta de cautelosa polidez:

— Aello, há quanto tempo não nos vemos.

De novo Mason viu-se pestanejando de surpresa no que dizia respeito a Toby. Trocou um olhar com Heather e viu que esta sentia o mesmo.

— Onde? — grasnou Aello para o mestre de esgrima, em uma voz de vidro moído e tachinhas. — Onde está a alma alquebrada? Reivindicamos a essência dela. Os suicidas são nossos. Meus e de minhas irmãs.

— Gwen *não* se suicidou — Roth avançou; sua voz falhava ao dizer essa palavra. — Ela foi um sacrifício.

— Ninharias, mortal — Aello pigarreou e cuspiu na fonte abaixo de si. — Nós a exigimos.

Os punhos de Roth se fecharam, mas a atenção de Aello já não estava nele. Ela observava os rostos dos demais, que formavam uma massa humana compacta. Seu olhar remelento se aguçou quando ela reconheceu Rafe.

— Ah, *você*... — crocitou para o antigo deus egípcio.

Então voltou a dirigir-se a Toby, inclinando a cabeça como uma ave na direção de Rafe:

— O cão da morte levou embora a alma alquebrada? Ele não tem direito a ela. Nós a teremos de volta.

— Se eu estivesse a fim da alma dela, abutre, não haveria nada no mundo que você pudesse fazer para me impedir — rosnou Rafe em resposta.

Entretanto Mason viu-o respirar fundo para acalmar-se. Ele girou um ombro e puxou a manga da jaqueta, ajeitando-a.

— Mas acontece que eu não estava. — Ele fez um aceno desdenhoso com a mão. — Não é minha culpa que alguém mais nesta cidade tenha sido mais rápido do que vocês três, seus espanadores emplumados pestilentos. Isso deve doer, hein? Perder a chance de uma essência poderosa como aquela... Imagino que a pequena arúspice poderia manter vocês três bem alimentadas por eras e eras...

Mason se lembrou, de suas aulas de mitologia em Gosforth, de que as harpias eram torturadoras no mundo dos mortos, alimentando-se das almas perdidas que haviam tirado a própria vida. Era o que Gwen *tecnicamente* havia feito, mesmo que tivesse sido para quebrar uma maldição e libertar o irmão de Mason — sem falar de toda a cidade de Manhattan. Porém Mason também percebia que a monstruosidade mitológica pousada acima dela na verdade não dava a mínima para os detalhes. Enquanto Rafe atraía a atenção da criatura, Mason olhou para cima e viu outros dois vultos alados planando bem alto no céu noturno. Ela puxou a manga de Toby e apontou para cima.

— É, estou vendo — ele murmurou. — Fique atenta, menina, elas se movem com muita velocidade.

Mason fez que sim com a cabeça e sacudiu os ombros, girando a cabeça de um lado a outro como quando se preparava para um combate numa competição. Toby afastou-se dela então e chegou um pouco mais perto da fonte, de forma natural, dando a si mesmo espaço para brandir uma faca caso fosse necessário.

— Tudo bem com você se tivermos que lutar? — Fennrys sussurrou na orelha dela, subitamente a seu lado.

Mason não tinha notado quando ele se moveu e nem sequer o ouviu, mas de repente ele estava ali. A respiração dele estava quente em seu pescoço, e tudo o que ela queria fazer naquele momento era virar a cabeça apenas o suficiente para poder beijá-lo.

Provavelmente não é a melhor hora, pensou, e assentiu em silêncio, não confiando em si mesma para falar. Sua mão pousou de novo no cabo da espada, antes que ela se lembrasse de que aquela não era mais a sua espada. Ela se perguntou o que aconteceria se tivesse que usar a lança de Odin como arma... e decidiu que seria uma ideia realmente muito ruim.

Fennrys pareceu pensar o mesmo. Colocou a mão de leve sobre a de Mason e fez os dedos dela se soltarem. Ela o olhou por cima do ombro. Ele estava pálido, e os músculos de seu pescoço se destacavam retesados de tensão. A testa dele estava coberta de suor e suas pupilas estavam tão grandes que as íris azul-claras pareciam finos anéis de gelo circundando poços negros sem fundo. Ela estava perto o suficiente para contar os fios de barba que despontavam em seu queixo e sentia o desejo de passar os dedos pela aspereza do rosto dele.

Fala sério, não é hora para isso, Mase.

Com a mão livre, Fenn sacou sua própria faca de lâmina longa – aquela que levava em uma bainha presa à perna – e, estendendo o braço, colocou o cabo da arma na outra mão de Mason.

– Toby está certo. E Rafe estava certo. Não vamos brincar com os nossos brinquedos de Asgard a menos que seja absolutamente necessário. Certo?

Ela fez que sim com a cabeça e soltou o cabo da espada.

– Certo.

Bem observado. Quantas vezes poderia ela evocar a Valquíria antes de se transformar nela de forma permanente? E Fennrys? E quanto ao monstro que ela havia libertado dentro dele? Tudo bem, a visita de ambos ao porto seguro de Fenn parecia ter acalmado, por ora, os rompantes de violência que estavam tendo, mas ela se perguntou quanto tempo aquilo duraria. Já começava a sentir como se ansiasse por uma luta, e se esse era o caso com ela, o quão pior seria para Fenn, que considerava lutar como seu propósito de vida? Ainda mais agora, com a pressão adicional dos instintos lupinos? Quando foi que os instintos assumiram totalmente o controle?

Os dedos dela se fecharam com força ao redor do cabo da faca que Fennrys lhe dera, e então ela se forçou a relaxá-los em uma pegada descansada e atenta – da forma como Fenn havia ensinado a segurar uma lâmina – e sorriu para ele.

– Esta é a minha garota – murmurou Fenn, com um sorriso. – Mantenha-se relaxada.

Seus dedos fizeram uma leve pressão sobre os dela, e ele se afastou de novo.

A garota dele...

Ela torcia desesperadamente para que ele ainda pensasse isso e não fosse só modo de dizer.

Mason viu Fennrys mover-se para assumir uma posição discretamente protetora diante de Heather, que lhe lançou um olhar, mas não reclamou. Os nós dos dedos dela, que apertavam uma pequena foice prateada que ela pegara no Salão Weather, estavam brancos de tensão, e ela mudava o peso de um pé para outro, nervosa. Mason entendia totalmente. Podia lembrar-se de como se sentira naquela tarde com Fennrys no Boat Basin Café, esperando que um barco repleto de *draugr* – os zumbis-guerreiros nórdicos – os atacasse.

Aterrorizada.

Ela se lembrou, de forma vívida, do céu subitamente encoberto, do nevoeiro espesso avançando sobre o rio Hudson, trazendo consigo fogo e aço e caos. Monstros em barcos, monstros na água, monstros no céu.

Espere aí.

Alguma coisa estava incomodando no fundo do cérebro de Mason.

Certo. Agora me lembro.

O café. Tinha sido onde havia visto as harpias antes. Vultos alados, sombrios, caídos dos céus como meteoritos durante o caos do ataque, elas haviam feito voos rasantes, saindo das nuvens de tempestade, e atacado as hostes dos guerreiros nórdicos mortos-vivos, ajudando a equilibrar as chances.

– Esperem!

Mason adiantou-se, ignorando Toby, que a olhou torto por baixo de uma sobrancelha erguida. Ela elevou a voz e falou diretamente com a harpia empoleirada na estátua, imaginando que talvez houvesse uma forma de se safarem daquela situação conversando, sem terem de recorrer à luta.

— Vocês já nos ajudaram antes...

— Mason... — A voz de Rafe tinha um tom de advertência.

Dando ouvido ao menos àquilo, Mason não avançou mais e falou com o antigo deus lobisomem egípcio por cima do ombro, sem tirar os olhos da antiga deusa mulher-ave grega a sua frente.

— Elas mataram um bocado de *draugr* quando Fennrys e eu fomos atacados no Boat Basin — ela explicou. — Talvez não tivéssemos escapado vivos sem a ajuda delas.

— Hum — grunhiu Toby, que sem perceber girava na mão a faca de lâmina de carbono com a qual era tão destro, como se fosse um acessório de mágico. — Então foi *isso* que aconteceu. Os noticiários foram bem confusos com aquilo tudo.

Mason fez uma careta, ao se lembrar.

— Hã, é, foi meio que um caos. Muitos gritos e muita correria. De qualquer modo... — ela se dirigiu de novo para a harpia. — Então você deve saber que não somos seus inimigos, não é? Não roubamos nada de vocês, de verdade. E vocês nos ajudaram...

— *Ajudar* vocês? — A harpia jogou a cabeça para trás, guinchando com uma gargalhada que era como unhas num quadro-negro. — Pequena Escolhedora, nós não ajudamos vocês. Não vamos ajudar vocês. Só sabemos que, onde quer que *você* vá, com certeza haverá carniça.

— O quê? — Mason recuou um passo assombrada.

— Você enche nossas barrigas muito bem.

A criatura deu um sorriso irônico, destilando um divertimento cruel.

— Por causa disso... nós lhe agradecemos tremendamente!

A harpia estalou os lábios finos e de repente Mason achou que iria passar mal. Era *aquilo* o que ela era? Um desastre de trem ambulante? Uma catástrofe esperando para acontecer, deixando em seu rastro um festim para as harpias?

— Pare com isso, Aello — Toby disse, com desdém, tirando Mason de seu horrorizado mergulho mental. — Mason não é seu vale-refeição, e isto aqui não é a velha Trácia. Empanturre-se com quantos *draugr* quiser. Acho que até largamos dois corpos de centauros umas quadras para lá... bom apetite... mas me escute. Você e suas irmãs não têm passe livre para se banquetearem no bufê dos mortais de Manhattan. Não enquanto eu estiver aqui para impedir.

Ele olhou ao redor, para o resto de seus companheiros, e seus olhos se cruzaram por um instante com os de Mason. O olhar dele, ela percebeu subitamente, estava repleto do que pareciam ser milhares de anos lidando com esse tipo de situação. Ela ficou assombrada com o fato de nunca haver percebido antes o peso de tanta experiência. Mas então ele piscou para ela e voltou-se de novo para a harpia.

— Ou enquanto *qualquer um* de nós estiver aqui — disse.

— Você é um consorte da guerra, velho. — A face de Aello contorceu-se numa expressão grotesca de escárnio. — E um hipócrita. Você já espalhou banquetes de membros e vísceras humanas em mais campos de batalha ao longo dos séculos do que podemos contar nas garras dos pés. Quem é você para dizer qualquer coisa?

Mason andou e postou-se ao lado dele.

— Toby... O que ela quer dizer?

— Depois, Mase.

— Mas...

— Eu disse depois — atalhou o mestre de esgrima.

De novo, ele a olhou de relance, distraindo-se pelo mais breve momento, e desta vez Aello esperava aquilo. A harpia decolou do poleiro e num piscar de olhos chegou praticamente em cima deles. Seu erro, porém, foi mirar na integrante do grupo que parecia mais vulnerável. Heather. A harpia teve seu ataque interrompido de forma dolorosa ao chocar-se de repente contra uma barreira invisível a cerca de meio metro do alvo pretendido. Quando Heather berrou e cobriu a cabeça, um clarão dourado brotou diante dela como ondulações na superfície de um lago, e a harpia foi atirada de volta pelos ares. A expressão de surpresa no rosto de Heather era quase cômica quando as outras duas harpias que circulavam a grande altura de repente fecharam as asas e despencaram como pedras lá de cima.

Toby girou e desferiu um golpe de faca na direção de Aello, mas ela já havia se elevado no ar. As batidas de suas asas imensas lançaram sobre eles rajadas de vento rançoso. Mason recuou cambaleando e descreveu um arco com o braço diante de si golpeando com a lâmina que Fennrys lhe dera. Foi um movimento instintivo e não planejado, mas ela sentiu o fio da lâmina atingir a carne de uma das harpias, que arremetera contra ela. Mason ouviu o grito indignado de dor da criatura e jogou-se para longe das garras que tentavam pegá-la. Ela rolou no chão, ergueu--se apoiada em um joelho e, pondo-se em pé, usou o impulso para golpear mais uma vez.

De novo, a faca atingiu o alvo.

Outro guincho frustrado de fúria, e a harpia desviou seu rumo, berrando para Mason o que provavelmente eram palavrões cabeludos em grego antigo.

Mason sacudiu a faca para escorrer um pouco do sangue espesso que cobria a lâmina e virou-se para ver como estavam se saindo os demais. Heather estava ereta de novo, empunhando a foice bem alto e pronta para repelir um atacante, mas as mulheres-aves pareciam ter reavaliado a facilidade com que a esguia garota loira poderia ser vencida. Em vez disso, as irmãs de Aello tinham atacado a matilha de Rafe com algum sucesso e dois dos lobisomens jaziam no chão, sangrando por meio de longos cortes paralelos. Roth e o antigo deus correram para dar-lhes cobertura, um com uma grande faca de caça na mão, o outro com uma lâmina reluzente de bronze.

Do outro lado do pátio, a corrente prateada de Maddox cantou pelo ar. No entanto as harpias tinham uma agilidade que, naturalmente, era sobre-humana, e puderam evitá-lo sem grande dificuldade. Cal havia construído uma parede sólida com a água da fonte e usava-a como um escudo para proteger sua mãe, que estava mostrando ser um fardo bem inútil, sem nenhuma maldição que pudesse usar.

As três mulheres-aves atacavam com velocidade e eficiência implacáveis, usando correntes de ar entre os prédios que Mason nem sequer podia perceber e descendo em voos rasantes que faziam todo mundo se abaixar em busca de abrigo. Mas então Aello cometeu o erro de mergulhar sobre Fennrys.

Ela estava a talvez três metros de distância quando, em vez de se abaixar, Fennrys lançou-se num salto que pegou a harpia totalmente de surpresa. Ele se chocou com ela em pleno ar e virou-se enquanto caíam, de modo que a criatura horrenda ficou embaixo dele e sofreu a maior parte do impacto nas costas, entre as asas. Fennrys prendeu Aello de encontro ao chão com um joelho sobre a caixa torácica descarnada. Ele arreganhou os dentes num grunhido aterrorizante enquanto a harpia se contorcia e guinchava sob ele. Mason ouviu um rosnado animal e viu os olhos de Fenn começarem a cintilar com um brilho sobrenatural que prenunciava sua transformação de humano em lobo.

Ela correu na direção dele berrando:

— Fenn! Não!

Mas, antes que pudesse alcançá-lo, uma luz prateada brilhante relampejou no ar diante dela, e uma voz límpida como um sino soou no ar.

— Basta!

O som da palavra ecoou como a onda de choque de uma detonação e forçou Mason a deter-se e recuar alguns passos. Quando seus olhos se recobraram do brilho intenso, ela ergueu o olhar e viu uma mulher de cabelos prateados pairando no ar com asas iridescentes acima de Fennrys e Aello, que estavam atracados no meio da rua. Uma rajada de vento úmido varreu o pátio com gotículas de chuva se estilhaçando em prismas de arco-íris. Aello guinchou como um corvo ofendido e saiu batendo as asas, e Fennrys se encolheu contra a súbita torrente, a luz azul-clara ainda faiscando em seus olhos.

Ele estava ofegante, e os cantos de sua boca ainda se erguiam num esgar de fera, enquanto visivelmente lutava para recobrar o controle de si. Era como se estivesse recorrendo a todas as suas forças para não se lançar contra a figura etérea, majestosa, que o contemplava lá do alto, um vinco profundo entre as adoráveis sobrancelhas. Quando por fim ele pareceu dominar seus impulsos lupinos, a mulher de cabelos prateados voltou seu olhar para as harpias.

— Basta, Aello — disse. — Todas vocês. Chega de lutas.

— Viemos apenas para pegar a arúspice...

— *Eu* peguei a arúspice.

As magníficas asas iridescentes se agitaram, espalhando reflexos de arco-íris no ar sombrio à volta dela, e de repente Mason soube quem era. Íris, a deusa grega do arco-íris, mensageira dos deuses e canal de comunicação entre os Reinos do Além e a humanidade. Tinha sido ela quem levara Fennrys através do rio Leto, ajudando-o a escapar de Helheim.

— Fui eu que levei Gwen Littlefield.

— Mas ela era uma suicida — guinchou Aello. — Ela pertence a nós!

— Ela foi um *sacrifício* — disse Íris, e lançou um olhar pesaroso a Roth, que pouco antes dissera o mesmo. — E merecia um descanso digno de suas ações. Eu a levei para o Elísio.

— Você cruzou o rio Leto com ela? — perguntou Fennrys baixinho, já no controle de si mesmo de novo.

Íris fez que sim, o pesar levando a seu rosto um sorriso triste.

Roth adiantou-se um passo.

— O quê? — Seu olhar ia e vinha entre Íris e Fennrys. — O que isso quer dizer?

— Quer dizer que ela vive no pós-vida, nos vales dos mortos bem-aventurados — disse Daria Aristarchos com voz rouca. — E as provações desta vida foram esquecidas.

— *Esquecidas?* — A expressão de Roth era desolada.

— Não sofra.

Íris ergueu a mão de longas unhas para impedir o grito de protesto de Roth.

— Ela não guarda lembranças da vida dela. Mas tampouco tem lembrança de como morreu. A sombra dela está feliz. E você pode carregar por ela as recordações do tempo que passaram juntos. Fique em paz, como ela está.

— Paz? — Roth cuspiu a palavra. — Refere-se ao tipo de paz que meu pai quer? Quando tudo que conheci está morto e acabado? Já estou muito na sua frente.

Ele se voltou e chutou para fora de seu caminho uma mesa caída, indo ajoelhar-se ao lado do círculo vazio de concreto destroçado. Seu coração estava igualmente vazio. Igualmente destroçado.

X

Quando o irmão de Mason passou por ele, Fennrys desviou o olhar da dor crua da expressão de Roth. Ele podia sentir os olhos de Mason fixos sobre si, quase como se o olhar dela emanasse calor.

Está vendo? Ela parecia estar lhe perguntando sem palavras. *Entende agora por que fiz o que fiz? Eu teria perdido você do mesmo jeito, e não poderia deixar que isso acontecesse. Você deixaria?*

– Quanto a você, Fennrys, o Lobo... – disse Íris, voltando-se para ele num tom frio e desaprovador. – Eu não achava que o veria de novo. E com certeza não tão cedo.

Ele ergueu os olhos para ela.

– Creio que expressei um sentimento semelhante da última vez que nos encontramos – ele respondeu seco.

O olhar penetrante dela transfixou-o no local onde estava.

– Você não mais se equilibra no fio da navalha, pelo que vejo – ela disse.

— É só uma questão de opinião. — Fennrys sentiu os músculos de sua mandíbula se contraírem. — Porque para mim talvez a navalha tenha se tornado muito mais afiada.

O olhar de Íris vagueou até Mason, que dera um passo à frente.

— Conheço você — disse Mason para a mulher alada e luminosa. — Quer dizer... Já vi você antes. No ginásio, na noite da tempestade. A noite em que tudo começou. Você estava lá, acima do velho carvalho quando ele caiu e arrebentou a janela. A janela de arco-íris.

— Estava, sim. — Íris inclinou a cabeça de forma graciosa. — Sua mãe me pediu para trazer Fennrys até você, Mason Starling, para que ele pudesse protegê-la. Manter você a salvo.

Fennrys sentiu seu lábio se retorcer com uma ponta de escárnio.

— É, não sei *o que* ela estava pensando — ele murmurou.

— Eu sei — Íris disse, repreendendo-o.

Mas seu tom se suavizou a seguir.

— Ela queria trazer luz a partir da escuridão. Ainda quer. Ela ainda crê em vocês. Em ambos.

À menção da mãe, uma onda de emoção invadiu o rosto de Mason. Fennrys lembrou-se do que dissera a ela depois que ele e Rafe a resgataram de Asgard. E de Heimdall, o deus guardião Aesir que fingira ser Hel, a deusa na qual Yelena Starling se transformara, para enganar Mason e fazê-la pegar a lança de Odin. Fennrys havia dito a Mason que, quando chegasse a hora, eles voltariam aos reinos do Além para procurar a mãe dela. Agora ele não sabia se algum deles viveria tempo suficiente para que a oportunidade surgisse.

Ele sentiu, naquele momento, como se esta fosse apenas mais uma das maneiras pelas quais ele falhava com Mason. Em silêncio, ele a observou enquanto ela mordia o lábio e baixava os olhos, desviando-os de Íris, e só o que ele queria fazer era tomá-la nos braços e dizer-lhe que tudo ia ficar bem. Mas não podia. Sobretudo porque não conseguia forçar-se a acreditar naquilo.

"Você deve, Fennrys, o Lobo", a voz de Íris soou suave em sua mente. Ela falava só para ele. *"Você* deve *acreditar. Existe um lobo no coração de cada guerreiro. O seu é mais forte, mais faminto. Mas, ainda assim, cabe ao guerreiro decidir qual será a presa do lobo. Confie naqueles que acreditam em você e creia naqueles que confiam em você."*

"Como você, Lady Íris?", perguntou Fenn em silêncio.

"Não!" A voz dela riu suave na cabeça dele. *"Não... Eu ainda meio que espero que você seja a ruína do mundo. Mas quem sou eu para você ou você para mim no fim das contas? Não posso ajudar você, mas não vou atrapalhá-lo. E desejo que um dia, de algum modo, a felicidade o encontre. Mantenha a fé. Mantenha os amigos..."*

– Adeus.

Com isto, Íris estendeu suas asas brilhantes, incríveis, e elevou-se no céu rubro e sombrio, chamando para si com voz severa as irmãs harpias. Elas guincharam relutantes, e Fennrys meio que esperou que uma delas se lançasse num último voo rasante. Mas então ele teve uma sensação estranha no estômago — um ronco que não era fome —, e o chão sob suas botas começou a tremer. A princípio ele achou que era mais um terremoto, mas a sensação desta vez era diferente. Rítmica...

Ele olhou em volta, tentando avaliar de onde poderia vir a próxima ameaça, mas a Plaza estava estranhamente calma, em todas as direções. Sepulcral. De súbito, Aello e as irmãs irromperam numa gritaria apavorada e por fim ganharam de novo os céus. Num piscar de olhos, as harpias debandaram, sumindo entre os arranha-céus como um bando de corvos assustados pelo mergulho de uma águia entre eles. Um instante depois, Fenn entendeu o porquê. De repente, as nuvens de tempestade se iluminaram lá no alto e meia dúzia de cometas branco-azulados atravessou a cobertura de nuvens com um brilho ofuscante, precipitando-se rumo à Rockefeller Plaza. As colossais bolas de gelo, reluzentes e irregulares, caíram na outra ponta do pátio como granizo vitaminado e começaram, incrivelmente, a se desdobrar; membros e cabeças brotavam de corpos que pareciam geleiras.

Maddox deu um grunhido, reconhecendo-os.

— Gigantes de Gelo — disse, quando Fennrys lhe lançou um olhar questionador. — Já ouvi falar desses caras.

— Como a gente os mata? — perguntou Fenn.

— E eu sei lá? Eu disse que *ouvi* falar deles. Nunca matei um antes!

— De onde diabos eles vieram?

Maddox mordeu a bochecha por dentro e encolheu os ombros.

— Hã... do norte?

— Você é um idiota.

— Por quê? — Maddox fez uma careta. — Eles não são de Faerie. Eles são nórdicos. Essa é a sua praia, cara.

— Graças ao povo de Faerie, não cresci propriamente num lar nórdico, como deveria, sabe? — protestou Fenn enquanto as criaturas monstruosas erguiam-se sobre pernas que eram pilares maciços de gelo. — Não conheço todos os mitos *vikings* e...

— Procura no Google depois! Agora, *corre!* — gritou Mason, agarrando Fennrys pelo pulso e arrastando-o para trás de uma barreira de concreto.

Daí a uma fração de segundo, um punho gigante de gelo golpeou o ponto onde ele estivera parado. Pedaços de gelo e fragmentos de pedra cobertos de neve voaram pelo pátio como estilhaços de granada.

— Pelos sete infernos! — praguejou Fennrys, avaliando rapidamente a situação. — Essas coisas já controlam esta parte do pátio. Se ficarmos aqui tempo demais, vai ser como atirar em peixes dentro de um aquário.

— Esmurrar — corrigiu-o Mason enquanto uma das criaturas socava um pilar, fazendo voar grandes pedaços de pedra. — *Esmurrar* peixes dentro de um aquário.

— É... eles podem pulverizar a gente de um jeito ou de outro — resmungou Fenn.

Ele olhou à volta e viu Maddox agachado atrás do balcão de bar ao ar livre, com sua corrente de prata a postos.

— Madd! Cubra-me...

Maddox concordou, ergueu-se e chicoteou com a corrente o pescoço de um dos Gigantes de Gelo. As farpas da corrente se cravaram como um gancho de alpinista, e ele puxou com toda a sua força, desequilibrando o monstro. Mason apanhou um extintor de incêndio que estava por ali e avançou para golpear a cabeça da criatura, arrancando grandes nacos de gelo. Ela o fez sem se transformar em Valquíria, apenas gritando como uma *banshee*, destemida e audaz, jogando-se de encontro ao perigo quando poderia ter se escondido.

Por deus, eu amo essa garota, Fennrys pensou enquanto corria, determinado a achar um jeito de dizer isso a ela de novo. E talvez um dia ouvi-la repetir o mesmo para ele.

* * *

Mason ficou olhando enquanto Fenn corria até as escadas que subiam do pátio para o nível da rua, e então partiu para a batalha, armada com o extintor de incêndio. Em menos de cinco segundos, Fenn estava de volta.

O golpe do Gigante de Gelo lançou-o pelos ares e ele se chocou com a parede de mármore vermelho por trás da famosa fonte do Rockefeller. A pedra rachou emitindo um som como o disparo de uma arma, e Fennrys caiu de cara no espelho d'água, sob o olhar fixo de Prometeu.

Mason gritou o nome dele e largou o extintor de incêndio.

— Proteja-se! — berrou Rafe, correndo na direção dela em sua forma humana de deus, com a espada de bronze na mão, as presas expostas, reluzindo. — Ele vai ficar bem!

Mason se jogou às pressas por trás da barreira enquanto um enxame de farpas geladas invadia o espaço onde sua cabeça estivera momentos antes.

Certo, ela pensou. *Rafe disse que seus lobos eram "praticamente impossíveis de matar".*

Ela realmente torcia para que ele não tivesse exagerado.

Alguns segundos depois, Fennrys ergueu a cabeça, com os olhos brilhando ferozes por baixo da franja encharcada, e mostrou os dentes para a abominação gelada que vinha em sua direção com passadas pesadas. Maddox e Rafe correram para distrair a criatura e dar a Fenn um instante para respirar. Mas, de repente, o Gigante de Gelo e seus companheiros se imobilizaram e baixaram a cabeça, como em deferência. Um silêncio estranho e vazio caiu sobre o pátio, como se o olho do furacão tivesse estacionado sobre eles, bloqueando os ventos uivantes.

E, em meio à bizarra calmaria, Rory Starling desceu os degraus cheio de pose.

Ele usava um longo casaco preto de couro que Mason reconheceu como sendo do pai deles, e luvas pretas de couro, *jeans* pretos e botas de sola espessa que ecoavam alto no pavimento. A única coisa necessária para completar o visual supervilão era um par de óculos escuros espelhados.

A seu lado, Mason sentiu um movimento.

— Alguém está em clima de festa esta noite — disse Roth, seco, vindo ficar ao lado dela quando ela saiu de trás da barreira. — Papai te deu as chaves do Bentley esta noite ou o quê, Ror?

— Ora, se não é a pequena Mousie e meu irmão mais velho e durão — debochou Rory.

Ele então riu; um som horrível.

— Papai me deu mais do que as chaves do carro, Roth, e você sabe disso. Escuta, te devo algo por nossa última conversa.

— Posso adivinhar? — Roth murmurou. — Dor?

— Eu lhe devo *dor!*

— Ele não desaponta — suspirou Mason.

— Pelo menos uma vez eu adoraria que desapontasse.

— O que aconteceu entre vocês dois? — ela perguntou.

— Tivemos uma conversinha. Não foi agradável. Você sabe como ele guarda rancor.

Ao comando de Rory, as monstruosas criaturas de gelo voltaram a avançar na direção de Mason e Roth, erguendo e atirando longe enormes mesas pesadas e cadeiras, causando uma destruição generalizada e perigosa.

De repente Mason viu de canto de olho um lampejo de movimento e virou-se, então percebeu que Toby e Cal, junto a Heather e Daria, corriam em sua direção num grupo coeso. Seus movimentos estavam cobertos por Maddox e Rafe, que agiam juntos, com corrente e espada, para enfrentar um dos Gigantes de Gelo e fazê-lo recuar. Com sucesso mínimo.

Pareciam mais estar apenas causando um incômodo à criatura com seus ataques rápidos. Mas Mason sabia que, se o monstro conseguisse acertar um de seus golpes poderosos, seria o fim. Cada vez que um dos imensos punhos de gelo golpeava o chão, pedaços de concreto voavam como mísseis.

Rory lançou a cabeça para trás e gargalhou.

— Gente, eu estou com uma sensação ruim sobre isto aqui – disse Heather, abaixando-se ao lado de Mason e apontando Rory com a cabeça. — Do jeito que seu irmão babaca estava, da última vez em que o vi, ele deveria estar enrolado em várias camadas de gesso, deitado numa cama de hospital e choramingando pela mamãe. Mas aquele cara ali... — Ela sacudiu a cabeça. — Parece que ele está se divertindo muito além da conta.

— É. Com certeza precisamos estragar a alegria dele – grunhiu Fennrys encharcado e furioso.

Ele se virou para Cal e gritou:

— Ei, Aqualad! Vou precisar de um elevador...

— Sem problema, Teen Wolf – disse Cal.

Ele estendeu ambas as mãos na direção da fonte de Prometeu, quase como uma súplica ao deus titã, e a água no espelho d'água abaixo dele subitamente formou uma onda que se ergueu e avançou para o pátio, juntando-se sob Fennrys, que encolheu as pernas e acomodou o corpo ante a súbita densidade da água. Cal fez com as mãos um movimento de lançamento e a coluna sólida de água arremessou Fenn pelos ares como se fosse uma catapulta. Mason e os demais assistiram espantados quando ele se transformou, em pleno ar, no enorme lobo dourado com presas e garras que eram muito mais eficientes do que qualquer arma que pudesse brandir.

Ao menos, deveriam ter sido.

Mason prendeu a respiração horrorizada quando Fennrys, o Lobo, escancarou as mandíbulas e fechou-as pouco acima do pulso do braço estendido do irmão dela, esperando ver a mão de Rory ser decepada com um esguicho de sangue e ossos esmigalhados. Em vez disso, ela ouviu o lobo ganir de dor, enquanto Rory gargalhava alucinado. Numa insanidade exultante, ele atirou Fennrys ao solo como uma boneca de trapo e então baixou o punho enluvado num arco violento, mirando o alto do crânio lupino de Fennrys.

Se tivesse se movido apenas uma fração mais depressa, teria conseguido.

Mas o Lobo contorceu-se alucinado e rolou para um lado – a rapidez dos instintos animais é muito superior ao tempo de reação de seu adversário humano –, e o punho revestido de couro de Rory fez contato apenas com as pedras do pátio.

O que aconteceu com ele?, perguntou-se Mason horrorizada.

Rory atacou de novo e agarrou, pela pele da nuca, o lobo que se retorcia a seus pés – com uma só mão –, arremessando-o de encontro ao bar ao ar livre, que estava bem fechado por cortinas de metal e trancado. As lâminas metálicas que protegiam as prateleiras de bebidas afundaram com o golpe, e o Lobo uivou, numa dor excruciante.

– Caramba! – murmurou Heather.

– Roth! Que diabos aconteceu com Rory? – perguntou Mason ao irmão, alucinada.

– Mecanibruxos – ele sussurrou. – Aqueles malditos anões do mal não lhe deram apenas uma nova mão para substituir a que Fennrys destroçou... Eles lhe deram uma nova mão digna de Tyr.

Mason piscou os olhos, atordoada por um instante.

– Tyr... O *deus* nórdico, Tyr? O flagelo dos lobos?

– É, esse mesmo – disse Roth, com desprezo. – Aquela mão é feita de prata e está repleta de magia realmente poderosa.

– Merda – praguejou Toby. – Fennrys! Recue! – ele gritou. – *Recue!* Ele vai matar você!

Fennrys, o Lobo, ganiu de dor outra vez com um golpe de Rory, que o lançou deslizando através do pátio. Mason não via outra opção. Ela levou a mão ao cabo de sua espada...

– *Não.*

A voz de Rafe cortou através do caos enquanto o deus saltava por cima da barreira de pedra e aterrissava com leveza no chão ao lado dela. Sua expressão era de uma seriedade mortal.

— Fennrys está levando uma tremenda surra, Rafe! — ela disse. — Por nós.

— Percebi. — Ele a transfixou com um olhar penetrante. — Não importa. O que quer que você faça, *não pode* arriscar manifestar-se como uma Valquíria em meio a uma batalha encarniçada, Mason.

— Por quê? *Por que* não posso usar todo esse poder para fazer algo bom?

— Porque, numa batalha, a tentação, a chance de que você ceda ao impulso da Escolha, é grande demais. — Havia compaixão nos olhos de Rafe, mas também uma vontade de aço. — Sei que você é durona, Mason, e sei que é corajosa e forte... Vai por mim. A Valquíria é mais forte. Seu único *propósito* é a Escolha. Em circunstâncias normais, ela... *você*... iria simplesmente escolher o mais valente dos combatentes no campo de batalha. Quem quer que seja, ele tem uma morte gloriosa, e vai se juntar aos *Einherjar* em Valhalla. Só que, neste caso, no *seu* caso, há um bônus. — Os olhos do deus da morte estavam negros, duros e luzidios como obsidiana. — Neste caso... o toque da lança de Odin transforma o guerreiro escolhido no terceiro filho de Odin, cujo destino profetizado, de acordo com as Nornas, é conduzir os *Einherjar* para *fora* de Valhalla, junto aos seus dois irmãos.

— E quando isso acontece? — perguntou ela, sabendo muito bem a resposta.

— Ragnarök.

— Então, o que devo fazer? Ficar sentada aqui e esperar que Rory termine de pulverizar Fennrys? — ela quis saber. — Ele é um dos seus, agora, Rafe. Você não se importa?

Os olhos dela se encheram com as lágrimas quentes da impotência. O círculo de Gigantes de Gelo se assegurava de que nenhum dos lobos poderia alcançar o membro mais novo de sua matilha. Cal parecia perigosamente esgotado, e Toby e Maddox estavam numa tremenda inferioridade numérica diante dos capangas gelados de Rory.

Os amigos dela, todos lutando valentemente, iriam perder.

E Fennrys iria morrer se eles não fizessem alguma coisa.

Ele saltou de novo, e Rory desferiu um golpe amplo com o punho que atingiu o Lobo no ombro e o jogou longe, fazendo-o rolar descontrolado pelo concreto inóspito. Ele se chocou contra outro balcão externo fechado, e de novo as lâminas de metal afundaram com o impacto. Mason sentiu alguém pousar a mão em seu ombro e virou-se.

— Escute — disse Daria. — Posso tirar a gente daqui se conseguir evocar o Portador do Fogo... — Ela parou ofegante. — Mas preciso de... uma fagulha.

— Do que você está falando? — quis saber Roth.

— Vocês, *vikings*, não foram os únicos que no passado andaram entremeando magia nos marcos da cidade — ela disse, sem dúvida referindo-se à ponte Hell Gate.

Mason seguiu o olhar dela e mirou a estátua dourada de Prometeu acima da fonte da Rockefeller Plaza. Era grande, impressionante e continha fogo. Podia ser exatamente do que precisavam para combater todo aquele gelo destruidor...

— Faça-o — ela disse.

— Eu já falei. Preciso de uma fagulha.

Os ombros de Daria descaíram e Mason viu que ela estava pálida e trêmula.

— Ela ficou esgotada por causa do Miasma. — Rafe franziu as sobrancelhas. — Precisa de uma fonte de energia para servir como chama-piloto. Um talismã ou algo assim... Alguém aí tem algo parecido à mão?

— O medalhão que está no pescoço de Fennrys poderia servir — disse Mason. — Só que está no pescoço de Fennrys.

Roth grunhiu frustrado.

— Se eu tivesse uma das runas douradas de papai, ela serviria. Mas não tenho...

— Uma das... O *quê*? — Mason olhou para ele.

— Bolotas de carvalho, de ouro, entalhadas com runas — explicou Roth. — Foram dadas a Gunnar pelas Nornas, e canalizam a magia. Descobri recentemente que Rory estava traficando magia rúnica como se fosse uma droga, para uns sujeitos da Universidade de Columbia...

— Espere — disse Heather. — Ela enfiou a mão no bolso e tirou um pequeno objeto dourado. — Você está falando de uma dessas aqui?

A bolota de carvalho na palma da mão dela brilhava na escuridão com uma luz quente e suave. Roth piscou os olhos.

— Hã... é, exatamente. Ela tem uma runa de proteção entalhada.

Ele lançou um olhar penetrante a Heather.

— É *isso* que tem protegido você? Onde a conseguiu?

— Veio de brinde numa caixa de cereais — retrucou Heather. — Não é da sua conta. Ela funciona como fagulha?

— Sim, mas... — Roth hesitou.

— Mas o quê?

— Vou ter que remover essa runa e trocar por outra. Você vai ficar vulnerável. A tudo isto. — Ele fez um círculo no ar com a mão. — Os Gigantes de Gelo... o Miasma, que ainda está forte o suficiente para deixar você como eles...

Ele indicou com o queixo as pessoas adormecidas espalhadas pelo pátio.

— Use-a. — Heather entregou-lhe a bolota.

— Heather... não.

Cal sacudiu a cabeça, estendendo a mão e segurando-lhe o pulso.

— É arriscado demais. Você precisa disso para se manter protegida.

— Quer saber? Que tal *você* me manter a salvo? — rebateu ela.

Do outro lado da praça, os Gigantes de Gelo vagavam a esmo, cometendo atos aleatórios de destruição gratuita. O pátio parecia uma zona de guerra. Fennrys, o Lobo, estava encurralado, acuado por Rory, que o provocava à espera de que a fera de pelagem dourada o atacasse de novo.

Os outros lobos de Rafe não estavam à vista, e Mason sabia que o antigo deus não iria chamar sua matilha e sacrificá-la para salvá-los. Não podia censurá-lo. Ela já havia pedido coisa demais a um ser que, no fim das contas, pouco tinha a ver com o tremendo caos que sua família havia conjurado. Bem, a família dela... e a de Calum. Ela olhou de relance para onde Cal estava abaixado junto à mãe e viu que o fogo havia retornado aos olhos de Daria. Eles estavam fixos em Rory Starling e neles havia ódio.

Puro e potente. Mason desviou o olhar para o mais novo de seus irmãos e percebeu, naquele instante, como ele era parecido com as fotos que ela havia visto de seu pai quando jovem.

Heather ofereceu de novo a bolota.

— Senhora A, pode usar isto?

Daria fez que sim.

— Então o faça.

A mãe de Cal olhou para Roth, que olhou para Mason, que assentiu de leve com a cabeça. Ele estendeu a mão e pegou com cuidado o fruto reluzente da palma da mão de Heather. Ele usou sua afiada faca de caça para raspar os entalhes na bolota, substituindo-os por outros. Ao olho destreinado de Mason, as runas pareciam arranhões ao acaso. Mas obviamente eram muito mais que isso. No momento em que a runa de proteção se foi, antes que Roth sequer tivesse terminado de entalhar as novas marcas, os olhos de Heather reviraram e ela desabou inconsciente nos braços de Cal.

Daria mal olhou para a moça.

— Vamos ter que abandonar essa garota agora. Ela só vai nos atrasar.

— Mãe, "essa garota" tem nome — disse Cal, com a voz tensa. — Ela se chama Heather. Você sabe disso, porque eu a namorei durante quase dois anos. Ela acaba de nos dar uma chance de lutar e de sair vivos desta encrenca, e não vamos deixá-la para trás. Vou carregá-la o caminho todo se for necessário.

— Vocês não voltaram, não é? — A mãe de Cal fez cara de quem não gostou.

— Heather é minha amiga — disse Cal.

Os músculos de sua mandíbula estavam tensos, e as cicatrizes do rosto dele se contorceram de leve.

— A gente não abandona os amigos nem se esquece deles. Ou pelo menos tenta não fazer isso.

Era, pensou Mason, um sentimento muito parecido com algo que ela mesma havia dito a Cal na ilha Roosevelt, para convencê-lo a voltar com ela para Manhattan.

— Nunca achei que essa aí fosse a garota certa para você — murmurou Daria.

— De novo. O nome dela é *Heather*. E não me importa o que você pensa.

Ele ficou ali em pé, segurando Heather aninhada em seus braços fortes como se ela não pesasse quase nada.

Daria acabou perdendo a disputa de olhares, e seus olhos se desviaram.

— Que seja — disse, sacudindo para trás os cabelos despenteados. — Faça o que tiver que fazer. Só... — Ela estendeu a mão para Roth. — Me dê a runa dourada. E abram algum espaço.

O que Daria fez a seguir não foi espetacular nem pirotécnico. Ela apenas fechou os olhos e proferiu um punhado de palavras em voz baixa e intensa. Então fez um gesto em direção a sua cabeça e ao seu coração e ao chão com a bolota... e de repente todos os demais se sentiram compelidos a abrir o espaço que ela havia pedido, porque todo o oxigênio respirável num raio de três metros desapareceu, sugado pelo encantamento, deixando a todos sem fôlego, e uma onda de pressão se formou um instante depois. Quando ela abriu os olhos, estes estavam negros.

— Pegue. — Ela estendeu para Cal a bolota, com a runa pulsando, vermelha, em sua superfície dourada. — Entregue-a ao Portador do Fogo e peça que ele desperte!

Mason ficou olhando enquanto Cal saltava por cima da barreira de concreto e corria na direção da fonte, com o peito arfando. Sem parar, ele correu *sobre* a superfície da água — que subitamente se solidificou sob os pés dele e ergueu-se como uma escada curva com degraus vítreos — rumo à mão da estátua que segurava a bola de chama dourada. Cal correu degraus acima e deixou a bolota cair entre as labaredas de fogo do sol, congeladas no tempo, enquanto gritava:

— Prometeu! Acorda aí, mano!

E então caiu fora o mais rápido possível.

— Bem, taí algo que a gente não vê todo dia — disse Mason.

Sua boca ficou seca de medo, enquanto as chamas da mão do deus dourado de repente arderam como combustível de foguete pegando fogo. Os pés imensos de Prometeu mergulharam na fonte quando os músculos da estátua se moveram, e o antigo titã grego se ergueu e varreu o pátio com o olhar.

Toby e Maddox vieram correndo a toda para juntar-se ao resto do pessoal quando o grupo de Gigantes de Gelo contra os quais lutavam pareceu notar, de repente, que tinha uma companhia a sua altura. Uma bola de fogo azul-dourado atingiu o chão, junto aos pés gelados de um dos gigantes, e as labaredas se ergueram, derretendo instantaneamente a criatura numa coluna de água, que por um momento manteve sua forma ante a explosão de calor, antes de perder consistência e desabar no chão como uma onda gigantesca. Os companheiros da criatura rugiram, uivando como os mais cortantes ventos boreais, e correram na direção do colosso dourado.

— *Ei!* — gritou Rory, indignado por seus capangas glaciais estarem de repente na defensiva.

Ele deu as costas a Fennrys e foi na direção do Portador do Fogo, apanhando destroços pelo caminho e atirando-os com sua mão fortalecida pela magia.

— Certo... — disse Rafe, recuando mais para longe dos gigantescos combatentes elementais. — Acho que é nossa deixa para cair fora...

— Não sem Fennrys — disse Mason.

— Mase! — sibilou Roth.

Mas ela o ignorou e partiu, abaixando-se e usando as divisórias e colunas do pátio para proteger-se.

— Maldição! — praguejou Roth, e correu atrás dela.

Rory viu-a chegando e girou o braço para acertar um murro potente na cabeça dela, mas Mason era menor e mais rápida. Ela desviou e passou por ele sem interromper sua corrida.

E Rory não teve a chance de ir atrás dela, porque de repente Roth o atacou. Ele derrubou Rory com o peso de seu corpo, e ambos caíram ao solo, enquanto Mason continuou correndo. Ela rumou direto para Fennrys, que se apoiava numa coluna, ofegante de dor, sua língua de lobo para fora e os flancos dourados subindo e descendo, como um fole. A cabeça pendia de exaustão, e havia sangue em sua pelagem – cortes profundos nas costas e no quarto traseiro esquerdo, causados pelas lâminas de metal contra as quais Rory o atirara. Mas quando Mason se deteve e ajoelhou-se para tentar ajudá-lo, viu que os ferimentos já começavam a cicatrizar. E, depois de alguns instantes, a respiração dele se normalizou e sua cabeça se ergueu.

O Lobo olhou para ela desconfiado, os dentes à mostra num rosnado de advertência. Mason engoliu o medo e estendeu a mão. O grande focinho da fera, úmido e trêmulo, farejou-lhe os nós dos dedos, e ela estendeu o braço para segurar o medalhão Jano que pendia do pescoço musculoso dele. Por um breve instante, Mason sentiu como se estivesse em outro lugar. Havia uma luz pálida, perolada, refletindo-se na água, o marulhar das ondas e um cheiro acre no ar... e o Lobo sentado a seu lado numa praia longa e vazia... mas quando ela se virou, viu que a mão dela estava pousada sobre o ombro de alguém vestido com uma pesada capa de lã, úmida de chuva ou de névoa, com a face oculta por um grande capuz e segurando uma trouxa nas mãos envoltas em farrapos.

– Fennrys? – perguntou Mason, a voz abafada por um nevoeiro súbito.

O ombro sob sua mão moveu-se, e pareceu a Mason que o banco onde estava havia corcoveado e estremecido. De imediato, ela foi arrancada da visão, e estava de novo ajoelhada no concreto frio do café no pátio do Rockefeller Plaza. Fennrys, outra vez humano, pálido e tenso, mas aparentemente ileso, estava agachado diante dela, os olhos ainda com o brilho reluzente azul-prateado de sua versão Lobo. Mason sabia que não tinha tempo a perder, mas por um momento pousou a mão na face de Fenn e aguardou enquanto ele fechava os olhos, visivelmente lutando para, uma vez mais, trancar na jaula a fera que tinha dentro de si.

Quando ele abriu os olhos de novo, ela disse:

— Temos que ir.

Ele assentiu sem dizer nada, e juntos se levantaram. Fennrys apertava um braço com força ao redor do corpo e respirava com dificuldade. Mason perguntou-se quantas costelas teria quebrado na luta e se ficariam boas a tempo para a rodada seguinte. Aproximou-se para ajudá-lo com um braço, mas ele a impediu, erguendo a mão.

— Mase... não — disse entredentes. — Posso dar conta.

— Tudo bem — ela disse, recuando e deixando-o ficar em pé sozinho. — Siga-me.

Fenn concordou, e ela o guiou, correndo, até uma escada a um canto. Antes de subirem, Mason arriscou olhar para trás por cima do ombro e viu Rory no chão, com Roth de pé por cima dele. Roth segurava firme sua faca de caça de lâmina larga, erguida e pronta para o golpe. Vindo de algum lugar lá em cima, Mason pensou ouvir o grito áspero de um corvo. Roth também pareceu ouvi-lo; hesitou e olhou para o céu. Então ergueu a faca de novo... e praguejou profusamente. A mão que brandia a faca hesitou e descaiu, e então Roth acertou a cabeça de Rory com um único chute de sua pesada bota de motociclista.

Roth saiu correndo, sua face estava contorcida numa expressão de fúria. Enquanto ia em direção aos outros, sinalizou a Mason que os encontrasse lá em cima. Ela acenou, indicando ter entendido e, sem olhar de novo para Rory, que urrava de dor e fúria caído no chão, subiu a escada, três degraus de cada vez, com Fennrys vindo logo atrás.

Rory galgou os degraus baixos que subiam até os jardins do canal e na direção da Quinta Avenida. Ele não conseguiu chegar à rua. Um vulto com casaco negro que se agitava ao vento e chapéu de abas largas vinha apressado na direção dele e fez com que ele estacasse e quisesse correr de volta na outra direção, apesar do caos que se instalara lá pelas duas forças da natureza literalmente opostas.

Mas ele sabia que seria a pior coisa que poderia fazer.

Mesmo com a sombra lançada pela aba do chapéu negro, Rory podia ver o brilho dourado serpentino contorcendo-se nas profundezas do olho esquerdo de seu pai. Pela primeira vez na vida, Rory não poderia mentir com sua hábil facilidade e se sair bem. Não agora que seu pai havia tomado a água do Poço de Mimir. Rory amaldiçoou mentalmente as Nornas e se manteve firme. Ficou lá, aguardando que o pai viesse lhe dar uma dura.

Meu deus, ele pensou. *É como se tivesse voltado aos tempos de mostrar o boletim no sexto ano.*

— Que parte de "não envolva Fennrys, o Lobo" eu não deixei absolutamente clara para você? — foi a saudação de Gunnar.

Sua mirada monocular passou pela manga do casaco de Rory, onde os dentes e as garras de Fennrys haviam rasgado o couro, mas não o braço metálico.

Rory quase revirou os olhos. O que é que o pai *não* conseguia entender no que se referia àquele sujeito? Quanto ao fato de que ele seria eliminado e que seria Rory o responsável por tal eliminação?

— Eu sei, eu sei. — Ele se esforçou para parecer arrependido e decidiu tentar causar pena. — Mas... aquele canalha destruiu minha *mão*, papai.

— E eu lhe dei uma nova — retrucou Gunnar. — Por favor, diga-me exatamente o que é que lhe desagrada nesse presente. Por que não vejo problema nenhum em pegá-lo de volta.

— Não! — Rory teve que fazer força para não esconder o punho atrás das costas. — Não. Não vai acontecer de novo. Prometo.

— Eu levo as promessas muito a sério — disse Gunnar.

— É. Tô sabendo.

Gunnar ergueu uma sobrancelha e passou por Rory para debruçar-se no parapeito que dava vista para o pátio, onde Prometeu golpeava a cabeça de um Gigante de Gelo com o braço de outro. Rory ainda não havia conseguido entender como Gunnar havia conjurado os brutamontes glaciais, mas ele sabia que, desde que havia tomado a água de Mimir, o espírito de Odin crescia cada vez mais forte em seu pai. Rory perguntou-se o que é que poderia de fato derrotar Gunnar, se é que algo poderia fazê-lo. A ideia de que Fennrys pudesse concretizar sua tarefa profetizada enchia-o com um vago sentimento de inveja.

Mas, de qualquer modo, Fennrys não viveria por muito tempo depois de sua façanha, não é? E esse pensamento, acima de tudo, encheu de energia os passos de Rory, quando ele se juntou ao pai para assistir ao duelo de gigantes que se desenrolava lá embaixo, apenas por um instante antes que ele prosseguisse em sua missão de transformar sua querida irmãzinha numa arma de destruição em massa.

XI

O tempo estava piorando. O céu acima deles tinha um tom cinza-amarelado, doentio, e estava enevoado por causa do Miasma e da fumaça de incêndios e fechado por nuvens escuras e furiosas. Era impossível saber sequer se o sol já havia nascido, quanto mais onde estaria no céu, mas Mason calculava que devia ser o meio ou o fim da manhã quando finalmente conseguiram chegar, pelo congestionado e caótico cemitério de táxis amarelos da Avenida das Américas, à rua 57. Estavam encharcados e tremiam de frio; o vento fustigava o grupo com uma malevolência especial, e as rajadas ferozes tinham pouco efeito sobre a neblina de Miasma que ainda rodopiava em turbilhões escuros e cintilantes.

Mais ou menos a cada meio quarteirão, ao sair de algum bolsão de névoa, o grupo dava de cara com um adormecido ambulante — aqueles que não haviam sucumbido totalmente ao sono da morte, ou alguém que começava a despertar —, e quanto mais ao norte iam, mais sonâmbulos encontravam. Parecia que a maldição estava se dissipando, se bem que muito lentamente. E havia corpos jogados pelo chão que não iriam despertar. Nem mesmo quando a névoa se dissipasse de vez.

Uma saraivada de flocos de neve salpicou a face de Mason, e ela ergueu a mão para bloqueá-los, enquanto encolhia os ombros para a frente, desejando estar usando algo um pouco mais apropriado para aquele tempo. Ela estava quase tentada a sacar de novo a lança de Odin da bainha encantada que trazia ao quadril, só para que toda aquela armadura e aquele couro a protegessem dos elementos.

Claro. Esse é o único *motivo*, repreendeu a si mesma mentalmente, com assustadora consciência do apelo sedutor da lança; a arma a chamava com sussurros raivosos, enquanto Mason caminhava por entre a confusão de destroços de sua cidade arruinada.

Ao passarem pelo edifício maciço de pedra vermelho-escura da Igreja Presbiteriana da Quinta Avenida, Mason notou que Roth caminhava em silêncio ao lado dela. Ele olhava direto à frente, até que ela por fim falou-lhe, mantendo a voz baixa para que os outros não ouvissem.

— Roth, o que a mãe de Cal quis dizer quando estávamos no terraço? Sobre não confiar em você? Sobre os cães de caça dela?

Roth baixou um pouco a cabeça e, por um instante, Mason achou que ele não iria responder. Mas então ele a olhou e disse:

— Fui eu.

— Foi você o quê?

— Na noite em que você estava com Fennrys. No High Line.

O olhar dele era sombrio, seus olhos estavam repletos de segredos e sombras.

Em outras circunstâncias, Mason talvez tivesse corado violentamente ao saber que seu irmão estava ciente de seus encontros noturnos com Fennrys.

— Qual noite? — perguntou ela, simplesmente.

— A noite em que mandei os cães atrás de você.

O coração de Mason ficou apertado. Mas ela se deu conta de que já sabia. No momento em que Daria mencionou os cães, ela soube. Talvez sempre tivesse sabido que alguma coisa entre ela e Roth nunca tinha sido muito certa. Ele sempre a protegera tanto — mais ainda, a seu próprio modo, do que o pai de ambos —, e ocorreu a ela, naquele instante, que tanta superproteção devia ser, na verdade, uma compensação. Ela olhou para ele de rabo de olho enquanto continuavam caminhando sem saber bem o que dizer.

Roth deu um suspiro entrecortado.

— Faz anos que trabalho com Daria — ele disse. — Isso você já sabe. Eu costumava ir de moto à casa dela em Long Island e guardar a Harley numa das edificações da propriedade, onde também ficavam os canis dos cães de caça. Eu tinha a chave.

— Ah, Roth. Você não fez isso...

— É, eu fiz. Eu os trouxe para Manhattan, usei a magia das runas para amplificar a habilidade deles como farejadores e soltei-os na cidade para encontrar você. Para encontrar ele.

— Quase morri naquela noite — ela disse baixinho. — De novo.

— Eu sei. — Roth fez uma careta. — Não foi essa a minha intenção. Eu só queria que você ficasse longe de Fennrys, o Lobo.

— E como você sabia que eu estava com ele? Como você sabia o que quer que fosse sobre ele?

— Por intermédio de Gwen.

Ah. Certo. Mason ouviu a mágoa profunda na voz de Roth.

— Já fazia algum tempo que ela vinha tendo visões do que estava para acontecer, mas elas eram vagas e todas misturadas, até aquela noite da tempestade. Então, de repente, *bum.* Imagens cristalinas com você... e aquele cara. Na época, Gwen disse que ele era um arauto. — Roth encolheu os ombros. — Um precursor do Ragnarök. Exatamente aquilo que, durante toda a minha vida, me disseram que seria o destino dos Starling ajudar a acontecer... e aquilo que eu vinha ativamente tentando impedir durante todo esse tempo. Pelo que Gwen me disse, eu sabia que ele poderia enfrentar qualquer coisa que eu pudesse usar contra ele.

— E aí você usou os *cães de caça* de Daria contra ele?

– É. – Roth esfregou o rosto com uma das mãos. – Vendo agora, acho que não foi uma boa ideia.

– Acho que não.

– Eu só queria que você ficasse longe dele, e achei que o melhor jeito de fazer isso seria te apavorar. Uma vez, fiz uma viagem de caça às montanhas Adirondacks com Daria e os cães dela – Roth prosseguiu meio relutante. – Vi quando aqueles cães acabaram com um alce macho. Eles me aterrorizaram. Imaginei que fariam o mesmo com você.

– Me aterrorizar? Ou acabar comigo?

– Aterrorizar. – Roth sacudiu a cabeça com firmeza. – Só isso. Eu sabia que você estava com ele naquela noite. Só não sabia onde, e fiquei preocupado porque meu tempo estava acabando. Quando os soltei, sabia que acabariam te achando.

Os cães de caça haviam achado os dois, com certeza. Mason se lembrava, com clareza assustadora, como os cães os perseguiram na escuridão – latindo de forma estranha enquanto rastreavam ela e Fennrys pelo High Line.

– Fennrys teve que destruir aqueles cães, Roth – disse Mason, com uma centelha de fúria em seu peito transformando-se numa labareda. – Você *sabia* que ele o faria.

– Eu *não* sabia. – Roth fechou a cara. – Mas, mesmo que soubesse, teria feito aquilo do mesmo jeito, sabendo o que eu sabia então. O que sei *agora*! Eu não tinha escolha. Eu precisava assustar você, Mase. E eu precisava assustá-lo também.

E conseguiu, ela pensou. Com muita eficiência, e ambas as coisas.

Ela se lembrou da aspereza na voz de Fenn quando ele gritou com ela por não fugir rápido o suficiente – ou longe o suficiente – enquanto ele lutava com os cães de caça. Foi só depois que ela compreendeu que a fúria nascera do medo – medo pela segurança dela, e o verdadeiro terror de Fennrys de que fosse ele a colocar Mason em perigo. Ela pensou sobre o quanto haviam discutido, e como ela lhe dera as costas e se afastara dele. Quase para sempre.

E se você tivesse feito isso?, ela pensou. *Nada disto teria acontecido. Se aquela noite no High Line tivesse sido a última com Fennrys, muitas vidas teriam sido salvas. Se eu tivesse permanecido morta, para começar... Se os* draugr *tivessem vencido... Se eu não tivesse voltado de Asgard...*

Mason teve uma compreensão súbita.

— E a ponte Hell Gate? — perguntou. — A explosão... foi você, também. Não foi?

Roth pareceu surpreso por ela ter chegado àquela conclusão, mas havia uma lógica tenebrosa nela. Relutante, ele assentiu.

— Descobri que Fennrys já tinha conseguido chegar à ilha Wards depois de sair de Gosforth naquela noite, após o ataque dos *draugr.*

— Gwen te contou isso?

— Hã, não. Foi um *troll.*

Mason pestanejou, olhando para o irmão mais velho.

— O nome dele é Thrud. Ele mora debaixo da ponte Hell Gate desde 1916, quando ela terminou de ser construída. Faz algum tempo que pago a ele, e pedi que me informasse caso acontecesse qualquer coisa fora do comum, na ponte ou nos arredores.

— Fora do comum?

— Eu diria que um cara usando um moletom de Gosforth e coturnos, armado com uma espada *viking* e fugindo de dois centauros que tentam enchê-lo de flechas de balestras com certeza se enquadra nessa categoria. — Roth deu de ombros. — Desde criança eu soube que Bifrost e Hell Gate eram a mesma coisa, e sabia que, se o cara de quem Thrud falou já tinha sido atraído naquela direção uma vez, ele conseguiria voltar de novo. Pensei "é melhor prevenir do que remediar". E então mandei o *troll* instalar explosivos em todo o vão central da ponte.

— E quando você soube que *eu* tinha cruzado, achou que o único jeito de deter Ragnarök era me impedir de voltar.

— É. Então explodi a ponte.

Roth olhou a irmã de soslaio; um meio sorriso triste erguia o canto de sua boca.

— E qualquer chance de herança, se Gunnar descobrir que fui eu.

Mason sacudiu a cabeça, quase apreciando o humor amargo da situação.

— Uau, irmão, será que em algum momento de nossas vidas você vai *parar* de tentar me matar?

— Mase...

O sorriso dele desmoronou, e a expressão que o substituiu fez Mason desejar não ter feito a piada. Ela sabia que Roth a amava, desde sempre. Um amor tão terrivelmente protetor que poderia ter se originado nos eventos daquele dia fatídico, dos quais nenhum deles soubera até esta noite. Mas mesmo assim ele estava disposto a sacrificá-la — e Fennrys, e provavelmente qualquer outra pessoa, se achasse que representavam uma ameaça. Tudo bem, ela devia admitir que o Ragnarök era algo fantástico, e que era uma coisa admirável que Roth estivesse se opondo a um suposto destino do clã Starling, na tentativa de impedir o fim do mundo.

Ela desejava poder achar que seria capaz de fazer o mesmo.

Mas não sou.

Tenho 17 anos. Mal comecei minha vida.

Talvez esteja... Não. Estou *apaixonada.*

E se impedir o fim do mundo significar ter que abrir mão dessa vida ou desse amor ou — infinitamente pior — sacrificar o amor de sua vida?

Nem pensar.

E, uma vez mais, as palavras de Rafe para ela e para Fennrys naquela noite no Central Park ecoaram em sua mente. *"Para o inferno com o destino"*, o antigo deus havia dito. Logo depois de dizer *"as profecias nem sempre se cumprem. E mesmo quando se concretizam, costuma ser de forma inesperada. Então sempre existe esperança. Brechas. Uma forma de contornar o destino".*

Roth havia se empenhado em impedir o destino, mas ao fazer isso... parecia que tudo que conseguia era fazer o jogo dele, nojento, difícil e sanguinário. Rafe, por outro lado, estava certo. Não se deve tentar impedir o destino. Ou jogar o jogo dele.

— Para o inferno com o destino — murmurou Mason.

Tá, é uma ideia bacana, mas por algum motivo acho que não é tão fácil assim.

— Roth... — sussurrou. — Lá no pátio... Você ia matar Rory?

Ele mordeu a bochecha por dentro por um instante e pareceu refletir profundamente sobre aquilo. Então assentiu com a cabeça e disse:

— Sim, ia.

— Eu... ah. — Mason meio que esperava que ele negasse.

Ele olhou para ela de lado.

— Mas não fiz isso — disse.

— Eu sei. Por que não?

— Porque... não consegui. — Sua expressão se fechou. — Porque não *posso*.

Seus dedos apertaram a faca que ele ainda portava, e Mason soube que, por mais que quisesse, Roth não conseguiria forçar-se a enterrar a faca no coração de Rory — mesmo que cada fibra de seu ser clamasse por isso.

Claro que não pôde, pensou Mason, relembrando em sua cabeça o grito do corvo que ouvira. Tinha sido o corvo dela — o corvo de sua Valquíria —, e Roth não faria tal coisa. Três filhos de Odin. Era o que a profecia dizia. Roth não poderia matar Rory, assim como não poderia matar a si mesmo.

Não até que eu faça minha escolha.

Ela sacudiu a cabeça sombria.

— Sabe... Cada vez mais tenho a impressão de que estamos rumando direto para o Ragnarök sem nem mesmo *tentar* lutar contra isso.

— Por que você diz isso?

— Não acabamos de promover uma batalha entre os Gigantes de Fogo e de Gelo agora há pouco? Não é parte do mito do Ragnarök?

— O que podíamos fazer? Se Daria não interviesse, estaríamos mortos agora.

— Será? — perguntou ela. — Me parece que cada passo que damos para *evitar* esse destino profetizado idiota é como tentar achar a saída do Labirinto de Espelhos do Parque de Diversões do Dr. Destino. No fim, só há um caminho que podemos seguir. As únicas escolhas que fazemos não são as melhores escolhas, só nos iludimos achando que são.

O meio sorriso de Roth não tinha qualquer humor.

— Vindo justamente daquela que escolhe, isso é... desestimulante.

Ela olhou para trás, por cima do ombro, para Rafe, que caminhava junto a Fennrys. Este ainda apertava o braço ao redor do corpo, mas agora andava totalmente ereto e não se contraía tanto de dor. Ela se lembrou de novo o que o antigo deus dissera sobre as profecias que se realizavam sempre de um modo que ninguém esperava.

— Estou falando só de maneira teórica — ela suspirou. — Não quer dizer que vou me deitar e morrer a qualquer momento.

— Provavelmente você não poderia, mesmo que quisesse.

Roth cutucou-a com o cotovelo, meio de brincadeira, uma sombra pálida do irmão mais velho que ela sempre amou e respeitou. Ele estava tentando, ela sabia, por causa dela. Assentiu com a cabeça, engolindo o nó de tristeza que tinha na garganta, e também tentou. Por causa dele.

— Exatamente! — ela disse, com voz animada. — Então, não se preocupe, seja feliz!

— Certo.

— Hakuna matata.

— Não tenho a menor ideia do que isso quer dizer.

— *Rei Leão* — ela respondeu, de forma despreocupada. — Quando tudo isso terminar, vamos assistir ao musical na Broadway. Você vai ver.

Ele estremeceu.

— E de repente o Ragnarök parece uma escolha aceitável.

Mason sorriu para ele por um instante e então se afastou antes que o peso da dor dele voltasse a turvar-lhe o olhar. Já se viam as árvores do Central Park, e ela por algum motivo suspirou aliviada. Réstias de luar prateado penetravam pela cobertura baixa de nuvens acima do parque, banhando o oásis urbano e dando-lhe um aspecto quase tranquilo. A meia quadra de distância, Mason achou que podia até sentir um aumento de temperatura, e sentir o cheiro de coisas verdes e vivas.

O Miasma não havia tido qualquer tipo de efeito sobre os animais da cidade — isso ficava evidente pelo número de cães que tinham visto vagando livremente ou presos ao pulso de seus donos pelas coleiras —, por isso Mason não ficou totalmente surpresa ao ver mais de uma das charretes puxadas a cavalo do Central Park movendo-se sem condutor por entre o tráfego parado diante do muro de pedra do lado sul do parque. Quase todos os cavalos pareciam assustados, os olhos arregalados de medo por sentirem no ar o cheiro da morte e da destruição, e era impossível aproximar-se deles.

Mas havia uma charrete, atrelada a um animal cinza-prateado manchado, com crina e cauda longas e escuras, ainda estacionada a um lado da rua. O cavalo estava imóvel, paciente, indiferente ao caos a sua volta. Era uma charrete escura, de um tom preto lustroso, com detalhes em prata e estofamento de veludo azul-safira, e seu condutor não estava à vista.

— Fenn... Rafe! — Mason chamou baixinho.

Quando pararam para esperar que ela os alcançasse, Mason disse:

— Estamos todos exaustos. Acho que devíamos ir de charrete pelo resto do caminho até Gos.

Fennrys encolheu os ombros, olhando a charrete desconfiado, provavelmente lembrando-se da última vez em que subira num veículo puxado por cavalos e de como aquilo havia terminado. Mas até Cal, que carregara Heather o caminho todo, parecia precisar de uma pausa. E pelo jeito como vinham tendo de desviar de obstáculos e encontrar seu caminho por entre eles, não havia como chegarem a Gosforth, no Upper West Side, em menos de duas horas. A essa altura, o encantamento do Miasma já teria se dissipado, e a cidade seria tomada pelo exército e pela polícia.

— Vamos fazer isso — disse Rafe.

— Vocês dois talvez devessem esperar um instante, certo? — disse Mason. — Vocês provavelmente... hã...

— Temos cheiro de lobo? — Fennrys ergueu uma sobrancelha.

— Não sei... Quer dizer, *eu* não acho, mas...

Mason se aproximou devagar e estendeu a mão para o cavalo, que tocou-lhe a palma com o focinho e dirigiu à garota um olhar negro calmo e fluido. O animal relinchou baixinho, e quase pareceu a Mason que a chamava pelo nome. Ela sentiu uma onda de emoção respondendo em seu coração e soube, de alguma forma, que aquela criatura lhe *pertencia*.

Ela se virou e olhou por cima do ombro para Fenn e os demais, que esperavam fitando-a com desconfiança.

— Venham — disse, e subiu para o assento do condutor.

Acomodou-se no banco e apanhou as rédeas que estavam enroladas de forma frouxa ao redor de um corrimão prateado reluzente.

— Vamos cortar pelo parque. Vai ter muito menos trânsito, e talvez cheguemos a Gosforth antes que a muralha de névoa desapareça por completo e a Guarda Nacional venha com tudo pela ponte George Washington e pela Riverside Drive.

Fennrys olhou incrédulo para o cavalo e a charrete.

— Você já conduziu uma coisa dessas antes? — ele perguntou.

— Não pode ser difícil, pode? — sorriu Mason.

— Não sei. Mas a última charrete em que peguei uma carona foi derrubada dos céus de Valhalla, e acordei numa cela de masmorra em Helheim.

— Não vai acontecer nada desta vez — disse Mason.

Ela sentiu o sorriso em seu rosto tornar-se levemente selvagem enquanto tomava as rédeas.

— Agora venha.

— Esta é minha garota... — murmurou Fennrys enquanto subia.

Ela mordeu a bochecha por dentro e, antes que pudesse conter-se, disse:

— Você fica repetindo isso.

Ele lhe dirigiu um olhar intenso.

— Fico?

— Isso é mesmo verdade?

— Mase...

O som de seu nome, o *modo* como ele o disse, fez com que o ar nos pulmões dela parecesse estar cheio de faíscas de fogos de artifício.

Os olhos azul-claros dele estavam carregados de emoção.

— É *claro* que eu...

— Pare — ela disse de forma abrupta, erguendo uma das mãos. — Esqueça o que eu perguntei. Não foi uma pergunta justa, e não preciso de resposta. Não agora. Só... sobe aí.

Fennrys subiu, instalando-se na outra ponta do banco da frente, virando-se de tal modo que Mason não podia ver seu rosto, que, ela desconfiava, devia ter assumido uma expressão turbulenta. Ela se recriminou mentalmente enquanto Toby subia e, num momento de observação astuta, decidiu que o melhor era sentar-se entre os dois, para servir como uma espécie de amortecedor. Isso aliviou a tensão que pairava no ar, e Mason ficou grata a ele.

Os demais subiram na parte de trás e se acomodaram. Heather, ainda inconsciente, aninhava-se de encontro ao peito de Cal. Maddox foi o último a subir, e Mason notou que o olhar dele varria o tempo todo o parque à frente, e que ele tinha na mão, enrolada e pronta, sua corrente de prata.

Mason lembrou-se de que ele e Fennrys conheciam intimamente o Central Park. Tinham passado a vida toda defendendo o portal que estava entretecido à trama do parque, mantendo o reino dos mortais a salvo de predadores do Outro Mundo. Conheciam cada reentrância na terra e cada nó de árvore que poderia ocultar uma ameaça, e ela se sentia aliviada por Maddox ter permanecido com eles. Se tivesse havido algum jeito de evitar cruzar o parque para chegar a Gosforth, de muito bom grado ela o teria contornado. Francamente, desde a noite em que ela e Fennrys foram juntos ao parque e encontraram Rafe pela primeira vez, Mason nunca mais quis voltar lá. Antes ela adorava aquele lugar. Até que descobriu seus segredos.

Parecia-lhe que o mesmo tipo de coisa estava acontecendo não só com os lugares em sua vida, mas com as pessoas. Ela pensou em Rory e no pai. E perguntou-se que diabos diria a eles da próxima vez em que se encontrassem. Ela provavelmente não devia ter pensado nisso. Porque, de repente, ao pensar no pai, era como se ele estivesse dentro de sua cabeça. Ela quase podia vê-lo. Ouvir a voz dele.

Mason... Querida...

— Papai? — disse em voz alta.

Toby virou a cabeça bruscamente para olhá-la.

— Onde? — perguntou ele. — Mase? *Onde* está Gunnar?

— Eu... Ele está na minha mente...

Ela sacudiu a cabeça com vigor e estalou as rédeas, concentrando-se no movimento do cavalo, que começou a trotar. O som dos cascos, constante, veloz e reconfortante, levando-a para longe dali, era um bálsamo para seus nervos à flor da pele.

— É... Dá a sensação de que ele está tentando me encontrar.

— Roth? — Toby virou o corpo para dirigir-se ao irmão dela. — Tem algo que a gente precise saber sobre seu velho e querido pai?

— Ele tomou a água do Poço de Mimir — Roth disse, com a voz tensa.

— *Maldição.* — A face de Rafe crispou-se numa expressão de dor. — O Poço da Visão? Grande. Ele tem a visão de Odin. Em algum momento você ia mencionar esse pequeno detalhe?

— É... — respondeu Roth. — Eu pensei que talvez pudesse chegar lá quando não estivesse sendo torturado ou assistindo a minha namorada saltar para a morte.

Rafe olhou feio para Toby, em silêncio, e este deixou o assunto morrer.

— Mason — ele disse baixinho. — Apenas... faça um favor a todos nós e tente de verdade *não* pensar em Gunnar, certo? Assim vai ficar mais difícil para ele nos encontrar, e quem sabe...

Ele não conseguiu completar a frase.

O monstro de pele cinzenta caiu da árvore acima deles e aterrissou nas costas do cavalo da charrete, afundando as garras na cernelha do animal e arreganhando os dentes amarelos. O cavalo urrou de dor e medo, e a charrete adernou para os lados quando ele empinou e partiu num galope alucinado.

— *Draugr!* — gritou Mason, desnecessariamente, quando a coisa cravou nela seu olhar leitoso e brilhante.

Fennrys já estava saltando por cima do corrimão da frente da charrete para as ancas do cavalo. Antes que o zumbi da tempestade pudesse reagir, Fenn trespassou-lhe a caixa torácica com sua lâmina e jogou-o do cavalo para o caminho de cascalho. As rodas da charrete atropelaram o corpo dessecado, produzindo um som esquisito de um feixe de gravetos se partindo.

Maddox gritava advertências que Mason não conseguia entender em meio ao caos de tentar controlar o cavalo em disparada. Quando finalmente conseguiu retomar o controle do animal, ela entendeu o porquê de tanta gritaria. Em meio à névoa que o acarpetava, iluminada pelo brilho alaranjado dos postes de luz, o Central Park estava repleto de vultos cinzentos que se moviam com os dentes à mostra. Eles caíam das árvores e abriam caminho por entre as moitas e içavam-se para fora do lago...

E todos convergiam para a charrete.

— Amigos seus? — gritou Maddox para Fennrys, que ainda estava agachado em cima do cavalo, segurando-se ao arreio com uma das mãos, a outra empunhando a adaga agora tingida com o sangue negro do monstro.

— Ah, sim... — Fenn deu um sorriso selvagem. — Senti falta desses caras.

— Eu não — grunhiu Toby.

Naquele caos todo, Mason não tinha notado antes, mas podia jurar que a barba do treinador havia ficado grisalha nas últimas horas. O cabelo das têmporas também. E havia linhas nos cantos dos olhos que ela nunca tinha visto antes. Sua mira foi precisa, porém, quando ele se pôs de pé no assento da frente e deu uma estocada que atravessou o olho do *draugr* que escalava pela lateral da charrete.

Estavam cercados.

No assento de trás, Rafe empunhou sua lâmina acobreada, desferindo um golpe em outra aparição, e Cal evocou uma onda do lago próximo para varrer de volta dois *draugr* e arrastá-los para baixo d'água. Maddox laçou um zumbi com sua corrente e trouxe-o perto o bastante para que Fennrys o matasse com um golpe. Mas eles continuavam vindo.

— Não podemos ficar aqui — disse Daria, com calma, mas um tanto irritada, de volta ao comportamento gélido de antes da invocação da maldição de sangue, e obviamente sem tempo a perder com aquela bobagem de apocalipse nórdico. — Eles são numerosos demais.

Como que reiterando isso, outra criatura tentou agarrá-la. Daria abaixou-se, atirando-se de forma protetora — e surpreendente — sobre o vulto ainda inconsciente de Heather. Roth se debruçou por cima dela para aplicar no *draugr* um golpe que pareceu destroçar-lhe o crânio. A face da criatura afundou e ela caiu ao chão, contorcendo-se.

— Fennrys! — Mason gritou, enquanto ele eliminava com sua lâmina um *draugr* que atacava a cabeça do cavalo. — Volte para a charrete, droga!

— Você a ouviu! — gritou Maddox, descendo do estribo lateral da charrete. Ele rodou a corrente de prata num círculo lento acima da cabeça, produzindo um silvo macabro que momentaneamente forçou os *draugr* a afastarem-se.

— É hora de vocês caírem fora. Eu vou defender o forte...

— O caramba que vai. — Fennrys saltou e postou-se ao lado dele, ombro a ombro. — Não vou deixar você para trás. Não de novo.

— Por que não? — desdenhou Maddox. — Eu me saí muito bem sem você da última vez.

— Foi sorte.

— E você escapou. Faça isso de novo. — Maddox voltou-se para ele com uma expressão intensa. — Escute. Eu te contei que andei reforçando o Portal aqui no parque desde a última vez, certo?

— Madd, eu...

— Cale a boca. Eu consigo acessar a magia que os Fae usaram para fazer aquilo. É magia verde, e você sabe como esse troço é...

— Incrivelmente volátil? — Fennrys exclamou incrédulo. — Você está brincando comigo!

— Não... — Maddox sacudiu a cabeça. — Para ser usado só em caso de emergência, e provavelmente vai pulverizar boa parte do parque. Mas nesse processo vai levar junto a maior parte dessas coisas.

— Deixe-me te ajudar — Fenn implorou, com expressão angustiada.

O coração de Mason doeu por ele. Ela nunca tinha ouvido Fennrys implorando por nada. Ele havia lutado e sangrado para proteger o Central Park e o portal para o Outro Mundo que aí existia, e agora devia se afastar e deixar que seu companheiro fizesse isso por ele.

Por minha causa.

— Maddox... — rosnou Fenn, frustrado.

— Você *não pode*. — O tom de Maddox tornou-se ríspido. — E você seria um idiota se tentasse. E eu também seria um idiota se permitisse. Os outros guardas Jano estão dando cobertura ao Portal do outro lado. Somos minoria aqui, cara, e eles... — ele apontou para os ocupantes da charrete — ... precisam que você os leve para longe do parque e dessas coisas. Deixe-me fazer o que eu puder para ajudar, certo?

— Maddox...

— Amigos são para essas coisas.

Fennrys ficou imóvel, olhando o outro jovem.

— Acho que nunca chamei você de amigo, cara a cara — disse.

Maddox também se imobilizou e disse:

— É, provavelmente não. Mas seu caráter melhorou de repente. Atribuo isso ao amor de uma boa mulher. Agora vá. Mantenha-a a salvo.

Ele se virou e piscou para Mason.

— E *você*, moça, mantenha-o a salvo.

— Vou fazer isso.

— Ótimo. Agora *vão embora*.

Fennrys praguejou vigorosamente e agarrou-se à charrete, pulando para dentro dela por sobre a lateral. Enquanto isso, Maddox fez um movimento de pulso com a mão que segurava a corrente, e esta formou no solo um círculo de um metro de largura, tendo o guarda Jano ao centro. Ele pousou a ponta que tinha na mão sobre a outra, fechando o círculo, e sorriu para eles por cima do ombro.

— Hora do *show* — disse, e bateu as palmas das mãos com força no solo, produzindo um som de trovão.

A terra abaixo dele pareceu ondular em ondas que se afastavam. As árvores mais próximas da charrete gemeram e começaram a tremer, folhas e galhos sacudiam e torciam-se de forma sobrenatural. Um carvalho imenso e antigo — que lembrou a Mason o que costumava existir no pátio de Gosforth — de repente se esticou, como se os seus galhos fossem dedos, envolvendo dois *draugr*, fechando-se ao redor deles como um punho e lançando-os no meio do lago. Não sem um custo para a venerável árvore anciã, porém. Largas faixas de casca se soltaram, e a seiva fluiu de rachaduras na madeira, como se fosse sangue.

Todo o parque estremeceu, repleto de movimento. As raízes das árvores afloravam do solo coberto de musgo, e trepadeiras espinhosas açoitavam o ar, reduzindo os *draugr* a pedaços. Maddox gritou com o esforço de controlar as forças perigosas que fluíam através da trama do parque.

— Madd! — gritou Fennrys.

— Tire-o daqui, Mason! — gritou Maddox.

Com lágrimas de frustração ardendo nas faces, Mason estalou as rédeas e instigou o cavalo a galopar. A charrete deu um solavanco para a frente, desequilibrando Fennrys, e no instante que ele demorou a se firmar, já estavam longe demais para que ele tivesse alguma utilidade para o outro guarda Jano. Fenn esmurrou o corrimão de metal e praguejou até que as árvores despertadas ecoassem com os sons de sua fúria.

Mason podia sentir a dor do parque irradiando-se a sua volta, enquanto estalava as rédeas e gritava incentivando o cavalo. Mas podia sentir também uma espécie de fúria virtuosa. A própria terra estava lutando — por *eles*. Ela não podia permitir que aquela luta fosse em vão. Alguns dos *draugr* carregavam tochas que ardiam com fogo sobrenatural, e uma árvore explodiu em chamas quando a charrete passou por ela a toda velocidade. Mason gritou em fúria...

E sentiu a Valquíria dentro de si responder.

Em sua mente, ela ouviu o bater das asas do corvo, e exigiu de sua montaria mais velocidade. A criatura respondeu aos comandos dela com um ímpeto de velocidade sobrenatural, e de repente pareceu que estavam voando acima do solo. Uma sensação de triunfo cresceu no peito de Mason, e a névoa junto ao solo resplandeceu com uma fluorescência nos tons do arco-íris. Os contornos do parque ficaram indistintos. O poder da Valquíria de Mason guiou-os através do Hiato entre os mundos à medida que um nevoeiro espesso e reluzente desceu, e a cidade ao redor deles dissolveu-se num cinza perolado.

XII

A salvo por ora, enquanto viajavam pelos caminhos do crepúsculo, Mason relanceou o olhar para Fennrys, que a fitava com frieza. Ela sabia que ele já havia viajado na carruagem de uma Valquíria antes, e que o que ela fazia agora devia parecer-lhe familiar de uma forma que provavelmente não era lá muito reconfortante.

Ela compreendia isso. Sentia o chamado poderoso de Valhalla, impelindo-a a levar os heróis para o palácio dos Aesir, e o cavalo da charrete, pressentindo o conflito dela, tornou-se rebelde e hesitante. Sem um pulso firme nas rédeas, o animal sacudia os tirantes do arreio, e Mason segurou-os com mais força.

Nós não *vamos para Valhalla*, ela disse com firmeza a si mesma – e ao cavalo. *Vou conduzir esta charrete através deste parque e vou levá-la até os portões de entrada da Academia Gosforth.* Ela só precisava resistir à batida de tambor que soava em seus ouvidos, impelindo-a a ir para muito além da escola.

Muito mais longe...

Não. Valhalla, não. Concentre-se.

Era mais fácil dizer do que fazer quando ela estava olhando nos olhos do herói em pessoa.

O olhar que trocaram prolongou-se, e Fenn deve ter visto nos olhos dela a fome da Valquíria. Ele rompeu o contato e virou o rosto para o outro lado, reduzindo a tentação, e ela sentiu-se agradecida. Mas ainda estava trêmula. Afastando de Fennrys o olhar, ela percebeu que não era a única que se sentia exaurida.

— Toby? — disse, com uma pontada de preocupação no peito. — Que aconteceu com sua caneca de café?

A caneca de viagem de alumínio era parte integrante dele, e Toby chegava a parecer estranho sem ela. Mesmo nas sessões individuais de treinamento, em Gosforth, ele raramente a deixava fora de suas vistas, e com frequência esgrimia com a espada em uma das mãos e a caneca na outra. Toby olhou para as mãos vazias como se fizesse a mesma pergunta.

— Acho que perdi.

Ele encolheu os ombros, que a seguir descaíram.

— Não era café — disse Mason baixinho.

— Não. — Ele sacudiu a cabeça.

— Você não é humano, certo?

Para surpresa de Mason, ele riu.

— É claro que sou. Só que sou muito, muito velho.

Ela piscou os olhos admirada, e ele deu de ombros de novo.

— Você costuma prestar atenção nas aulas do professor Leggatt sobre Shakespeare? — ele perguntou.

Mason ergueu uma sobrancelha diante da pergunta aparentemente aleatória, mas Toby apenas esperou a resposta dela em silêncio. À frente deles, o elegante cavalo negro agora percorria com segurança o caminho pelo Hiato, puxando a charrete sem esforço através da escuridão.

— Eu gostava daquelas aulas — ela disse, por fim. — Na semana que vem, tenho que entregar um trabalho sobre *Cimbelino*. Acho que é na semana que vem. Sabe, supondo que o mundo não acabe.

— Vocês já estudaram *Macbeth*? — Toby perguntou.

— Já.

— Lembra-se da primeira cena, logo após uma batalha, antes de Macbeth aparecer? Lembra-se de que os outros nobres se referem a ele como "o noivo de Belona"?

— Hã... vagamente. Lembro, sim.

Mason franziu a testa, relembrando a cena e perguntando-se aonde, afinal de contas, aquela conversa ia chegar. Ela gostava da peça. Gostava de Macbeth e secretamente achava que ele tinha sido tratado de forma injusta.

— Era tipo um título de honra, não era? Tipo chamá-lo de "Super-durão".

— É, algo assim. — Toby deu uma risadinha com a comparação. — Ele era comparado com o marido, ou o amante, da Guerra. Nesse caso, a "Guerra" era uma deusa chamada Belona. Bem, era assim que os romanos a chamaram. Mais tarde. Na verdade, ela era cartaginesa. Antes que Cartago existisse, de fato.

— E...?

Toby apontou para seu próprio peito.

— Pode me chamar de Macbeth.

— O quê? — Mason piscou. — Você era... *o quê?* Marido de uma deusa da guerra?

— *A* deusa da guerra. A original. E nunca formalizamos nossa união. Mas, sim.

Mason absorveu em silêncio aquela informação e tentou concilia-la com o homem que conhecia havia anos, que tinha sido seu tutor e seu treinador. E amigo. Na verdade, não era tão difícil. E até que fazia um estranho sentido.

— O que aconteceu? — ela perguntou.

Toby entrelaçou os dedos, e seu olhar se perdeu nas névoas adiante deles.

— É complicado, para uma deusa, apaixonar-se. Para Bel, pelo menos, foi. Ela era imortal, para começar, e acho que ela não queria me perder, por eu ser mortal. Então... ela me tornou imortal também. Às vezes acho que fui um covarde por deixar que fizesse isso.

— Um covarde? Você está falando sério?

Toby era um dos homens mais corajosos que ela conhecia.

— Eu não queria morrer, Mase. Tinha medo. — Ele encolheu os ombros, porém sua voz estava rouca quando ele continuou. — Mas, agora, eu daria qualquer coisa, *qualquer coisa* para pôr um fim nisso.

Mason estremeceu com a dor crua que havia naquela admissão, mas reconheceu a sinceridade de Toby. A franqueza dele, em contraste com todas as mentiras que as outras pessoas contavam. Ela imaginava Fennrys ouvindo em silêncio a conversa, sentado ao lado de Toby, que claramente não ligava que ele soubesse.

— O professor Leggatt nos contou que, em *Júlio César*, Shakespeare diz: "Os covardes morrem muitas vezes antes de sua morte, mas o valente sente o sabor da morte uma única vez" — disse Mason. — Será que isso quer dizer que sou...

Ela não terminou a frase. Toby ergueu uma sobrancelha para ela.

— Que é o quê?

Fennrys sacudiu sua cabeça e deu um sorriso sombrio.

— Ela quer dizer que somos covardes?

Mason baixou a cabeça.

— Somos? Pense nisso. Nós ficamos morrendo, não é?

Mas Toby apenas riu.

— Acho que não foi isso que o velho Bill quis dizer, Mason. Acho que ele quis dizer que se você tem *medo* de morrer, você sente exatamente como se estivesse morrendo cada vez que as coisas ficam complicadas. Há a morte e há a *morte*. E quando finalmente esta última chegar... e ela chegará para todos nós... acho que você definitivamente vai perceber a diferença.

Ele trocou um olhar com Fennrys e se voltou de novo para ela.

— Você é a garota mais corajosa que eu já conheci, Mason Starling. E parte disso é consequência do fato de você às vezes ter a coragem de ficar aterrorizada.

— Obrigada, treinador.

— Especialmente comigo — ele bufou.

— É exatamente isso.

— Então você realmente não pode morrer? — perguntou-lhe Fennrys.

— Não.

— Isso é... hã.

Para um *viking* cujo maior desejo era morrer gloriosamente e viver em Valhalla, aquela devia ser uma situação difícil de conceber, pensou Mason. Por outro lado, Fenn havia vivenciado recentemente uma espécie de mudança de perspectiva quanto a tudo isso. Ela segurou as rédeas com mais firmeza de novo quando o cavalo sacudiu a cabeça.

— Não é bem o que deveria ser. — A expressão de Toby tornou-se amarga. — Sabe aqueles contos com uma moral, sobre deusas distraídas que concedem a *vida* eterna, mas não a *juventude* eterna?

Fennrys fez que sim.

— Esses mitos têm suas raízes em algum lugar.

— Mas... você não parece mais velho do que meu pai — disse Mason.

— Bons genes. E um elixir. — Toby fez que bebia de sua caneca.

— O que aconteceu com sua dama? — perguntou Fennrys.

Toby encolheu os ombros.

— A arte da guerra prosseguiu sem ela. A guerra, para um ser como Belona, era uma interação honrada e íntima. Naquela época, se você ia matar, em geral tinha que estar perto o suficiente para sentir no rosto o último suspiro de seu inimigo. Ou pelo menos ver o branco do olho dele.

Mason pensou em Rory e sua arma, e imaginou onde Toby queria chegar.

— No momento em que soou no mundo o primeiro disparo de uma arma, Bel o *sentiu*. E ela começou a morrer por dentro.

Ele sacudiu a cabeça com tristeza, sua expressão estava repleta de recordações de seu amor perdido tanto tempo antes.

— Devo reconhecer, ela aguentou até as guerras napoleônicas. Ela me viu lutar muitas batalhas, cuidou de meus ferimentos, me incentivou a partir das trincheiras. Mas era tudo tão... horrível. Tão impessoal. A guerra havia perdido sua alegria para a Senhora das Batalhas.

— Alegria, hein? — murmurou Mason.

Contudo a Valquíria que tinha dentro de si compreendeu.

Uma alegria feroz, selvagem...

Ele olhou para ela, e seu olhar se tornou penetrante. Toby viu que ela sabia *exatamente* do que ele estava falando, e havia tanto orgulho quanto tristeza nessa constatação. Por todo o tempo que se conheciam, Toby havia incentivado Mason a ir mais longe em suas proezas marciais com sabre, espada e florete. Ele a estimulara a procurar fundo dentro de si o impulso para lutar com garra. Ele a motivara, a cada novo combate, a encontrar seu instinto assassino. Ele claramente nunca tinha esperado que ela alcançasse o grau que havia alcançado. A testa dele se franziu, e ele pousou a mão no joelho dela, apertando de leve.

— Onde está Belona agora? — perguntou Mason, virando o rosto para o outro lado.

— Ela se foi. — Toby deu um suspiro profundo. — Um dia, ela simplesmente não aguentou mais. O horror. Ela foi para o meio de uma batalha com armas de fogo e despiu o manto de sua divindade. Nunca a vi tão bela quanto no momento em que abriu mão de sua imortalidade. — Ele piscou rapidamente por alguns segundos, antes de prosseguir. — Nunca consegui descobrir o truque para fazer isso, mas até aí, não sou um deus. Sou apenas um velho rabugento, muito cansado.

Mason mordeu o lábio para impedir-se de chorar por Toby. Nunca, em um milhão de anos, ela teria imaginado como tinha sido a vida dele.

— Uma bala a atingiu — ele prosseguiu, uma dor antiga e surda na voz. — Só uma. Mas foi o suficiente. Não vi quem foi que atirou nela e foi *então* que percebi que ela estava certa. A guerra, de perto e pessoal, é ruim. A distância, é monstruosa. Os humanos durante a batalha se tornaram nada mais do que máquinas de matar. Coisas como honra, glória... hoje simplesmente já não significam nada.

— Você fala como meu pai — disse Mason.

— Ah — resmungou Toby. — É, acho que às vezes falo.

— Você ainda continuou lutando? — perguntou Fennrys. — Depois disso? Quer dizer... Tenho certeza de que o que você me disse sobre ter "amigos que foram SEALS da Marinha" era tudo bobagem. *Você* foi um SEAL, não foi?

Toby riu.

— É, eu fui. Na condição de especialista. Eu estava entediado, e só havia uma coisa em que eu era bom de fato. Guerra. Mas não disparei uma arma sequer desde que perdi Bel.

— Você sabe lidar bem com uma lâmina, pelo que notei — disse Fennrys, seco.

— Sim. — Toby encolheu os ombros, modesto. — Depois que ela morreu, voltei ao básico. E eu não mato um homem a menos que possa olhar nos olhos dele.

Eles rodaram em silêncio por um instante, enquanto Mason trilhava seu caminho por entre as névoas movediças do Além. Quando ela sentiu que estavam se aproximando do lugar onde poderia guiar a charrete em segurança de volta para o reino mortal, ela se voltou para Toby e fez mais uma pergunta.

— Eu estava pensando sobre algo que Rafe me disse lá na Plaza — ela disse baixinho, acenando com a cabeça para trás, para onde o deus egípcio estava sentado, a lâmina acobreada repousando sobre seus joelhos. — E sobre esse lance de coragem. Ele disse que, em uma batalha, se eu tivesse que escolher um filho de Odin, eu o faria escolhendo o mais corajoso.

— É desse jeito que funciona, sim — disse Toby.

— E se eu escolhesse errado?

— Bem — ele disse. — Aí eu acho que seria uma encrenca dos diabos. Não seria?

XIII

Quando Mason sentiu que tinham deixado o parque e os *draugr* para trás, projetou sua mente e, com suavidade, incitou o cavalo a percorrer o caminho completamente no reino mortal. Ela o guiou de volta, para longe do caminho sombrio do Hiato, saindo para o caos da cidade na esquina do Central Park Oeste com a Cathedral Parkway. Na distância, atrás deles, algumas das árvores do parque estavam em chamas, um horrível brilho laranja pintava o céu com um tom apocalíptico.

Mason precisou de grande concentração para conduzir a charrete, desviando das pessoas que caminhavam sem rumo, como zumbis, algumas das quais vinham para perto deles, achando que tinham ido ajudá-las. Mas eles não podiam parar.

Especialmente não se Rory...

— Temos companhia, irmãzinha — alertou Roth, no banco de trás, interrompendo o pensamento sombrio com a realidade ainda mais sombria.

Mason olhou por cima do ombro e viu uma motocicleta vindo a toda pela rua atrás deles, ziguezagueando entre os carros parados e batidos, evitando por pouco confrontar as pessoas adormecidas que despertavam.

— Aquele verme roubou minha moto favorita — observou Roth. — Dessa vez vou matá-lo, de verdade.

Roth tinha várias motos. Ele mantinha ao menos uma delas — sua favorita, ao que parecia — na garagem da cobertura do pai deles. Mason sabia que, quando eram pequenos, Rory insistia com ele para que fossem fazer motocross nos caminhos de terra ao redor da propriedade da família. Roth aceitou por algum tempo, até que Rory começou a fazer manobras idiotas e destruiu três motos num único final de semana. Mason não sabia que ele tinha continuado a cultivar suas habilidades como motociclista. Ou talvez, a julgar pela imprudência com que pilotava, não o tivesse feito. Mas ele se aproximava da charrete, e o cavalo estava cansado demais para seguir muito além.

Quando um hidrante explodiu de repente, direto na frente da moto em disparada — e então outro, logo após Rory ter conseguido se desviar do primeiro —, Mason soube que Cal estava dando a ela uma possibilidade de vencer a corrida. Os gêiseres de água que jorravam das aberturas do hidrante deveriam ter forçado Rory a ir mais devagar. Porém, quando Mason arriscou olhar para trás, viu que ele mal havia reduzido a velocidade.

Talvez tivessem escapado dos *draugr* à toa.

— Isto não pode estar acontecendo! — Mason rosnou frustrada. — Tem que ser algum tipo de pesadelo. Não era para ser assim...

— Era para ser exatamente assim — disse Roth, em tom grave. — Você nunca prestou atenção nas histórias que lhe contaram, Mase?

— Não! Não prestei — ela respondeu, estalando as rédeas. — Eu *odiava* aquelas malditas histórias. Todas aquelas histórias terminavam soando como *esta* noite, e eu odiava isso. *Vamos!* Você consegue — ela incitou o cavalo que galopava.

A pelagem reluzente e prateada do animal espumava sob os tirantes do arreio, escurecida pelo suor, e ele ofegava de exaustão. Mas, enquanto Mason gritava incentivando-o, os músculos do cavalo retesaram-se e se distenderam, e a charrete disparou a grande velocidade, virando a esquina da rua 110 com a Broadway sobre duas de suas altas rodas, quase derrubando seus ocupantes. Mason olhou por sobre o ombro e viu Cal agarrado com uma das mãos para não cair, e a outra estendida, os dedos bem abertos, enquanto Rafe esticava-se para segurar o corpo inerte de Heather, que rolava solto pela charrete.

— Heather! — gritou Mason.

— Não se preocupe com ela, Mase! — gritou Rafe em meio ao rugido da água que explodia dos hidrantes. — Eu já a peguei... Só tire a gente daqui!

Ela se virou para a frente de novo, bem a tempo de ver um punhado de vultos corpulentos como jogadores de futebol americano correndo na direção deles, vindos dos edifícios da Universidade de Columbia. Mason demorou pouco tempo para perceber que *eram* jogadores de futebol americano. Ao menos alguns deles.

— Rory — rosnou Roth. — Maldito seja...

Ele se inclinou para um lado quando um dos atacantes atirou o que parecia um antigo machado de guerra *viking* com a precisão de um armador campeão fazendo um arremesso certeiro de longa distância. O machado veio rodopiando e errou a cabeça de Roth, mas rasgou sua jaqueta de couro e feriu o alto do ombro dele, deixando um talho profundo. Roth urrou e caiu no piso da charrete; jorrava sangue de seu ferimento.

— Roth! — gritou Mason, quase soltando as rédeas.

— *Continue*, Mase! — grunhiu Roth, apertando o ombro com a mão e sugando ar por entre os dentes, a face contorcida de dor. — Só... leve a gente para Gos.

— Mas que merda! — exclamou Cal, ajoelhando-se no piso ao lado de Roth para ajudá-lo.

— Não! — gritou Daria. — Cuide do que está atrás de nós. Eu cuido dele.

Mason bufou de frustração por não poder parar a charrete e evocar todo o poder da Valquíria que tinha dentro de si. Mas era *exatamente* isso, ela sabia, que Rory e seu pai estavam tentando provocar. Isso exporia Fennrys e Roth e todos os amigos dela a um perigo muito maior do que aquele que já enfrentavam.

Mentalmente, ela projetou o máximo que ousava de seu lado Valquíria e verteu incentivos ao valente e esgotado cavalo. Este arremeteu adiante, indo direto para a linha de jogadores de futebol. Rory obviamente havia vendido magia rúnica a eles para que amplificassem suas capacidades, e eles estavam doidões com ela. Alucinados. Fazendo caretas, uivando como *ghouls* e batendo no peito, formaram fileiras e começaram a correr. A charrete em disparada estava diante de uma sólida parede de músculos que avançava sobre ela. Os olhos deles tinham um brilho dourado, e eles se moviam como animais. Uma matilha de hienas...

Que teria que encarar um Lobo.

Antes que Mason pudesse detê-lo, Fennrys saltou por cima da lateral da charrete. Sua silhueta tornou-se difusa como fumaça dourada quando ele se metamorfoseou no Lobo em pleno ar.

— *Fennrys!* — Mason uivou aterrorizada enquanto ele saía correndo pela rua.

— Vou atrás dele — disse Rafe, imitando o salto e a transformação de Fenn, mas acrescentando um tanto de graça e elegância.

Os dois lobos correram rumo à muralha de músculos movidos a runas, tão velozes que suas silhuetas ficavam indistintas, enquanto se revezavam atacando como uma equipe bem coordenada os jogadores de futebol da universidade. Rafe já tinha experiência como lobo, mas Mason se admirou com a forma como os instintos animais de Fenn dirigiam seus ataques, sincronizando com o deus chacal suas fintas audazes e arremetidas selvagens, à medida que iam forçando os jogadores a recuar, dividindo a fileira ao meio para que Mason pudesse passar com a charrete. Fennrys, o Lobo, pendia pelos dentes da manga ensanguentada do lançador. Este agitava loucamente a outra mão, brandindo mais um daqueles ferozes machados *vikings* e incapaz de lançá-lo porque Fennrys lhe tirava o equilíbrio.

— Idiota — ofegou Roth, erguendo-se para o banco e segurando o ombro, o sangue vazando por entre seus dedos. — Devia ter alvejado o cavalo com aquele primeiro arremesso...

— *O quê?* — Mason manejou as rédeas, desviando por um triz de um Audi capotado.

— Ele está certo — resmungou Toby. — Isso teria derrubado todos nós; e eles poderiam acabar conosco. Graças aos deuses, não são espertos assim.

— Depressa, Mase... — disse Roth. — Rory. Chegando... perto...

— Roth, *por favor*, dá para você deitar aí ou algo assim? — devolveu Mason irritada, por cima do ombro, tentando se concentrar em conduzir a charrete, e não no sangue que inundava seu irmão.

A charrete pulava e chacoalhava, jogando Daria — que lutava para rasgar uma longa tira da barra de sua túnica branca de sacerdotisa eleusina para improvisar uma bandagem — de um lado para outro. Ela bateu a cabeça no banco, mas sacudiu-a e rastejou de volta para Roth. Mason cerrou os dentes, não querendo acreditar de verdade que a mãe de Cal estava até sendo prestativa. Não ainda. Daria Aristarchos continuava sendo uma *persona non grata*, responsável por muita dor e aflição.

Vai haver uma compensação, pensou Mason. *Um acerto de contas.*

Isso iria acontecer mais tarde.

Quando as torres e os muros de pedra da Academia Gosforth, tão familiares, finalmente surgiram no campo de visão, Mason conduziu a charrete até os degraus diante da porta de entrada. Ela sussurrou seus agradecimentos fervorosos ao animal, enquanto todos desembarcavam e corriam, e o cavalo relinchou uma resposta cansada.

Eles irromperam através das portas — Mason e Toby na frente, para inspecionar o saguão de entrada e garantir que o lugar de fato continuava seguro. A seguir vieram Daria e Roth, o braço dele passado pesadamente sobre os ombros dela. Então Cal com Heather, aninhada nos braços. Rafe e Fennrys entraram por último, assumindo de novo suas formas humanas logo antes de entrarem.

As portas fecharam-se por trás deles quando Rafe afirmou que estava tudo bem e ordenou que trancassem tudo. Toby correu para o painel de controle eletrônico que ficava a um lado e ativou as fechaduras magnéticas ao digitar um código no teclado numérico. Mason lembrou-se de outra vez em que eles se trancaram num dos edifícios de Gosforth daquela forma. Não tinha evitado que os pesadelos a ajudassem a descobrir um jeito de entrar. Ela abraçou seus cotovelos e ficou olhando enquanto Daria conduzia Roth até um sofá de couro e Fennrys andava de um lado a outro com os punhos cerrados e a respiração agitada.

O silêncio súbito no salão, quando as imensas portas em arco se fecharam, foi ensurdecedor. Com o barulho constante da chuva, o ribombar dos trovões e os estampidos dos relâmpagos abafados e reduzidos a nada, Mason podia ouvir o coração batendo nos ouvidos. Também podia ouvir os corações de todos os demais, incluindo o de Fennrys. Era como um tambor de batalha chamando-a desde algum lugar muito distante, insistente, hipnótico...

Mason deu um passo na direção dele antes de perceber o que estava fazendo, mas foi interrompida por outra pulsação que de repente registrou nas bordas de sua percepção. Era uma pulsação rápida como a de um coelho e assustada. Mason virou-se para alertar os demais e, de repente, Carrie Morgan entrou apressada pelas portas duplas que davam para o corredor das salas de aula.

Da última vez que Mason a vira, Carrie havia feito um esforço concertado para humilhá-la publicamente. Graças a Heather, o tiro havia saído pela culatra de forma gloriosa, e isso tinha ajudado a solidificar os laços de amizade cada vez mais fortes entre Heather e Mason.

A cabeça de Carrie estava baixa, e ela segurava o celular em uma das mãos, fuzilando-o com o olhar e xingando a droga dessa estúpida falta de sinal. Ela obviamente não estava esperando ver ninguém no saguão de Gosforth – e certamente não o grupo improvável e castigado pela tempestade formado por Mason e seus companheiros –, mas quando sua cabeça se ergueu e seu olhar pousou em Heather, desfalecida e pálida nos braços de Cal, ela berrou.

Cal mal a olhou ao passar por ela. Ele simplesmente prosseguiu pelo salão e saiu na direção da ala dos dormitórios, sem parar, levando Heather consigo.

— Caramba! Palmerston! — exclamou Carrie. — Ela está morta?

— Ela não está morta, Carrie — grunhiu Toby.

— O que vocês fizeram com ela, seus esquisitos? — ela indagou, ignorando o mestre de esgrima e voltando para Mason um olhar que deveria ser arrogante, mas que era apenas nervoso e agressivo. — Que diabos está acontecendo?

— Carrie, ao menos uma vez na vida cale a boca e seja útil — disse Mason, baixinho.

A boca de Carrie se abriu e fechou várias vezes, enquanto sua expressão oscilava entre desafiadora e repleta de alívio por ver outras pessoas por ali, parecendo não terem sido afetadas pelo caos que havia no resto da cidade.

— Você acha que consegue?

— Eu... sim. — Ela lançou um olhar duro a Mason. — É claro que consigo.

— Ótimo. — Mason assentiu. — Quantos alunos ficaram aqui na escola?

Carrie cruzou os braços e disse:

— Não sei.

— Isso não é útil. — Mason virou-se para se afastar.

— Eu quis dizer que não sei com exatidão — Carrie se apressou em dizer.

Ela parecia aterrorizada com a ideia de ser abandonada sozinha.

— Tipo... não saí contando, nem nada assim. Mas não são muitos. Devemos ser tipo uns cinco. Um monte de pais veio pegar os filhos quando os terremotos começaram. Claro, os *idiotas* dos meus pais escolheram esta semana para sair de férias, e nem ligaram para saber se eu ainda estou viva. — Ela sacudiu o celular na mão. — *Valeu*, mamãe e papai...

— Tem algum dos professores ainda na escola?

Carrie entortou a cabeça; sua voz estava carregada de desdém ao responder.

— Tá brincando? Até parece que os professores vão ligar se todo mundo morrer, ou sei lá.

Toby ergueu os olhos para os céus, sem dúvida implorando em pensamento por paciência, antes de explicar a Mason e aos outros, num murmúrio:

– O diretor e a maioria dos professores tinham uma sessão de planejamento do currículo agendada fora da escola quando tudo isso aconteceu ontem. Acho que já tinham cancelado as aulas do dia todo. Quando o Miasma se instalou, provavelmente eles estavam tão vulneráveis quanto o resto das pessoas da cidade.

– Alguns assistentes de aula estavam por aí, mas acho que foram embora quando o tempo começou a ficar esquisito. – Carrie fungou. – Babacas. Vou falar para meu pai demitir todos eles.

– Claro. – Mason suspirou. – Faça isso, Carrie. Quer dizer, se algum deles ainda estiver vivo.

Isso foi suficiente para calá-la por um instante.

– Os professores podem tentar voltar para cá quando o Miasma se dissipar por completo – sugeriu Daria.

– Você voltaria? – perguntou Fennrys.

Ele se virou para o mestre de esgrima da escola. E no momento também administrador substituto.

– Vocês recebem adicional de periculosidade? – ele perguntou.

Toby grunhiu, num divertimento sombrio, e sacudiu a cabeça.

– Eles não vão voltar. Em minha opinião, devemos erguer os escudos, carregar os torpedos e ficar escondidos. Daria, você teria a bondade de acionar as fechaduras eletromagnéticas? As *outras* fechaduras?

A mãe de Cal ergueu um ombro num gesto elegante de desdém e foi até uma placa de bronze incrustada na parede e entalhada com diversos símbolos. Mason nunca dera atenção a ela. Sempre tinha achado que era decorativa – apenas parte da ornamentação gótica da velha construção. Daria encostou a palma da mão no quadrado e sua mão pareceu afundar na superfície metálica do painel, que tornou-se iridescente, e uma réstia de luz dançou através dos nós de seus dedos.

Cal ergueu uma sobrancelha para a mãe.

– E eu que sempre achei que "fechaduras mag" queria dizer que eram "magnéticas". E não... sabe... "mágicas" – disse ele.

– Nós temos as duas – grunhiu Toby. – A segurança deste local, quando está em pleno funcionamento, rivaliza com a do Pentágono.

– O Pentágono tem magia? – perguntou Mason.

Toby apenas ergueu uma sobrancelha para ela e não disse nada.

– Ah...

O silêncio caiu de novo por um instante, enquanto Mason e os demais ficaram pensando naquilo. E em como os Poderes Reinantes responderiam à ameaça sobrenatural que se abatera sobre Manhattan, caso parecesse que ela extravasaria para além dos limites da cidade e para o resto do mundo. Mason de repente entendeu por que Daria havia invocado a maldição do Miasma para isolar a cidade e tentar enfrentar Gunnar Starling numa arena fechada. Mason perguntou-se pela primeira vez se a sacerdotisa eleusina, no fim das contas, não teria tido a ideia certa. Ela olhou para Roth, que estava sentado, pálido e sangrando no sofá de couro, e viu que ele podia estar pensando a mesma coisa. A mirada dele estava cravada em Daria, e embora o pesar em seus olhos não tivesse diminuído em nada, talvez o ódio tivesse.

Pelo visto, nada jamais era simples.

Nem mesmo o ódio, pensou Mason.

De repente, o telefone preso à parede junto à mesa do segurança tocou.

Alto. Tão alto que parecia o som de um alarme.

Ele continuou tocando até que Carrie finalmente bufou.

– Ninguém vai atender, é?

Ninguém se moveu, então ela bufou mais alto, foi até a mesa e agarrou o fone.

– Academia Gosforth, é melhor que seja o Serviço de Emergência informando que vão vir para cá com comida quente e internet... ah. Um momento... – Ela deu uma revirada de olhos épica. – É para você, Starling.

Mason olhou apreensiva para o fone que Carrie havia empurrado para a palma de sua mão e então ergueu-o lentamente até o ouvido.

– Alô?

– Alô, querida – disse a voz no outro lado da linha. – É o seu pai.

O sangue de Mason gelou com o som da voz de Gunnar Starling.

– O que você quer? – ela perguntou, tentando não sufocar com as próprias palavras.

— Estou com saudades de você, querida — disse seu pai.

A voz dele era calorosa e reconfortante. Como sempre havia sido quando ela era pequena e despertava chorando, atormentada por pesadelos. Ela quase podia sentir os braços fortes do pai envolvendo-a, embalando-a enquanto afugentava os demônios que espreitavam nos cantos escuros do quarto dela... e de sua mente. A única pessoa que sempre estivera ali para acolhê-la. Ela sentiu vontade de atirar longe o telefone e correr para fora e encontrá-lo e jogar-se nos braços dele. Desejou pedir o perdão dele.

— Eu queria falar com você — o pai prosseguiu. — Queria dizer como tenho orgulho de você. E, neste momento, quero que você faça uma coisa por mim, querida. Quero que desligue este telefone e saia. Rory está esperando por você.

E *aquilo*, por sorte, jogou um balde de água fria em Mason.

— Rory que vá chupar uma runa dourada, papai — ela retrucou. — E você também.

O silêncio do outro lado da linha não era exatamente o que Mason descreveria como "chocado", mas ela não ficaria surpresa se tivesse sido — nunca, em toda a sua vida, ela havia falado com seu pai daquele jeito —, no entanto era pesado e profundo e... *gélido*.

— O lance é o seguinte, papai. Não vou sair. Não vou causar o fim do mundo. Passei quase um mês pesquisando o trabalho que tenho que entregar na semana que vem, e não vou jogar isso fora. Tenho que trabalhar muito minha técnica com o sabre se quiser ter uma nova chance com as eliminatórias nacionais. E eu *vou* conseguir essa chance.

Ela olhou para Toby, que lhe fez sinal de positivo, e prosseguiu.

— Pela primeira vez no ensino médio tenho amigos, amigos de verdade, e não quero que eles morram em algum apocalipse idiota. Tenho coisas a fazer, papai. E tenho *alguém*. — Ela olhou para Fennrys, que deu um sorriso meio malvado. — E por mais que este mundo esteja ferrado e egoísta e fora de prumo, acontece que acho que vale a pena tentar salvá-lo. E não eliminá-lo.

— Você é como sua mãe — disse Gunnar numa voz suave, densa.

— As pessoas vivem me dizendo isso — disse ela com um aperto no coração. — Se for verdade, eu devo pensar que ela ficaria tão triste quanto eu por você estar fazendo tudo isso. Papai... você não pode simplesmente *parar*?

— Mason, escute-me. — A voz dele tornou-se dura. — Estas pessoas que estão com você estão envenenando sua mente. Você tem um destino, e não é o que está achando. Não é algo do mal. *Eu* não sou do mal. Você acha que eu teria criado você para fazer algo terrível? É isso que acha?

Mason ficou em silêncio por um longo instante. E então disse:

— Você me criou. Você criou Roth. Mas... você também criou Rory, papai.

— Querida...

Ela colocou o fone no gancho e então pegou todo o aparelho, arrancou-o da parede, junto com um grande pedaço de reboco, e arremessou-o num canto do saguão revestido de carvalho, onde ele se despedaçou. Enquanto os pedaços caíam ao chão, a fúria sanguinária que momentaneamente envolvera o cérebro de Mason desapareceu. Ela se virou para os demais e viu Carrie olhando para ela de boca aberta.

— Vão fazer você pagar por isso aí, com certeza! — ela disse.

— Podem mandar a conta para o meu pai. — Mason deu um sorriso ácido. — Em Valhalla.

Carrie apenas jogou o cabelo por cima do ombro e se afastou bufando, de volta a seu canto no saguão, onde podia passar mais algum tempo olhando com raiva para seu celular inútil.

— Existe algum culto ancestral dedicado ao deus dos pés-no-saco? — Mason murmurou seca. — Porque acho que deve ser o lance *dela*.

— Na verdade, da parte da mãe dela. A família de Carrie Morgan é dedicada a Epona — disse Toby, por cima do ombro dela.

Mason se virou e ergueu uma sobrancelha para ele.

— A deusa celta dos cavalos. Carrie não faz ideia, mas por acaso sei que é a verdade. É o motivo pelo qual ela ganhou todos aqueles troféus equestres.

— Tá brincando — disse Mason.

— Engraçado. Epona também é a deusa de asnos e mulas, o que pode explicar o seu temperamento – divagou Toby, e então sorriu para Mason.

— Uau – ela disse. – E isso faz *todo* o sentido.

Fazia. E, de uma forma estranha, aquilo quase fez Mason ter compaixão para com Carrie, porque significava que havia uma possibilidade de que ela de fato nunca houvesse tido a intenção de ser tão implicante. Talvez as circunstâncias em ação na Academia Gosforth afetassem os alunos de algumas maneiras das quais a maioria deles nem sequer tinha consciência. Ajudava muito a explicar o amor de Mason pela esgrima. Talvez, ela pensou, pudesse até explicar o comportamento de seu irmão Rory. Ela franziu as sobrancelhas pensando naquilo. Pensando nele.

Quando foi que ele se tornou este monstro?, ela se perguntou. *Por quê?*

Seria algo que já estava dentro dele? Algum tipo de destino ou papel predeterminado que ele desempenhava, a despeito de si mesmo? E, se aquele era o caso, poderia Mason algum dia encontrar dentro de si mesma o perdão a ele pelas coisas terríveis que fizera?

E quanto às coisas que eu fiz? E que ainda posso fazer...

Ela sacudiu a cabeça com força para livrar-se da onda de calor que subiu por sua espinha e da vermelhidão que havia começado, uma vez mais, a tingir as bordas de sua visão. O impulso de apenas se libertar e perder o controle com uma arma ante a menor provocação.

Pare!, ela pensou. *Você tem que parar de sentir desse jeito.*

Sentir como se, a qualquer momento, ela fosse desistir e libertar a Valquíria que se agitava tão inquieta dentro dela. Era uma sensação muito parecida com os ataques de pânico que ela tinha em lugares pequenos — exceto por uma coisa. Em vez de medo, tudo que ela sentia era fúria. Se o primeiro caso evocava nela uma resposta de "fuga", o segundo com certeza evocava "luta". Ela estava doida por uma briga. Mason respirou fundo e voltou-se para Toby.

— Acho que devemos reunir todo mundo que sobrou na Academia – disse ela. – Será mais seguro desse jeito. Você acha que Carrie poderia ajudar você a encontrar todo mundo e trazer para o salão de jantar?

Era bem evidente que Toby percebia que, naquele momento, Mason não estava respondendo muito bem a irritações.

— Claro, Mase — ele disse, e acenou chamando Carrie, que revirou os olhos. — Vamos lá, Morgan, vamos reunir os que ficaram. — Ele apontou para as portas do salão. — Vai indo que eu já vou.

Ele foi checar o sistema de segurança mais uma vez e fechou as pesadas cortinas de todas as janelas da frente antes de segui-la.

Mason voltou sua atenção para Roth. Sua cabeça estava largada para trás e seus olhos estavam fechados. Daria havia pegado um estojo de primeiros socorros atrás do balcão da recepção e tinha conseguido remover do ombro dele a jaqueta de couro. Ela colocou um antisséptico no ferimento, e a única reação de Roth foi um leve estremecimento das pálpebras. Mas sua respiração ainda estava pausada e regular. Muito provavelmente havia sido apenas um ferimento físico. Um ferimento sério, mas iria sarar bem, com o tempo. Mason torcia para que ele tivesse esse tempo.

Ela queria ir até ele e cuidar dele ela mesma, mas algo a impedia. Era esquisito. No entanto a visão de Daria — que havia usado Roth de forma tão cruel, não apenas uma, mas duas vezes agora, como um instrumento para perpetrar suas próprias maldades — limpando-lhe os ferimentos com tanto cuidado era algo estranho e que a confundia. E por mais que ela pudesse compreender que aquilo tinha sido o que acontecera tantos anos antes, Mason não tinha certeza de ter perdoado o irmão por tê-la matado.

Ela não tinha certeza de que um dia o faria.

XIV

Mason ficou lá, vendo a mãe de Cal cuidar dos ferimentos de Roth e achando-se jovem demais, inútil demais. Até que sentiu Fennrys postar-se logo atrás de si. Ele irradiava um calor febril que ela sentia mesmo sem tocá-lo. Ela se virou para olhá-lo.

— Mase — ele disse baixinho. — Vem comigo?

Ele indicou com a cabeça as portas envidraçadas que davam para o pátio interno da Academia. Ela o seguiu até o pátio, onde a tempestade furiosa parecia menos violenta, sobretudo pelo fato de o espaço ser tão abrigado. Assim mesmo, a força da chuva em seu rosto a fez fechar os olhos, enquanto Fennrys a levava pela mão na direção da ala da academia onde ficava o ginásio. A fachada e o telhado ainda estavam tampados por tapumes, e havia um desolador espaço vazio e um grande buraco no chão rodeado por montes de terra, onde o enorme carvalho ancestral costumava erguer-se.

Por um instante, Mason quase pôde ver a velha árvore ainda ali, abrindo para os céus sua copa enorme. O pai dela dera ordens à administração de Gosforth para serrar o carvalho caído, transformando-o em lenha, que ele transportou para a mansão Starling, no condado de Westchester. Mason imaginou sentir ligeiramente o cheiro da fumaça da madeira que o pai queimava na lareira e pensou em Yggdrasil, a mítica Árvore do Mundo nórdica.

Que apropriado. Bem do jeito que ele quer queimar o mundo real.

Por um momento, mesmo com a chuva gelada caindo, golpeando-lhe o rosto, tudo o que Mason conseguiu fazer foi ficar no centro do pátio e girar num círculo lento.

— Tudo bem com você, Mase? — Fennrys perguntou baixinho.

— Não — ela respondeu. — Na verdade, não...

Ele estendeu a mão e apertou a dela, a palma dele estava úmida de suor, ou talvez fosse de chuva. Ela não saberia dizer.

— Isso aqui... Isso aqui *era* meu lar.

Ela piscou para conter uma umidade que já não era apenas da chuva. De repente, tudo era demais para suportar.

— É a minha escola. Eu devia me formar no ano que vem. Com baile e tudo o mais, como uma aluna *normal*. Não importa o que Roth diz. *Não* é para ser assim. Não é para *eu* ser assim.

— Eu sei.

— Uma noite antes de ir parar em Asgard por acidente, eu estava na cama e pensei... nem acredito que estou te contando isso... pensei até que, quem sabe... quem sabe você ainda estivesse por aí quando isso acontecesse. — Uma risadinha amarga ficou presa na garganta dela. — O baile de formatura, quero dizer. Tive uma fantasia que... talvez você me levasse ao baile. A mim. Nunca pensei em nada assim, com ninguém mais. A única coisa que sempre curti antes de você foi a esgrima. E aí você despenca na minha vida, a única pessoa que pode me tornar uma esgrimista melhor, e de repente a esgrima *não* é a única coisa em que estou pensando. Estou pensando em ir a lugares e fazer coisas e estar com você... e então acontece tudo isso.

Ela acenou a mão na direção do céu e teve como resposta um raio ramificado em três que fendeu a escuridão; o ribombar ensurdecedor de um trovão veio logo na sequência. Mason sacudiu a cabeça revoltada e furiosa. E triste.

— Agora tudo o que quero é sobreviver a esta noite — ela disse. — Não vou ter um baile de formatura. E este lugar nunca mais vai ser minha casa de novo. Com certeza, não vai mais ser uma escola.

— Ei...

Fenn segurou-a pelos ombros e a virou para que ela o encarasse.

— Você está indo muito mais adiante do que você mesma. E do que eu.

— Desculpe-me...

— Quero dizer... — Ele afastou uma mecha de cabelo do rosto de Mason e acomodou-a atrás da orelha dela. — Nem tive a chance de te convidar para o baile e você já está dizendo que não vai.

Mason pestanejou confusa, sem saber o que dizer.

— Fenn...

— Você vai?

— Eu... O quê?

— Permita-me levá-la ao baile de formatura, Mason Starling.

Fennrys tomou a mão dela e a levou aos lábios. Seus olhos faiscavam com um fogo gélido quando ele baixou a cabeça para beijar o dorso dos dedos dela. Ele ergueu o olhar para ela, a sombra de um sorriso surgiu em seus lábios, e ele disse:

— Vou usar um *smoking*. Vou arranjar uma limusine e baixar todas as janelas quando for te pegar. E vou deixar as armas em casa.

Incluindo garras e dentes? Perguntou-se fugazmente Mason, atordoada pelo pedido inesperado e pelo modo como a deixara sem fôlego. E então percebeu que não importava. Se ambos conseguissem sobreviver o suficiente — e se o mundo, ou ao menos Nova York, sobrevivesse —, simplesmente não importava. Fennrys. O Lobo. Era um pacote fechado, e ela o amava.

— Vou lhe trazer flores — continuou ele, aprumando-se e chegando mais perto. Suas palavras preenchiam o vácuo do silêncio atordoado dela. — Você gosta de orquídeas?

Mason ergueu os olhos para o rosto dele assombrada, emudecida, e ocorreu-lhe então que, com toda a sua experiência de vida, seu cansaço, Fenn era apenas um rapaz. Que nunca tinha tido um baile de formatura – ou o que quer que fosse o equivalente nórdico antigo – e que nem sequer, pelo que Mason pudera saber sobre a vida dele, havia tido um encontro. O coração dela bateu apertado em seu peito. Ela queria aquilo. Por ela, e por ele.

– Eu amo orquídeas – respondeu num sussurro.

Ele baixou a cabeça para beijá-la, e sob seus lábios os dela sorriram.

– Mas talvez você pudesse trazer só *uma arma* – ela murmurou. – Por via das dúvidas...

Ele riu enquanto a beijava, e eles ficaram daquele jeito até que, sob suas mãos, ela sentiu que os músculos das costas e os ombros dele começaram a tremer, e Fennrys a afastou de si. O olhar azul dele ficou turbulento de novo, e o suor brotou em sua testa.

– Fenn?

Ele sacudiu a cabeça, pegando Mason pela mão, e sem dizer nada foi até a entrada de obras para o prédio do ginásio. Havia um cadeado na porta provisória, mas Fenn arrebentou-o com um golpe do cabo de sua adaga. O buraco no teto estava tampado com pesadas lonas plásticas azuis, que tingiam com tons aquáticos a pouca luz vinda de fora, dando quase a impressão de que estavam debaixo d'água.

Cal se sentiria bem à vontade aqui, pensou Mason. Ao menos o "novo" Cal.

A bota dela tropeçou numa saliência enquanto ela caminhava devagar até o centro do enorme espaço sombrio. O piso de madeira, que antes do incidente era novo em folha, recém-instalado, estava retorcido e arruinado. Os raios brilhavam através das janelas altas da longa parede do ginásio, fazendo-a se lembrar do momento em que viu seu primeiro zumbi da tempestade – o rosto horrível e sorridente de um *draugr*, capturado no mesmo tipo de luz de *flash*, emoldurado numa daquelas mesmas janelas. Era uma sensação esquisita estar de volta ao lugar onde tudo havia começado. O mesmo lugar, uma Mason diferente. Se a mesma coisa acontecesse de novo, nessa mesma noite, ela sabia que não hesitaria em lutar. Não hesitaria em matar.

Se ela fosse assim antes, talvez Cal não tivesse sido ferido.

Ela sacudiu a cabeça.

Cal não estava ali agora, e ela não perderia tempo pensando nele. Não depois do que ele tinha feito a Fennrys, que *estava* ali, bem ao lado dela – mesmo depois do que *ela* fizera a ele. Erguendo os olhos para Fenn, em meio à penumbra azul, ela viu o brilho de suor na testa dele, apesar do frio úmido do ginásio. Os olhos dele pareciam febris.

– Que foi? – ela perguntou. – O que você tem?

– Preciso de sua ajuda.

– Foi por isso que você me trouxe aqui?

Ele assentiu rígido.

– Eu... estou tendo dificuldade em mantê-lo... o lobo... sob controle. Acho que preciso... mudar. Só por uns minutos. Para aliviar a pressão, tipo...

– Tipo uma válvula de escape? – perguntou Mason.

– É, tipo uma válvula de escape. Mas preciso que você me vigie, se achar que tudo bem. Sabe, para garantir que eu não saia por aí alucinado e, sei lá, devore um aluno.

Mason assentiu e tentou parecer natural ao dizer:

– Posso fazer isso.

– Obrigado.

Por transformar você em algo que pode comer um aluno?, ela pensou. *De nada.*

Ele a levou até o lugar, junto ao pequeno palco elevado no fundo do ginásio, onde havia um aro metálico encaixado no piso de madeira. Ele virou o aro e ergueu o alçapão que se abria para o depósito no porão, onde haviam se escondido durante o primeiro ataque dos *draugr*. Mason olhou para baixo, para a escada íngreme que descia até aquele negrume, e se deteve. Desde que empunhara a lança de Odin, ela não passara por nenhum episódio claustrofóbico, e perguntou-se se era porque as Valquírias não têm claustrofobia. Ou algum outro tipo de fobia. Valquírias eram destemidas. Mas ela não sabia se queria testar essa teoria.

Fennrys ergueu uma sobrancelha enquanto ela hesitava.

— Certo, eu meio que tinha me esquecido disso... Vai estar tudo bem com você?

— Me enfiar num porão? Ontem, eu teria dito "sem chance". Hoje, faço qualquer coisa que você precise que eu faça. Só... vai. — Ela indicou a escada com um gesto. — Vou estar logo atrás de você.

Fennrys fechou a boca e apertou os lábios. Assentiu e desceu a escada para o depósito, com passos rápidos e ágeis. Mason foi logo atrás. Quando suas botas tocaram o piso da câmara apertada, ela olhou ao redor na penumbra e viu que Fenn já estava na outra ponta das fileiras de *racks* de tela para armazenagem. Ela levou a mão até onde se lembrava de ter visto Toby pegar uma lanterna e, ao achá-la, ligou-a e obteve um facho mortiço. Fenn estava abrindo uma espécie de grade que parecia muito com a porta barrada de uma cela de prisão medieval. Mason não a havia notado na única outra vez em que descera ali, e quando Fenn a olhou por cima do ombro, ela lhe lançou um olhar questionador.

— Encontrei isto enquanto você e os demais estavam inconscientes, da outra vez em que estivemos aqui.

— Você quer dizer quando você nos nocauteou com um encantamento.

— Isso, dessa vez.

— E roubou as botas de Toby.

— Eu devolvi.

Ele acenou para que ela chegasse mais perto, apontando para o bloco arqueado que formava a parte de cima da abertura. Parecia a boca de uma caverna, mas o arco de pedra era liso e estava entalhado com símbolos e sinais.

— Olhe isto.

Ele passou a mão sobre os símbolos que eram semelhantes aos de seu medalhão. E da lança de Odin. Padrões nórdicos. Eles entraram no túnel. Em uma das alcovas mais profundas pelas quais passaram, viram que alguém havia feito uma espécie de ninho aconchegante numa plataforma de pedra.

Havia um lampião de *camping* e uma manta de crochê colorida que Mason já tinha visto sobre um sofá numa das salas de convivência. Havia uma pequena sacola de viagem num canto e, sobre um engradado virado de boca para baixo, uma garrafa de alumínio com água, uma pilha de barras de cereais e alguns livros *paperback*. Também havia uma foto emoldurada de seu irmão Roth com Gwen Littlefield.

No centro do piso de terra, havia uma longa faca de prata dentro de um círculo traçado com o que pareceu a Mason sal-gema; ele havia sido rompido pelo esfregar de dedos. Ao lado da faca, havia manchas escuras avermelhadas na terra.

— A aruspice — disse Fennrys, arfando enquanto tentava manter sob controle o temperamento lupino que aflorava.

Ele indicou o chão com um gesto de mão.

— Este é um círculo mágico, como os que são usados pelos praticantes da Magia. Ela devia estar fazendo alguma adivinhação.

— A última — murmurou Mason, e pegou a foto em que seu irmão envolvia com o braço, de forma protetora, a garota de cabelos roxos e beleza delicada.

Na foto, Roth parecia-lhe quase irreconhecível. Parecia... feliz. Relaxado. Apaixonado.

Agora, pensou ela, *ele nunca mais vai parecer assim de novo.*

Depois de um instante, Fennrys tirou com suavidade a foto das mãos dela e colocou-a de novo em cima do engradado. Mason sentiu o choro subir por sua garganta e virou-se para o outro lado, mas de repente os braços de Fenn a rodearam. Ela sentiu a respiração dele em seu cabelo e nem suas costas pressionadas de encontro à muralha do peito dele.

— Juro a você, Mason Starling — ele sussurrou. — Nós *vamos* consertar tudo. A morte de Gwen não terá sido em vão. Prometo isso a você.

— Eu nem sabia que Roth tinha uma namorada — ela murmurou.

Fennrys acariciou a cabeça dela, alisando-lhe o cabelo, e ela continuou:

— Ele parece tão arrasado. Quer dizer, agora que ela se foi. Eu não consigo...

Ela se virou nos braços dele e olhou em seus olhos. As linhas do rosto de Fenn estavam tensas e os músculos laterais de seu pescoço retesavam-se como cordas. Seus olhos azul-gelo cintilavam como fogo frio.

— Fenn, *não posso* passar por isso com você. Não posso perder você do jeito que Roth perdeu Gwen.

— Você não vai me perder.

A voz dele era quase um rosnado. Ela ecoou pelas paredes toscas e fundiu-se com as vibrações de outro tremor. Um punhado de pó caiu em espiral do teto da caverna, e Fennrys envolveu o rosto de Mason com as mãos.

— Eu destroçaria o mundo para fazer com que ficássemos juntos.

— Tenho medo de que seja isso o que eles querem — ela sussurrou.

— Eles não vão conseguir o que *querem*, Mase.

A expressão dele tornou-se assustadora.

— Eles vão conseguir o que *merecem* — ele concluiu.

E então ele puxou-a de novo para junto de seu peito.

Mason ficou ali, com os ombros trêmulos de emoção, e deixou que ele a segurasse. Podia sentir a pressão da face de Fenn no alto de sua cabeça, e as mãos dele acariciando-lhe os músculos de suas costas.

— Deus — ele sussurrou. — Seu cheiro é...

— Cheiro de suor? — Mason conteve uma risada abafada. — Horrível? Tipo precisando de uma ducha de meia hora?

— Delicioso. Hum. Comestível. — A voz de Fenn estava rouca.

Mason desencostou do peito dele e olhou-o no rosto, com divertida cautela.

— Hã...? Fenn, você está bem? — ela perguntou.

Ele fez que sim, enfático, e recuou, segurando-a à distância de um braço. Estava com as narinas dilatadas e as pupilas tão grandes que seus olhos ficaram quase pretos.

— Sim — disse. — Eu preciso...

— Válvula de escape — disse Mason, erguendo as mãos. — Entendi. Vamos pôr uma coleira nesse filhotinho.

— Não tem graça.

Fenn ergueu uma sobrancelha para ela.

Ela deu de ombros.

— Até que tem.

— Certo.

Ele levou a mão à bainha da faca presa à perna e, puxando a longa adaga, entregou-a de novo a Mason.

— Aqui, tome isto.

Mason rodeou o cabo da arma com os dedos, suspirando. Seria um mau sinal, perguntou-se, que a sensação de estar armada e em perigo estivesse se tornando tão familiar que fosse quase normal?

Esta é a vida de Valquíria, garota. Acostume-se.

— Não vou te esfaquear, Fennrys.

— Não a menos que seja absolutamente necessário, espero — ele disse, com um sorriso selvagem.

— Fala sério...

— Fala sério? — ele a interrompeu, com expressão severa. — Nem pense se acontecer. Só faça o que você tem de fazer. Você é a única com força suficiente para me deter se eu perder o controle, Mase.

— Você quer dizer que eu, a Valquíria, sou a única... — ela murmurou.

— Bem, sim. Foi por isso que eu trouxe você.

— E quanto a Rafe? Ou Toby?

Ele sacudiu a cabeça.

— Você é mais forte que Toby. Até ele sabe disso. E Rafe... Ele tem medo de mim.

— Ele disse isso?

— Não. Não em voz alta, mas sinto o cheiro.

As narinas dele se dilataram de leve, como se Rafe estivesse ali na câmara com eles.

— O medo tem um cheiro particular. Até num deus. Quem diria?

— Mas ele é um *deus*. Por que teria medo de você?

Fenn a olhou por baixo das sobrancelhas.

— Não sei, Mase. Você saberia dizer por quê?

Ela não tinha uma resposta para isso. Ou ao menos não queria ter.

Fennrys tirou do pescoço o medalhão e o entregou a Mason. Ela o colocou no bolso do *jeans* e deu um passo para trás. Estava aterrorizada até a raiz do cabelo e ao mesmo tempo terrivelmente excitada.

— Você vai... Você consegue fazer o que *ele* faz?

Ela fez um gesto imitando um focinho diante do rosto.

— Quando Rafe se transforma? O lance do homem-lobo?

Fenn deu um leve sorriso e sacudiu a cabeça.

— Acho que não. Não tenho tanto controle. Acho que ou sou eu... ou o lobo. Acho que não tem um intermediário. Pelo menos, não ainda.

Fenn respirou fundo. O ar na caverna ficou quente e, ao tocar a pele dele, parecia tremular como uma onda de calor. Num piscar de olhos, o homem se foi. E o temível lobo dourado tomou seu lugar. Mason prendeu a respiração e engoliu o nó de medo que lhe travava a garganta. Ela não havia de fato tido muita chance de olhar bem para ele no Salão Weather. Ele era belo e assombroso.

E aterrorizante.

À luz do lampião, a pelagem espessa que cobria o corpo elegante e musculoso reluzia como ouro fundido. Os olhos que a fitavam por cima do focinho finamente esculpido eram do mesmo tom azul-claro, mas o negro intenso no centro das íris tinha uma profundidade sem fim.

Mason ficou paralisada, hipnotizada pelo olhar dele.

Havia uma inteligência crua nas profundezas daquele olhar, e uma familiaridade, mas ela sabia que não podia achar que Fennrys, o homem, estava no controle de Fennrys, o lobo. Ela se manteve absolutamente imóvel enquanto ele erguia o focinho e farejava o ar. Um rosnado grave, sonoro, ressoou pela caverna e, de repente, a grande fera saltou, com os dentes arreganhados e abocanhando o ar.

Mason arquejou e, num momento de pânico, atirou-se ao chão, cobrindo a cabeça, em vez de transformar-se em Valquíria. Ela esperou sentir os dentes em seu pescoço, mas não era ela que Fennrys, o Lobo, havia atacado. Ele saltou por cima do vulto dela estendido no chão para colocar-se entre Mason... e a presença inesperada e majestosa que de repente dividia a caverna com eles. Mason ergueu-se num cotovelo e tirou o cabelo dos olhos. Ele estava emoldurado por uma escuridão mais profunda – a entrada em arco para outra catacumba, que Mason não tinha notado antes. Aquele túnel parecia descer de forma íngreme, e ela pensou ouvir gemidos distantes que subiam até eles, como um vento lamurioso ou o coro de vozes torturadas.

O Lobo rosnava e latia, os pelos arrepiados, e, enquanto ela olhava, ele parecia crescer em estatura. Ainda mais do que Rafe, quando o deus estava em sua forma lupina de Anúbis, Fennrys transmitia uma força bruta, selvagem. Era assustador e assombroso ao mesmo tempo. O homem postado diante dele viu isso. E isso trouxe a seu rosto um sorriso de profunda satisfação.

– Aí está você – murmurou Loki. – Pobre filhote...

Mason sentiu um choque gelado, um horror de parar o coração, com essas palavras.

– Ah, não – ela murmurou. – *Não... Loki...*

O deus avançou, despindo as sombras que o envolviam na escuridão, na qual ele parecia tão confortável e a luz em seus límpidos olhos azuis brilhava tão intensa. Ajeitando com a mão cheia de joias a manga bordada de sua túnica magnífica, o elegante deus foi até onde Fennrys estava encolhido no chão frio de pedra.

Sua barba estava bem aparada, e o cabelo, penteado para trás, numa onda brilhante dourado-escura. A roupa era rica e impecável, adornada com ouro e prata e pedras preciosas. Loki parecia notavelmente bem. Sobretudo considerando que, da última vez em que Mason o vira, metade de seu belo rosto estava destruída – derretida até os ossos do crânio – pelo veneno de uma serpente que deveria atormentá-lo por toda a eternidade.

Loki ajoelhou-se diante do grande lobo e olhou bem nos olhos azuis da fera, e não havia jeito de Mason continuar negando a verdade. Apesar de tudo o que Fennrys acabava de lhe dizer, Mason ainda tinha esperança de que tudo fosse uma armação elaborada, e que Fennrys *não* fosse Fenris.

Ela havia acreditado nisso do fundo de seu coração.

Como ele poderia ser aquilo em que seu nome fora inspirado? Não fazia sentido.

Não tem que fazer sentido. Nada em tudo isso faz sentido.

As lendas nórdicas se enovelavam e se enroscavam uma ao redor da outra, assim como fazia a arte nórdica. Era impossível dizer onde um padrão terminava e outro começava. Com súbita clareza, Mason percebeu que Fennrys não tinha sido batizado em homenagem ao legendário arauto do apocalipse da mitologia nórdica. Na forma tortuosa dessas lendas, aquilo que já havia e o que não havia acontecido, e quem diabos poderia saber, Fennrys *era* esse arauto. Ele era o lobo Fenris.

Porque eu o transformei nisso.

— Bem, eu também posso ter dado uma mãozinha nisso — disse Loki, o deus das mentiras, virando-se para ela com um sorriso largo, parecendo ter lido seus pensamentos.

Mason sentiu a boca ficar seca de medo enquanto Loki se ajoelhava diante do grande lobo, que gania de forma dolorosa, encolhido, com o rabo entre as pernas, enquanto recuava para longe do deus trapaceiro dos Aesir.

— Pobre filhote... meu pobre menino — disse o deus, num tom tranquilizador. — Quietinho... isso. Quietinho...

"Pobre filhote" era como Loki havia descrito seu monstruoso filho desaparecido — o lobo Fenris, a fera mítica que Mason achara ser a origem do nome de Fennrys — quando contou a Mason sobre essa criatura, em Helheim.

Mason achou que passaria mal. Ou que desmaiaria de novo. Todo o sangue lhe fugira da cabeça, e ela sentia que começava a oscilar. Isto... isto era tudo culpa dela. Tudo. Ela havia cravado sua espada no olho da serpente que atormentava Loki. A dor do veneno havia sido a única coisa que impedia o perigoso deus amante do caos de dirigir suas energias para libertar-se. E ela estivera tão cega em consequência de seus sentimentos por Fennrys que nem havia parado para pensar sobre o que a transformação dele em lobisomem — um *lobo*, pelo amor de deus, ela *sabia* que aquilo era o que ia acontecer se Rafe o transformasse — lhe causaria. Ou ao mundo. O mundo que a profecia dizia que terminaria quando o lobo Fenris, o arauto do Ragnarök, fosse libertado.

— O Grande Devorador.

O coração de Mason voltou a bater com o choque de ouvir tais palavras da boca de Loki. A batida pesada, surda, fazia o peito dela doer. Ela havia ouvido aquele título antes. E fizera a promessa de que, quando a hora chegasse, e ela se defrontasse com o devorador, faria de tudo para dar fim a ele. Duas promessas. Dois graves erros. Ela se perguntou se viveria o suficiente para cometer um terceiro.

Loki estendeu sua mão elegante, de longos dedos e anéis reluzentes, na direção do lobo, e a fera se afastou dele.

— Ah, perdão, meu filho... — murmurou Loki.

Mason ficou olhando enquanto ele removia dos dedos os grossos anéis de metal reluzente e pedras preciosas e os estendia a ela.

— Prata — disse ele. — Intolerável para os lobisomens.

— Eu achava que isso fosse um mito — Mason murmurou.

E então ela percebeu como aquilo poderia soar ridículo, uma vez que estava em uma caverna sob sua escola com dois dos maiores mitos que poderiam existir.

Loki apenas sorriu e pôs os anéis na mão dela, dando uma piscadela, dizendo:

— Não, para o *lobo* não é.

Então ele se virou de novo para Fennrys e começou a passar as mãos pela grande cabeça do animal, encarando-o e murmurando palavras em voz baixa, numa língua rústica e musical que Mason não compreendia. Mas o lobo entortou a cabeça e quase pareceu entender. Mason deixou que tivessem privacidade por alguns instantes.

— Ah, meu filho — Loki murmurou; sua voz era quase reverente. Triunfante. Plena de sombria satisfação. — Você é magnífico.

Ele sorriu para Mason, que estava parada, imóvel, e disse, com uma entonação de riso fingido tocando-lhe as palavras por um instante:

— Vou ter que mandar um bilhete de agradecimento para o Povo das Fadas por terem criado meu filho tão bem.

— Como...

A voz de Mason ficou presa na garganta. Ela engoliu com dificuldade e tentou de novo.

— Como você se libertou?

— Como *você* se libertou? — ele retrucou. — Uma viagem ao reino de Hel em geral não vem com um bilhete de volta.

— Acho que foi uma armação — disse Mason. — Eles me deixaram escapar.

— Heimdall. Sim... É o que ele sabe fazer melhor.

O sorriso dele não vacilou, nem ao falar sobre o deus que estava destinado a causar sua morte. Talvez porque *ele* estivesse fadado a causar a morte de Heimdall.

— O fato de aquele velho e pomposo assoprador de chifre não ter nem tido o trabalho de coagir você a dar uma estocada na serpente que me atormentava ou foi um toque de gênio ou pura sorte da parte dele. Mas o resultado foi o mesmo. Fui capaz de reunir minhas forças. E, como diz você, escapar.

Mason sentiu seu estômago afundar.

Loki piscou para ela um olho azul e, quando o lobo dourado ganiu, voltou sua atenção de novo para ele.

— Venho querendo encontrar com você há muito tempo, Fennrys. Mas não desta forma. Deixe-me ver o homem que você se tornou, hein?

Ele olhou para Mason.

— Você tem o medalhão dele. Aquele que você usava quando me visitou de forma tão adorável em meus... aposentos... em Asgard.

Os olhos dele vaguearam sobre ela, sem foco, por um instante.

— Está em seu... bolso esquerdo da frente, creio.

A mão dela fez um leve movimento na direção do medalhão, antes que ela pudesse impedir, e Loki sorriu.

— É possível sentir a magia. Pode me entregar?

Mason hesitou, e a expressão de Loki contorceu-se em uma sutil irritação. Sob sua mão, Fennrys, o Lobo, ganiu.

— Mason, por favor. — Loki estendeu para ela a outra mão. — Eu só quero ajudá-lo. O poder no medalhão pode ser usado por Fennrys para ajudar a controlar a fera. Sei que você mesma a usou para facilitar isso, mas o sucesso não foi total. Posso ajudá-lo a aprisionar o lobo sempre que ele quiser. Por quanto tempo desejar. Acho que é algo que todos nós queremos ver acontecer, certo?

Ela mudou o peso de um pé para o outro hesitante. Talvez Loki pudesse mesmo ajudá-lo.

— Por favor — pediu o deus de novo.

Mason assentiu e enfiou a mão no bolso para pegar o disco cinzento de ferro, decorado com seus desenhos retorcidos, tortuosos. Ela sentiu o formigamento de energia que corria pela superfície do metal quando entregou o talismã, colocando-o na palma lisa da mão de Loki.

— Obrigado.

O deus inclinou a cabeça com elegância.

— Agora, eu gostaria de ficar a sós com meu filho por alguns momentos, se não se importa.

XV

Havia um deus nas catacumbas. Ele estava a sós com Fennrys. E, de acordo com todas as versões da profecia nórdica que Mason já lera ou ouvira, ele era responsável pelo Ragnarök.

E você achou que era uma boa ideia deixá-lo lá.

O que eu acho dificilmente importa nesta situação.

Loki havia deixado bem claro que estava no controle dessa situação, e nada que uma aluna de ensino médio de 17 anos – campeã de esgrima ou não – dissesse teria qualquer tipo de impacto no que quer que fosse. E mais. Se queria ser realmente honesta consigo mesma, ela ainda meio que confiava em Loki.

Ele podia apenas ter tirado dela o medalhão Jano, mas tinha pedido "por favor". Duas vezes. E agradecera. Isso era mais do que ela podia dizer de qualquer um dos outros jogadores em todo aquele insano jogo de xadrez. E ela ainda não estava convencida de que ele fosse do mal. Mas ela também não queria de fato voltar para o salão de jantar, onde todos os demais esperavam e onde ela teria que contar a Toby e Rafe que havia deixado Fenn sozinho para que ele passasse algum tempo com Loki, seu pai.

Mason ficou parada do lado de fora do ginásio danificado e sentiu-se totalmente impotente.

Seu olhar vagueou até a ala dos dormitórios e ela viu que, por trás de uma cortina fechada, o quarto de Cal no terceiro andar tinha uma luz acesa. Ela sabia que ele havia levado Heather para lá, e seus pensamentos se voltaram para como a outra jovem estava *realmente* impotente. Entre todos eles, Heather era a única que havia chegado até ali sem magia, sem maldição de sangue, sem elixires ou poderes de transformação ou progenitores semideuses. E ela havia sido corajosa o suficiente para abrir mão da runa dourada protetora para salvar os amigos. Mason perguntou-se se havia algo que pudesse fazer por ela em retribuição.

E então teve uma ideia.

Ela atravessou correndo o pátio encharcado de chuva e entrou pela porta mais próxima aos dormitórios. Havia uma escada logo após a porta, e Mason a subiu de dois em dois degraus e então correu até o quarto no terceiro andar que pertencia a seu irmão Rory o mais rápido que seus pés podiam levá-la. O corredor vazio ecoava de uma maneira cava, mas ela podia sentir que ainda havia um ou dois alunos em alguns dos quartos. Não importava. Ela não tinha tempo para parar e reunir ovelhas desgarradas. Toby e Carrie se encarregariam disso.

Claro, uma vez que chegou à porta de Rory, ela percebeu que o primeiro desafio a enfrentar seria justamente entrar no maldito quarto. Para ser sincera, Mason não podia lembrar-se sem qualquer dúvida da última vez em que estivera sequer com a chave de seu próprio quarto. E tinha certeza de que Rory jamais deixaria sua porta destrancada. Estava certa. A porta pesada e antiga estava bem fechada, trancada com o trinco e com uma fechadura extra.

– Grande...

Uma onda de frustração invadiu a cabeça dela por um instante, com uma fúria intensa que era cada vez mais familiar. Mason recuou alguns passos e então, antes de sequer pensar conscientemente sobre o que fazia, deu uma corrida e chutou a sólida prancha de carvalho, arrancando-a de suas dobradiças. Ela se ouviu dando um gritinho de espanto e saiu mancando levemente, hesitante, achando que o pé poderia estar quebrado – ou ao menos com uma entorse espetacular –, mas quando apoiou todo o peso do corpo, ele pareceu espantosamente bem. *Ela* se sentia surpreendentemente bem. Mason sorriu e fechou as mãos em punhos, dominando o impulso de sair fazendo buracos nas paredes com murros só porque podia, e em vez disso ela procurou aquilo que fora buscar.

Aquilo que ela sabia que Rory teria escondido em algum lugar.

A mesa dele era uma bagunça, coberta com revistas coloridas de estilo de vida masculino, aparelhos eletrônicos caros e latas de cerveja vazias. O celular dele estava ali e, sem pensar, Mason apanhou-o e o guardou no bolso. Assim como suas chaves, ela não fazia ideia de onde fora parar seu celular nos últimos dias. O mais provável era que estivesse em algum lugar no fundo do East River, uma quinquilharia brilhante e inútil com a qual alguma nereida podia brincar. O *laptop* de Rory estava ali também, meio escondido sob o rascunho de um trabalho inacabado de inglês, para a mesma matéria sobre a qual ela contara a Toby na charrete a caminho de Gosforth. A tarefa em teoria devia ser entregue em menos de uma semana. Mason pegou o maço de papéis e folheou-o. Assim de relance, parecia que Rory estava defendendo Iago como o herói incompreendido de *Otelo*, e ela sacudiu a cabeça.

Você pensaria isso, não é, Rory?

Ela jogou as páginas de volta à mesa e tentou se lembrar de qual tinha sido sua própria tese. Na época, parecera importante. Agora, ela não conseguia sequer se lembrar de quando havia começado a escrever o trabalho.

Isso mostra como minha vida mudou.

Uma tempestade. Monstros numa tempestade. Um cara pelado numa tempestade... foi assim que tudo começou. E, apesar de ter parecido um tanto bizarro na época, não era nada em comparação com o que tinha acontecido desde então. Mason Starling havia descido aos infernos e voltado. Literalmente.

E mais. Não foi naquela noite que tudo começou. Tudo começou antes mesmo que eu nascesse.

Ela vasculhou as gavetas da mesa dele e encontrou um grande bolo de dinheiro enrolado e preso com um elástico, três garrafas de conhaque da reserva privada de Gunnar (uma delas vazia) e um par de luvas de couro para dirigir, ainda com o alarme de segurança da loja. Mason revirou os olhos e largou-as onde as tinha encontrado. Na estante acima da mesa havia livros. Livros-textos usados em aula, alguns *paperbacks*, um box de DVDs com a coleção *O Senhor dos Anéis* e um livro sem título — apenas uma lombada de couro decorada com os ramos entrecruzados de uma árvore. Mason tirou esse volume da estante e o abriu. Era um livro falso, com o centro oco, e continha duas coisas. A primeira era um maço dobrado de páginas fotocopiadas. A segunda era uma bolota de carvalho dourada.

Mason desdobrou as folhas e imediatamente reconheceu a letra do pai. No meio da primeira página havia o que parecia ser uma poesia:

Uma árvore. Um arco-íris. As asas de uma ave entre os ramos.
Três sementes da macieira, crescidas, altas.
Quando a lança de Odin for empunhada pela mão da Valquíria,
os filhos de Odin despertarão.
Quando o Devorador retornar,
o martelo cairá sobre a terra, para renascer.

Ela olhou intrigada para a estranha poesia, dobrou os papéis de novo e enfiou-os no bolso. Então tirou a bolota dourada de seu esconderijo e fechou de novo a capa. Quando ia recolocar o livro falso na estante, algo espelhado escondido no fundo, por trás dos livros, chamou-lhe a atenção. Ela tirou o resto dos livros. Surpreendentemente, era uma foto emoldurada do clã Starling completo. Mason e o pai, e os dois irmãos dela fazendo careta para a câmera. Mason não conseguia sequer lembrar quem havia tirado a foto, mas sabia que tinha sido numa das festas dadas pelo pai para seus amigos absurdamente ricos. Tinha sido tirada no píer da propriedade da família Starling, no verão anterior, às margens do lago Kensico, num dia luminoso de céu azul, com a água atrás deles cintilando como diamantes esparramados sobre veludo azul.

O rosto sorridente de Mason estava salpicado de sardas pelo nariz e pela sua face, o vento do lago soprava para trás a cabeleira prateada de Gunnar, e Roth estava até sorrindo para a câmera, embora os óculos escuros que usava ocultassem seu olhar penetrante. Até mesmo Rory, bronzeado e atraente, parecia feliz. Ao menos tão feliz quanto podia parecer.

E era tudo uma mentira.

Como ela podia ter sido tão cega durante toda a vida?

Não haveria mais festas de verão, ela pensou. E todos os amigos ricos de seu pai, se Gunnar conseguisse o que queria, seriam pó e ossos espalhados entre os capinzais crescidos quando a Natureza retomasse a Terra dos seres humanos. Ela pensou em todos os corpos – ainda vivos, e mortos – que cobriam as ruas de Manhattan além dos limites de Gosforth. Sangue derramado. Uma fina névoa vermelha baixou diante dos olhos dela, e Mason girou e atirou a foto emoldurada através do quarto. Ela se espatifou na parede, ao lado da janela aberta, o som do vidro se partiu mais forte até do que o matraquear de metralhadora do granizo fustigando o telhado de ardósia do dormitório.

Provavelmente o tempo estava bom quando Rory saiu do quarto pela última vez, ou ele teria fechado a janela. Mason não. Quando era pequena, depois do incidente do jogo de esconde-esconde, Mason havia exigido que a janela de seu quarto sempre fosse deixada aberta. Era a primeira manifestação de sua claustrofobia devastadora, mas Gunnar havia concordado com o desejo dela. Ele nunca reclamou das cortinas encharcadas de chuva, ou dos peitoris empenados, e jamais a repreendeu e disse que ela era boba ou que se assustava à toa. E nas noites de tempestade na propriedade de Westchester, ele vinha ficar com ela para ler-lhe histórias dos deuses e heróis. As histórias nunca tiveram importância para Mason – e com certeza ela nunca suspeitou de que um dia se tornaria parte delas –, mas a presença do pai ali, tomando conta dela, teve.

Ela percebeu então que ainda o amava.

Mas ela o destruiria se fosse necessário.

Com esse pensamento, a fúria insana de repente se dissipou, carregada por uma sensação de clareza que faltava a Mason desde que ela fora atraída pela lança de Odin. Sua mão foi até o cabo da espada em seu flanco, e ela se assegurou de que estava bem presa dentro da bainha. Foi até a janela e pegou a moldura despedaçada, e sacudiu-a num cesto de lixo para que os pedaços de vidro caíssem. A foto dentro estava dobrada, e o vidro havia fendido o papel, cortando fora o canto superior esquerdo com precisão cirúrgica — o espaço vazio na foto onde Mason imaginaria o rosto da mãe, se ela estivesse viva. Uma grande família feliz.

Se ao menos...

Ela pousou a foto no peitoril interno da janela, com cuidado para evitar uma poça de água de chuva acumulada, e então estendeu os braços para cima... e puxou a janela, fechando-a. Por um bom tempo ficou parada ali, sentindo o ambiente fechado, sem o sopro de vento sempre presente ao qual ela estava acostumada. Ela olhou para a escuridão da tempestade e ficou pensando sobre o elemento que faltava na foto.

Mamãe...

De repente, a tremenda lança de um relâmpago foi arremessada do céu, e Mason fechou os olhos ante o brilho ofuscante.

De olhos cerrados, ela sentiu um toque de mão em seu rosto.

Ela havia sentido aquela mão antes — dedos longos e elegantes —, mas havia sido a de um impostor. E quando Heimdall usou a forma de Yelena Starling, as mãos eram frias como gelo.

A mão que Mason sentia agora era cálida. Macia. Forte...

— Mamãe? — ela sussurrou.

— Mason...

Ela honestamente não tinha certeza de que a voz estava apenas dentro de sua cabeça. Então abriu os olhos... e *ainda* não teve certeza. Porque sua mãe — sua mãe de verdade — estava em pé ali, bem na frente dela. Porém o quarto do dormitório de Gosforth havia desaparecido. Era quase como se Mason tivesse caído na fotografia. Ela se viu sobre um amplo deque desbotado pelo sol, na margem do lago Kensico, com o lago e as árvores e a mansão Starling a distância.

E sua mãe, envolta em sombras frescas, bem a seu lado.

Mason piscou e olhou ao redor. Tudo tinha uma espécie de qualidade supersaturada. Uma pátina de recordação, sobreposta como um filtro sobre a cena – cintilante e diáfana e apenas levemente surreal. No entanto essa não era nenhuma recordação que Mason jamais houvesse tido.

Se ao menos... – ela pensou de novo, voltando a olhar a mulher a seu lado.

Quando os olhos de ambas se encontraram – safira e safira, idênticos –, Mason reconheceu a mãe como sendo *verdadeiramente* isso. Ela mal conseguia acreditar que tivesse sido tão completamente enganada pela imitação que Heimdall fizera dela. As feições eram idênticas, com certeza, mas os mesmos olhos de um azul profundo *desta* Yelena Starling tinham um brilho ardente de amor e percepção e sabedoria. E um senso de humor evidente, que faltara completamente na imitação. Os lábios *desta* Yelena pareciam eternamente prestes a dar um largo sorriso ou uma risada franca.

Naquele momento, porém, ela apenas sorriu com suavidade e disse:

– Oi, querida.

Mason caiu nos braços dela.

– Mamãe! – exclamou, e soube que, desta vez, era de fato ela.

Pai...

A palavra era estranha e alheia em sua mente lupina.

Mas também havia algo apropriado naquele som, enquanto o homem que Fennrys ouvira Mason chamar de Loki colocava suas mãos – largas, fortes, de dedos longos e cálidas – ao redor de sua cabeça de lobo e começava a falar num tom baixo. Palavras ancestrais, que Fennrys podia sentir penetrando na mente humana enterrada em sua forma animal. Quando a transformação o dominou pela primeira vez, Fennrys estava quase morto. Caído numa poça de sangue, imaginando como seriam as coisas quando ele finalmente cruzasse pela última vez o limiar para a morte. Não havia medo, não havia dor, apenas uma mágoa. Que estaria deixando Mason para trás.

Mason, claro, tinha outras ideias.

E quando Fennrys recuperou a consciência, foi como acordar dentro de um pesadelo. Nos primeiros minutos, ele tentou convencer-se de que era *isso* o que estava acontecendo. Que ele ainda dormia. Sonhando. Ou que delirava. Ou que já estava morto, tendo uma experiência muito inesperada do pós-vida. Mas então os aromas e as sensações o invadiram e de repente cada terminação nervosa de seu corpo – seu corpo de quatro patas, coberto por pelagem – gritou para que ele se erguesse. Que fugisse. E que usasse garras e presas para abrir caminho através do que quer que tivesse diante de si. Ele sentiu os instintos lupinos redesenhando os caminhos neurais em seu cérebro, de maneiras que faziam seu corpo de lobo sentir-se mais dono de si.

Entretanto agora, com a ajuda de Loki, ele sentiu sua humanidade começando a aflorar.

Podia encontrar o caminho de volta por meio do encantamento de transformação que a mordida lupina de Anúbis lançara sobre ele quando jazia às portas da morte. Por meio de olhos de lobo, ele observou suas patas dianteiras, de garras negras, alongarem-se, seu formato tornar-se indistinto, torcer-se, remodelar-se como mãos, os dedos bem abertos sobre o chão frio de pedra.

Num piscar de olhos, ele era humano de novo. De quatro no chão, vestido com o mesmo *jeans* e a mesma camiseta e as mesmas botas que antes. Ele sentia o peso do medalhão de ferro que pendia de seu pescoço.

– Olá, filhote.

A voz de Loki, Fennrys percebeu, era a mesma do sussurro que ele ouvia quando era prisioneiro nas masmorras de Hel. Aquela que soava como se fossem mentiras. Ou talvez tivessem sido mais como promessas. Estranhas, sutis.

Fenn olhou para o deus com desconfiança e com um emaranhado confuso de emoções. Era desconcertante ver tanto de si refletido na face do outro homem. Os lábios de Loki eram mais finos, mais dados a torcer-se num sorriso irônico, e as linhas de seu rosto eram mais angulosas, mas as maçãs do rosto eram as mesmas, e o nariz era o mesmo. Era nos olhos, porém, que as semelhanças terminavam. Fennrys sabia que seus próprios olhos tinham o tom do norte glacial, e que seu olhar era cauteloso, remoto. Os olhos de Loki eram como caldeirões nos quais o destino despejara os brilhos das auroras boreais e os mistérios dos céus crepusculares sobre os campos gelados e as montanhas e os fiordes secretos de seu lar mítico.

De repente, talvez pela primeira vez em sua vida, Fennrys perguntou-se como teria sido sua mãe. Ele sempre havia suposto que provavelmente era parecido com o pai. Mas nunca imaginara que seu pai seria um deus. Com certeza não *aquele* deus. Ele se perguntou o que o pai via nele naquele instante. Loki já estava em silêncio por tempo suficiente para que Fennrys começasse a achar que com certeza devia ter tido alguma decepção. E então, no momento seguinte, ele se perguntou se aquilo não seria a melhor coisa para todo mundo. E, logo depois, ele se perguntou por que aquilo o estava contrariando.

E então seu pai sorriu e sacudiu a cabeça.

— Da primeira vez que me encontrei com Mason, ela me disse que você era perfeito — disse ele, com um sorrisinho divertido curvando o canto de sua boca em meio à barba dourado-escura. — Talvez ela tivesse razão.

— Eu... hã. Perdão... — balbuciou Fennrys, espantado.

Loki riu.

— Você é exatamente o que este conflito necessita, filhote.

— Ah... — disse Fennrys.

Aquilo fazia sentido, ele supôs. Claro que Loki pensaria aquilo dele. Afinal de contas, ele era hábil nas artes da destruição e da morte. Um arauto perfeito para o fim do mundo.

— Imagino que você deveria mesmo achar isso — completou Fennrys.

— Você não está me entendendo.

Loki sacudiu a cabeça, ouvindo os pensamentos de Fenn no tom da voz dele. Seus olhos extraordinários faiscavam com uma inteligência viva e algo que parecia muito com... divertimento. Ou, ao menos, malícia. Ele se debruçou para a frente, cada linha de seu corpo tremia com uma energia vital mal contida.

— Não estou dizendo que você é o grande destino que todos parecem achar que é. Embora, claro, exista grande probabilidade de que *seja*. Não... o que quero dizer é que você é uma incógnita. Como a própria Mason. Sabia que é por causa dela que estou livre?

— Não, eu não sabia disso.

Loki riu.

— Ela fez um belo estrago na serpente que me atormentava ao longo das eras. Aliás, ela é muito boa com uma espada, sabia? O maldito bicho rastejou para longe e por fim me deixou em paz tempo suficiente para que eu pudesse empregar minha mente e meus talentos na tarefa de me libertar. Devo de fato agradecer a ela por isso.

— E agora? — perguntou Fennrys, intrigado a despeito de si mesmo, e do fato de saber que provavelmente deveria ficar aterrorizado até a raiz dos cabelos. — O que vai fazer agora que está livre?

— O que você acha que eu deveria fazer?

— Você não tem um apocalipse que precisa colocar em andamento?

Loki deu de ombros.

— Ele parece estar avançando muito bem sem minha ajuda. Escute com atenção, filhote. Já disse isto a Mason e vou dizer a você. A questão é... não sei como isto termina, Fennrys! — Ele deu um sorriso deliciado. — Sinceramente, não sei. Nunca li as coisas que escreveram sobre mim, embora possa imaginar muitas delas, sem dúvida. Mas não sou o único em Valhalla que pode mudar de forma, e não sou a única mente sutil. E quando odeio, eu o faço com toda sinceridade. Há outros que, lamento dizer, não podem afirmar o mesmo.

— Heimdall — disse Fennrys.

— Ah, então você já conheceu o grande fanfarrão?

— Ele assumiu a forma da mãe de Mason.

— Eu sei. Gosto muito de Hel. — A voz de Loki assumiu um tom perigoso. — Ele vai pagar por isso.

— Bom, tá, Mason talvez o pegue antes. Ela ficou bem furiosa quando descobriu que ele tinha passado a perna nela.

— Garota esperta! Então ela descobriu a mentira?

Fennrys sacudiu a cabeça.

— Não até lhe contarmos. E no fim não adiantou nada. O filho da mãe conseguiu enganá-la e fazê-la pegar a lança de Odin.

Os olhos de Loki brilharam.

— Mas ela ainda tem que fazer a escolha, certo? — ele perguntou cortante. — Ainda não há um terceiro filho de Odin.

— Ainda não.

— Ótimo. Então ainda há tempo. — Ele ficou em pé e foi para a entrada da caverna.

— Tempo para quê?

— Para descobrir o que andei perdendo!

Ele apontou a mão para a direção do túnel pelo qual Fennrys chegara à câmara.

— Você já viu a cidade que está lá em cima? É fantástica! Vinho e mulheres e música... Bem, tenho certeza de que é um pouco mais animada quando não está dominada por uma maldição de sangue, mas, pelas barbas de Thor, é um banquete sem fim para os sentidos! Quero experimentar um pouco antes que tudo se acabe.

— Espere aí! É Ragnarök e você vai bancar o turista na *Big Apple*? Eu não teria esperado isso de você.

De Rafe, talvez, pensou Fennrys. Mas então ele percebeu assombrado que Loki lembrava-lhe demais o deus egípcio dos mortos.

Loki riu da confusão de Fennrys.

— Isso é porque eu sou imprevisível — disse satisfeito. — Inesperado. Instável. Caótico. Aleatório. Equilibrado no fio da navalha... E você também é.

— Não sou.

— Ha! — Loki bateu palmas uma vez. — Veja seu histórico até agora. Você, meu muito estimado rapaz, *é* a escolha. E ela, aquela garota maluca, adorável, loucamente apaixonada por você, é a que escolhe. É poético, na verdade. Vá em frente. Façam uma bela música juntos. Ardam com chamas resplandecentes. Brilhem. Desafiem!

— Como faço isso?

— Você conhece as histórias, você as leu, de modo que tudo o que tem a fazer é descobrir como mudar a trama. — O deus trapaceiro riu. — Os contos são contados pelos vitoriosos. Seja um deles. Seja feliz! Escreva seu próprio final. Transforme-o num *início*, se quiser.

Um início..., pensou Fennrys. *Espere... tem algo aí. Como diabos tudo isto começou de fato?*

— É isso... Você vai ver... As pistas estão por toda parte.

A voz de Loki ficou estranha e cheia de ecos.

— Elas sempre estão. Isso é algo que sua mãe sabia.

— Minha mãe?

Fennrys recuou bruscamente, como se tais palavras tivessem sido um tapa que o despertaram de um sono profundo. Ou que o lançaram em um sonho.

Minha mãe. Se ao menos...

XVI

O lampião na parede oposta de repente brilhou com uma luz ofuscante, e Fennrys ergueu a mão para proteger os olhos. Quando baixou-a de novo, havia um vulto diante de si, sua silhueta recortada contra um céu ensolarado. Surpreso, Fennrys virou-se para olhar para Loki, mas o assim chamado deus trapaceiro nórdico havia sumido.

Como, aliás, também sumira a catacumba que Fennrys compartilhara com ele apenas um momento antes. Em seu lugar, Fenn viu-se ao ar livre, sob um céu azul luminoso salpicado de nuvens brancas. O ar tremeluzia com uma espécie de névoa meio de sonho, e Fennrys perguntou-se por um instante se seria aquilo mesmo – um sonho. Mas ele nunca havia tido um sonho tão vívido. Podia sentir o cheiro da seiva de pinheiro vindo das árvores próximas, e o toque suave da grama alta ondulando ao redor de seus joelhos. Ele estava à beira de um precipício que descia por um aclive suave até um vale, percorrido por um rio faiscante que serpenteava como uma cobra azul gigante lá embaixo. Por entre as árvores,

Fennrys pensou entrever um barco balançando na superfície da água, mas no momento não estava de fato interessado naquilo.

O que o interessava mais era a mulher alta, vistosa, postada a sua frente, sorrindo. Quando seus olhos se acostumaram com a claridade, ele viu que ela usava uma longa túnica acinturada de lã verde e que seus braços e seus pés estavam nus. O cabelo longo estava preso às costas numa trança frouxa. E dizer que era "alta" seria pouco. Ela devia ter bem mais de um metro e oitenta. Mas era esguia e tinha um rosto bonito, embora um pouco maltratado pelos elementos. Havia linhas finas no canto dos olhos, e ela exibia um bronzeado intenso. Mesmo assim, a pele de seu nariz estava descascando e um pouquinho rosada. Era como se ela tivesse passado o último ano ao relento, sem um abrigo sequer contra os rigores do tempo. Não parecia, porém, que tais circunstâncias trouxessem qualquer dificuldade em particular àquela mulher.

Ela olhou para ele e sorriu.

— Você se tornou um homem forte — murmurou com voz suave.

Embora falasse um idioma que Fennrys não conhecia, de algum modo ele compreendeu o que ela dizia e teve uma sensação imediata de *déjà-vu*. Sentiu como se, no passado, pudesse ter ouvido aquela mesma voz cantando, no mesmo idioma, canções de ninar na escuridão. A mulher inclinou a cabeça e um brilho de humor irônico brilhou em seus olhos azuis.

— E atraente — disse. — Como seu pai.

— Vou contar a ele que você disse isso — respondeu Fenn, engolindo o nó que se formou em sua garganta.

— Eu costumava dizer isso a ele. — Ela riu. — Ainda que ele já soubesse. Ele é um pouquinho vaidoso, sabe?

— E completamente maluco.

— Você acha?

Ela inclinou a cabeça, levando aquilo a sério.

— Sempre achei que ele era o único deles que não era.

— O único de quem?

— Dos Aesir.

Fennrys sacudiu a cabeça, esgotado com aquela confirmação adicional de suas origens e de seu destino desastroso iminente – supondo que ele não estivesse de fato sonhando ou delirando naquele momento.

– Então meu pai é mesmo um deus. De verdade.

– Temo que sim.

– E então eu sou mesmo o lobo Fenris.

Ela assentiu.

– Sim. Foi por isso que mandei você embora. Para viver com o povo de Faerie.

Aquilo paralisou Fenn. Ele franziu as sobrancelhas confuso e deu um passo na direção dela como se precisasse ouvir com mais clareza o que ela diria a seguir.

– Espere aí. Pensei que tivessem me *roubado*.

– Quem me dera poder dizer que fosse verdade.

A mulher suspirou, mas o olhar dela não se desviou do rosto dele. Fennrys reconheceu a semelhança entre as feições de ambos, embora os olhos dela fossem de um tom ainda mais claro de azul – tão claros que eram quase cinzentos.

– Quem me dera eu pudesse lhe dizer que lutei para ficar com você. Que lutei para encontrá-lo... que nunca deixei de procurar por meu bebê roubado. Mas a *verdade* é que evoquei o Povo das Fadas até você. E lhe ofereci a eles por vontade própria. Porque foi o único modo em que pude pensar para salvar sua vida. E o mundo, embora eu me importasse bem menos com isso do que com você.

– Não sei se entendi bem – disse Fennrys, com voz tensa.

– A verdade nisso tudo é que, quando eu era jovem, e nada desagradável de olhar, um rapaz, um poeta viajante que chamava a si mesmo de "Lothur", chegou a minha vila. Ele gostou de minha aparência, e eu gostei da dele.

– Deixe-me adivinhar. Loki.

Sua mãe assentiu.

– Eu não sabia. Não até a manhã em que ele me deixou. Ele achou que eu estava dormindo quando se abaixou para beijar meu rosto e, num sussurro triste, chamou-me de "aquela que traz a tristeza" antes de sair pela porta.

— "Aquela que traz a tristeza"?

— *Angrboda*, na linguagem de seus ancestrais.

Fennrys conhecia o suficiente de mitos nórdicos para saber do que ela falava.

— Que por acaso é o nome da mãe do lobo Fenris nos mitos — disse. A mulher deu um sorriso irônico.

— Imagine como fiquei confusa. Até alguns meses depois, quando meus vestidos ficaram apertados demais na cintura. Bem, a *minha* mãe era uma princesa celta, capturada num ataque *viking*, e ela me criou com as histórias dos mitos e das lendas dela, bem como os de meu pai. Eu também tinha um dote, das riquezas dela que tinham sido saqueadas. Eu o usei para subornar a tripulação de um navio. Sabia que nunca veria de novo meu amante, e sabia que, se você nascesse entre os *vikings*, acabaria sendo morto. Fosse ou não o verdadeiro lobo Fenris. Fiz o capitão do navio velejar para oeste, na esperança de encontrar as terras de Faerie de que minha mãe falava. Em vez disso, encontramos *esta* terra. E os Faerie, que ouviram meus gritos quando dei à luz você a bordo daquele navio — ela fez um gesto apontando o rio lá embaixo —, nos encontraram. Entreguei você a eles antes que você sequer pisasse no solo deste mundo, na esperança de salvar a ambos.

Fennrys não sabia o que dizer. Apenas olhou a mulher, sua mãe, e de sua boca aberta não saiu som algum. Ele havia passado toda a sua existência odiando o Povo das Fadas, ressentindo-se por ter sido privado de seu destino de direito. E agora acabava de descobrir que aquela crença — o ressentimento que fora central à maior parte de sua vida — havia sido uma mentira. Bem, não uma mentira, de fato, pois os Faerie eram incapazes de mentir, mas um equívoco. Uma suposição que ele fizera quando era ainda criança, e que ninguém se preocupara em corrigir, porque convinha aos objetivos deles permitir que ele aceitasse aquilo como verdade. Ele realmente não sabia o que dizer quanto àquilo.

Logo depois, a mãe dele estendeu a mão e, de novo com aquele olhar divertido nos olhos, suavemente empurrou-lhe a mandíbula com as pontas dos dedos, fechando-lhe a boca. Ela manteve a mão ali por um longo instante, apenas tocando o rosto dele, e uma expressão sonhadora cruzou-lhe a face.

Era estranho. Fenn esperava que houvesse uma brasa ardente de fúria pronta para irromper em chamas no meio do peito, mas em vez disso sentiu uma espécie de leveza. Desde que voltara a si depois de ser transformado no Lobo por Rafe, ele mal se sentia capaz de conter sua fúria. Mas naquele momento sua fera interior estava quieta. Como estivera quando Mason fez seu truque mágico e o transportou para o porto seguro dele.

— Não espero que você me perdoe — disse sua mãe. — Mas meu nome, meu verdadeiro nome, caso queira saber, é Sigyn.

— Meu nome é Fennrys — ele respondeu; o canto de sua boca ergueu-se de leve enquanto ele estendia a mão para pegar a dela. — Mas acho que você já sabe disso. Uma bela e sutil escolha de nome, mamãe.

Ela riu, e o som de seu riso era adorável ecoando nas colinas distantes.

Fennrys sentiu um aperto na garganta. Dissera aquilo brincando. Mas era a primeira vez que chamava alguém dessa forma. Sentiu uma dor no coração.

— Achei que não havia motivo para esconder esse fato das pessoas com as quais estava mandando você ir viver — disse Sigyn. — Eles já sabiam quem... e o quê... você era. *Isso* era o mais importante. Remover você deste mundo para que não fosse mais uma ameaça para ele. Mas devo dizer que gosto da grafia Faerie.

— O som é o mesmo.

— Sim.

Ela ergueu um ombro.

— Mas descobri que o modo como uma coisa soa com frequência não é nada do que ela é... se é que você sabe do que estou falando.

— Não sei bem se eu sei — disse Fennrys. — Mas se isso quer dizer que há uma chance de que eu me torne algo diferente do que estava destinado a ser, então por mim tudo bem.

— Ah, meu filho. — Ela apertou a mão dele. — Você se tornou *exatamente* o que estava destinado a ser. Este é o ponto. Você fará o que tiver de fazer. E será magnífico.

— Não tenho tanta certeza disso.

— Creio que Auberon, o Rei de Faerie, discordaria de você.

Fennrys fez uma careta, relembrando sua vida, enquanto crescera entre os Fae. Tinha sido como viver num paraíso do qual não havia como fugir. A beleza extravagante e implacável das Cortes de Faerie o levara a buscar seus cantos mais sombrios e as criaturas mais perigosas. Ele treinou a si mesmo para tornar-se um caçador de monstros.

Talvez, pensou ele, *seja porque sempre tivesse o terror secreto de que eu fosse o monstro.*

Com o tempo, as ações de Fenn chamaram atenção, e ele foi nomeado membro da Guarda Jano de Auberon, o Rei do Inverno. E então, por fim, mais ou menos na virada do século no reino mortal, ele foi enviado para Nova York, uma vez ao ano, para vigiar o portal Faerie no Central Park, junto aos outros Janos, durante o breve período do ano quando ele se abria. Para garantir que nada atravessaria para o mundo dos homens, para ameaçar seus habitantes. Da forma como Fennrys agora ameaçava.

Será uma ironia?, perguntou a si mesmo. *Nunca saberia dizer.*

— O fato de terem permitido que você voltasse para o reino mortal como guardião do portal significa que você ganhou a confiança deles — disse Sigyn.

— Ou talvez eu simplesmente fosse mesmo bom para matar criaturas — ele disse com amargura — e eles decidiram usar essa habilidade para manter o reino mortal a salvo, e dar aos ogros do Outro Mundo uma folga de mim, uma vez por ano.

— Você é um guardião, Fennrys — disse Sigyn. — Você *e* Mason Starling.

A menção do nome de Mason causou uma pontada tão aguda de saudade no coração de Fennrys que era quase uma dor física. Ele sentia a falta dela como nunca sentira a falta de mais nada na vida. Quase desde o momento em que a viu pela primeira vez, ele sentiu como se tivessem sido feitos um para o outro. E então todo aquele lance de "Corrida para Ragnarök" havia começado, e ele se deu conta de que realmente tinham, por meio de uma horrenda profecia. E essa era a pior coisa do mundo.

Mas agora, ouvindo sua mãe falar daquilo, ele percebia que ela via a situação por uma perspectiva inteiramente diferente. Sentiu um esvoaçar pequenino de esperança surgindo dentro de si e não conseguiu reunir a crueldade suficiente para esmagá-lo.

Sua mãe pareceu pressentir o que ele estava pensando. Seu olhar cravou-se na face dele e ela disse:

— Todo mundo, até mesmo eu, tem estado muito ansioso para dizer a você o que vai fazer, o que deve fazer e o que não tem alternativa senão fazer. Profecias e portentos e verdades assustadoras são as primeiras coisas a saírem dos lábios daqueles que estão ávidos para escrever o futuro. Mas há espaços entre todas aquelas palavras onde você está livre para escrever as suas próprias. Já é hora de você ter liberdade para fazer isso.

— E quanto às Nornas?

— Elas vêm tentando concretizar o Fim dos Tempos há muitos anos — suspirou Sigyn. — Tenho certeza de que acharam ter finalmente conseguido quando você nasceu. Por isso, mandei você para Faerie para frustrar os planos delas, porque eu ainda não acreditava que um dia você mesmo seria perfeitamente capaz de frustrá-las.

— Mas e se eu não for? E se tudo sair exatamente como elas querem? — perguntou Fennrys, voltando-se para olhar o vale que se estendia abaixo de si. — Até agora, cada movimento que faço parece favorecer os planos delas. Sempre que tento fazer alguma coisa certa, ela dá uma guinada e sai por um caminho errado. Até com Mason. Tentei tanto evitar que ela pegasse a maldita lança... Agora ela é uma Valquíria.

— Ela é, de fato. — Sigyn sorriu.

Fennrys ergueu uma sobrancelha para ela.

— Isso é *ruim*, mamãe.

— É? Ela agora é poderosa, com um poder incalculável. Assim como você.

— Não era isso que as Nornas queriam?

– Sim. Claro.

Sigyn fez um gesto forte com a mão, como se quisesse afastar aquilo.

– Mas há um fator imprevisível que tenho certeza de que aquelas megeras nunca levariam em conta. Porque é algo que elas não entendem.

– E que é...?

– O *amor*, Fennrys.

O coração dele contraiu-se ao som daquela palavra. Mas ele não estava convencido.

– Eu estava torcendo para que você dissesse que havia um anel mágico, ou uma espada, ou algo escondido debaixo de uma pedra em alguma caverna, que eu pudesse usar.

Sua mãe riu de novo, e Fennrys ficou impressionado ao ver como ela parecia despreocupada em relação ao iminente fim do mundo. E como sua atitude descontraída era contagiante. Naquele instante ele se sentiu bem como não se sentia havia muito tempo.

– Existiram anéis mágicos e espadas encantadas através dos tempos – disse ela. – Nenhum deles é uma arma tão poderosa quanto o amor que você carrega em seu coração por aquela garota. Você acha que as Nornas alguma vez pararam para pensar nas consequências de suas maquinações caso Fennrys, o Lobo, e uma filha de Odin tomassem a iniciativa não de destruir o mundo, mas de se apaixonarem?

– Achei que não havia como escapar do destino.

– Ouvi seu amigo egípcio dizer-lhe algo diferente.

– Como você ouviu aquilo? – perguntou Fennrys, desconfiado, pensando de repente que era bem possível que tivesse perdido por completo a razão e que toda essa conversa estivesse ocorrendo apenas em seu cérebro. Que talvez a terrível revelação de Loki tivesse lhe danificado a mente e que esta versão adorável e serena de sua "mãe" fosse fabricada pelo próprio Fenn para reconfortá-lo em sua loucura. Isso explicaria por que ele se sentia muito mais em paz do que antes.

Sua mãe apenas sacudiu a cabeça e disse:

– Não importa *como* sei. *Você* sabe. E só precisa provar que ele tem razão.

– "Para o inferno com o Destino" – murmurou Fennrys.

Era o que Rafe dissera e ele e a Mason. Talvez de fato tivesse razão.

— Ou talvez ele estivesse apenas dizendo para *Hel** com o destino. Parece que é para onde tudo está se encaminhando.

— Bem... — Os olhos da mãe brilharam como pedras preciosas azul-claras, faiscantes e cheias de riso. — Se você vai entrar com tudo naquele lugar, precisa viajar em grande estilo!

— O qu...

Fennrys não tinha a mínima ideia do que ela estava falando. Mas não teve chance de perguntar-lhe antes que Sigyn estendesse as duas mãos e o empurrasse com suavidade, mas com força suficiente para lançá-lo pela borda do penhasco onde estavam. Sem nada além de uma exclamação de protesto, ele rolou pela encosta, aos trambolhões, rumo ao rio que serpenteava como o rastro de uma lágrima na face do mundo que ele nascera para destruir.

Havia lágrimas no rosto dela. Mason podia senti-las rolando devagar.

Pela primeira vez desde que podia lembrar-se, ela chorava porque estava rindo. E o motivo era que sua mãe havia começado a rir primeiro. Os ombros de Yelena sacudiam com a força da risada alegre que brotava dela enquanto apertava a filha entre os braços. Era tão contagiante quanto incongruente — tanta felicidade diante de circunstâncias tão sombrias — e Mason não pôde conter-se.

Por fim, o riso de Yelena atenuou-se o suficiente para que ela pudesse soltar Mason.

— Mandei o Lobo para procurar você — ela sussurrou, e ergueu a mão até a face de Mason, limpando-lhe as lágrimas. — Para ajudar você. Agora *você* deve me encontrar... para que possamos ajudar uma à outra.

— Certo — disse Mason, sem saber bem como proceder. — Farei isso.

— Eu sei. Com alguém tão atraente para ajudá-la, como poderia não fazê-lo? — Os olhos de Yelena faiscavam com uma ponta de divertida malícia, e ela fez um gesto por cima do ombro de Mason. — Vocês são

---

* Em inglês, trocadilho com *hell* ("inferno"). [N. T.]

muito fortes, querida, e por si mesmos. Mas são ainda mais fortes juntos. *Fiquem* juntos. Não deixem que os separem.

Uma brisa levantou os cabelos escuros de sua mãe e Mason jurou que podia sentir o cheiro doce e intenso de flores de macieira no ar, apesar de o dia dar mais a sensação de verão do que de primavera. Sua mãe sorriu. Então, tão de repente quanto havia aparecido, Yelena Starling se foi.

Mason virou-se e viu Fennrys subindo a escada para o píer, sem camisa e encharcado. O sorriso no rosto dele ao vê-la ali parada a fez corar. Isso e o fato de que, por um instante, ela achou que ele estivesse nu de novo. Foi uma mistura de alívio e de decepção quando ele terminou de subir a escada e ela viu que só estava sem camisa e sem sapatos. Os *jeans*, molhados e grudados aos contornos musculosos de suas pernas, estavam intactos.

Ele deixou um rastro de pegadas molhadas nas pranchas descoradas do deque de madeira ao ir na direção de Mason e, sem atentar para o fato de estar encharcado, pegou-a nos braços e a ergueu no ar, num abraço que ela vinha desejando desde... sempre.

— Uau — ela murmurou de encontro aos lábios dele quando ele finalmente a deixou respirar.

Ela o afastou um pouco de si e sentiu um sorriso malicioso espalhar-se por seus próprios lábios.

— Viu? Eu disse que o visual modelo Abercrombie ficava bem em você. Fenn revirou os olhos.

— Eu juro — ele gemeu. — *Juro* por todos os deuses, eu estava de camiseta não faz dois segundos. E jaqueta. E... — Ele olhou para os pés descalços. — Botas. Com meias por dentro. Tive que tirar tudo quando rolei por uma colina e terminei debaixo d'água. Por que isso vive acontecendo comigo?

— Você está me vendo reclamar?

— Você nunca perde as *suas* roupas — ele resmungou, puxando-a pelo decote da camiseta regata dela mais para perto de si. — Estamos aqui num píer na beira de um lago e você não está usando nem um biquíni. É uma tremenda injustiça.

Mason deslizou um dedo pelo peito dele abaixo, notando com um assombro distanciado que todas as cicatrizes dele pareciam ter sumido.

— De novo, não tenho nenhuma reclamação — comentou.

Fennrys beijou-a uma segunda vez, talvez apenas para calar qualquer reclamação que pudesse surgir, mesmo que isso fosse muito improvável. Depois de mais um longo e delicioso instante, ele suspirou satisfeito e olhou ao redor.

— Falando de lagos e píeres... onde estamos? De verdade?

— Não sei. — Ela ergueu os braços e passou-os ao redor do pescoço dele. — Bom, na verdade, sei, sim... mas não é importante.

— Como chegamos aqui?

— Não faço ideia — ela murmurou, olhando nos olhos dele. — Não é importante.

— O quê...

— Fenn, cale a boca.

— O q...?

— Shh. — Ela colocou um dedo nos lábios dele. — Eu te amo.

A onda de emoção que dominou o rosto dele fez parecer que ele tivesse sido eletrocutado, e por um momento Mason temeu que aquilo fosse a última coisa que ele quisesse ouvir. Mas ela o dissera, e não ia se retratar.

— Não importa onde estamos ou como viemos para cá. Não há monstros aqui — ela murmurou. — Não há perigos. Não me importa onde "aqui" é. Quando estávamos na ilha Roosevelt, falei que, quando isso acontecesse, eu lhe diria o que sinto. Não sei se isso vai acontecer de novo no mundo real, e por isso estou contando a você, porque *preciso* que você saiba. Eu te amo, Fennrys, o Lobo.

O beijo que ele lhe deu então, ainda mais que os dois anteriores, disse tudo o que ela precisava saber. Quando ele se curvou e passou um braço por baixo das pernas dela, erguendo-a do chão e aconchegando-a contra seu peito, ela riu e agitou os pés no ar. Ele a carregou para a margem suavemente inclinada e a deitou no chão, desabando a seu lado na grama de aroma doce. Apoiado em um cotovelo, olhou dentro dos olhos dela.

— Diz de novo que me ama — murmurou, afastando-lhe do ombro o longo cabelo negro.

Ela ergueu os olhos para ele.

— Eu te amo.

— Então você tem razão — ele disse. — Não importa onde estamos. Não ligo para o que isto é. Sonho, visão, plano espiritual, porto seguro, lugar feliz...

Ele sorriu.

— Muito feliz — assentiu Mason, devolvendo o sorriso.

— E mesmo que monstros e perigos nos ataquem neste exato momento, saindo dali de debaixo daquelas árvores, não me importa.

Ele chegou tão perto que ela podia sentir os cílios dele roçarem seu rosto, e murmurou:

— Diz outra vez.

— Eu te amo, Fennrys, o Lobo.

— Eu te amo, Mason Starling.

Ela beijou o contorno anguloso da mandíbula dele e sussurrou:

— Ótimo. Isso quer dizer que, juntos, podemos fazer qualquer coisa. Desde que *fiquemos* juntos.

— Ficaremos.

— Por mim, a gente não precisa ir embora nunca... espera.

Mason suspirou e cerrou os olhos, recordando de repente tudo que acontecera antes. Recordando que o que acabava de dizer a Fennrys era quase exatamente o que a mãe lhe dissera instantes atrás. Ela sentou-se e lançou um olhar para o píer, para o lugar vazio onde a mãe estivera.

— Não, a gente precisa.

— "A gente precisa" o quê? — perguntou Fennrys, erguendo a mão como se fosse puxá-la de volta para o lado dele.

— A gente precisa sair deste lugar.

— Mas como, se nem estamos aqui? E nem sei onde aqui é — disse Fennrys, mas ele também se sentou, como se já soubesse que os momentos naquele lugar estavam contados.

— *Aqui* — disse Mason — é o lugar para onde precisamos ir. No mundo real.

— Como você sabe?

— Porque acho que alguém está tentando nos dizer algo com estas visões compartilhadas. Aqui, e em seu *loft*. Estão nos dando pistas. Ou estamos dando a nós mesmos.

— Pistas.

Fennrys ergueu uma sobrancelha para ela.

— Tá legal... Lembro-me de que você disse algo sobre um coração no elevador. Estou torcendo para que não seja um coração que foi removido do dono.

— Não. Fui eu que desenhei.

Ela traçou o mesmo formato no peito dele com o dedo.

— Na placa de vidro que você quebrou. Antes de você quebrá-la.

— Quer dizer... o tipo de coração que você entalha numa árvore? — A outra sobrancelha dele também se ergueu. — Com iniciais dentro?

— Hum. É. — Mason mordeu o lábio. — Bem isso.

— E *tinha* iniciais dentro?

— Antes de você quebrar o vidro, tinha.

Fennrys sorriu, mas, em vez de provocá-la, passou a tentar decifrar a pista que Mason parecia achar que tinham encontrado.

— Tá... Então, qual o significado? Eu sei por que estávamos no *loft*. Porto seguro, certo? Mas e esse lance do elevador? E agora que penso... por que ele tinha o mesmo cheiro que *este* lugar?

— Você também sentiu? — perguntou Mason. — Pinheiros e água e ar puro?

— E flores de macieira.

— Isso! Bem como aqui!

— É...

Ele aprumou o corpo, trabalhando no quebra-cabeças.

— E também acho que eu estava aqui... uma versão diferente do aqui... uns minutos atrás. Antes de ir parar no lago. Só que não havia lago, só um rio lá embaixo. E nada além de árvores ali onde está aquela mansão.

Ele fez um gesto naquela direção.

Mason olhou por cima do ombro.

— Você quer dizer minha casa?

— Você mora *ali*?

— Quando não estou em Gosforth — ela respondeu, com amargura.

Fennrys deu um assobio.

— Vi palácios dos Faerie que iam parecer humildes perto desse lugar.

— Pois é.

Mason odiava a mansão, com sua opulência ostensiva, mas sabia que ela impressionava.

— Ela fica no condado de Westchester, norte do estado de Nova York. Na beira de um lago, na verdade uma represa construída, chamada Kensico.

— Construída?

— Sim. Tiveram que represar um rio para criá-la.

— Talvez fosse o rio em *meu* sonho.

Fennrys franziu a testa pensativo.

— Talvez — disse ela.

— E qual o significado deste lugar?

— Não sei.

Ela encolheu os ombros frustrada. Não conseguia ver a conexão com o que estava acontecendo no mundo real. A propriedade estava a quilômetros e quilômetros de distância de Manhattan. Ela olhou para a mansão.

— Nunca me senti particularmente em casa aqui, ainda que as terras onde ela está pertençam aos Starling desde quando ainda chamávamos a nós mesmos de Sturlungar.

— Espere aí, o quê?

— Costumava ser nosso sobrenome. Em algum momento foi anglicizado por um de meus antepassados, eu acho.

— Certo, agora estou me lembrando — Fennrys murmurou.

Quando Mason o interrogou com o olhar, ele apenas fez um gesto para que ela continuasse.

— Minha família mora nestas mesmas terras desde muito antes da construção da barragem, no século XIX, ou algo assim — disse Mason. — No começo do século XX tiveram que deslocar uma cidade inteira para criar a represa, e acho que foi pura sorte a mansão Starling estar em terreno alto o suficiente. A inundação só aumentou o valor da terra. Vista para o lago instantânea. Sorte, hein?

— Pode ser.

Fennrys fechou os olhos com força e apertou a ponte do nariz.

— Mas meio que duvido disso.

— Como assim?

— Em geral não considero "sorte" as barganhas com os Faerie.

Mason inclinou a cabeça e ficou olhando Fennrys, à espera de uma explicação.

— Você se lembra... e eu só digo desta forma porque parece ter acontecido faz um milhão de anos, mas... Você se lembra de quando eu não sabia quem era? Ou de onde tinha vindo?

— Sim. — ela sorriu. — De fato, eu me lembro vagamente daquela época.

E daquelas noites... no parque High Line. Em seu loft.

— Bom, passei algum tempo tentando descobrir, e a única pista que encontrei na época acabou sendo um beco sem saída.

Fenn encolheu os ombros.

— Acho que devia ter contado isso a você antes. Mas não contei, e então... bem, as coisas começaram a ficar bem agitadas, e descobri quem sou, e meio que esqueci desse detalhe.

— Que é...?

— No elevador de meu *loft*, encontrei no registro o nome do proprietário do imóvel, Vinterkongen Holdings, que não me dizia absolutamente nada. Mas então descobri que essa mesma corporação esteve envolvida numa transação imobiliária, no início do século XIX, com alguém de nome Sturlungar.

— O quê?

Mason piscou. Não era o que ela esperava ouvir.

— Sério isso?

— Sim. Seu ancestral comprou terras de meu senhorio.

— O senhor Vinterkongen — disse Mason, incrédula.

— Ou — a voz de Fennrys ficou um pouco tensa —, como ele é mais conhecido, Auberon, o Rei do Inverno. De Faerie.

Ela piscou os olhos.

— O cara para quem você trabalhava?

— É.

— E você acha que foram as terras da mansão que um... hã... rei Faerie vendeu a minha família?

— Acho que faz sentido. Você não acha?

— Parece que sim.

Mason franziu as sobrancelhas, tentando sacudir a caixa do quebra-cabeça em sua mente para que as peças caíssem no lugar.

— Mas por que um... Faerie seria dono delas, para começar? E o que as torna tão especiais?

— Não faço ideia. Fora o fato de que acho que nasci em algum lugar por aqui.

Mason piscou os olhos totalmente confusa, até que ele lhe explicou o que sua mãe, Sigyn, havia lhe contado pouco antes, em sua visão.

— Acho que precisamos vir para cá — ela disse, por fim.

— *Estamos* aqui.

— Quando voltarmos para *lá*. Para o mundo real.

— Certo. Tudo bem. Por quê?

— Acho que vamos descobrir quando chegarmos.

— E como vamos fazer isso? — Fennrys franziu as sobrancelhas. — No mundo real, no momento, estamos presos em sua escola. E quando a muralha de névoa se desfizer, não vai ser possível sair de Manhattan por um bom tempo.

Ele estava certo. Era humanamente impossível para eles deslocarem-se livremente.

Mas então uma imagem surgiu na cabeça de Mason, algo que havia visto entalhado na pedra acima da entrada da caverna na qual Fennrys penetrara, e ela percebeu que não precisariam se deslocar por nenhum meio *humano*.

Ela visualizou a imagem, retorcida e enroscada, de uma criatura fantástica... e soube, sem sombra de dúvida, o que iriam fazer. Ela se virou e deu um longo beijo em Fennrys e — antes que a visão se dissolvesse e ela se visse de novo no quarto de Rory —, ao se separar dele, disse:

— Tenho uma ideia.

— Eu também — disse Fennrys, puxando-a de novo para si. — Minha ideia é que você continue fazendo *isso*.

Ela sorriu e colocou um dedo sobre os lábios dele.

— Salvar o mundo primeiro, beijar depois.

— É melhor que o mundo reconheça meu autocontrole — disse ele, com um suspiro lânguido.

— Se algum dia ele ficar sabendo, com certeza o fará.

Mesmo que ali naquele lugar eles parecessem ter todo o tempo no universo, Mason estava começando a sentir o mundo real atraindo-a insistentemente.

— Vá atrás de Toby e diga-lhe para nos encontrar aqui — ela disse. — Quer dizer, nas catacumbas. Onde você está agora. Não diga a mais ninguém. Nem a Rafe. Irei me encontrar com você, mas tem uma coisa que preciso fazer antes que a gente vá.

E, com esse pensamento, um raio repentino, brilhante e luminoso cortou o ar em pleno céu azul, e Mason viu-se sozinha de novo no quarto de Rory.

Ela soltou uma exclamação pesarosa ante a perda súbita da presença de Fennrys e lutou contra a invasão de sua mente por emoções caóticas, expulsando a paz que sentira em sua visão. Lá fora, a imagem persistente do raio que parecia tê-la enviado para aquele lugar — ou desencadeado dentro dela a visão do lugar, ou o que quer que tivesse acontecido — estava começando a dissolver-se. Ela havia estado "longe" por apenas um instante.

Mas como desejava poder ter ficado lá para sempre...

Baixou os olhos de novo para a foto com o canto que faltava.

— Prometo que vou encontrar você, mamãe.

Dobrou a foto com cuidado e a guardou no bolso de trás do *jeans*.

XVII

Quando finalmente despertou dos efeitos do Miasma, Heather tinha uma dor de cabeça terrível, ofuscada por uma dor no coração ainda mais forte. Estava deitada na cama muito bem feita de Calum, no quarto dele em Gosforth.

Por um longo instante, deixou-se imaginar que havia voltado à época em que ela e Cal estudavam juntos, deitados lado a lado na cama estreita. Eles diziam que estavam "estudando", mas, claro, passavam a maior parte do tempo namorando. Naquela época antes que o mundo começasse a desmoronar.

A realidade é uma droga, pensou desanimada. *Ainda mais quando é tão surreal.*

Ela gemeu e virou-se, apertando os olhos na luz mortiça da lâmpada de cabeceira. Cal estava sentado numa cadeira aos pés da cama, olhando-a. Segurava um copo com água e, ao ver Heather abrir os olhos, ficou em pé e entregou-o a ela cauteloso. Seu olhar dizia que ele achava que ela talvez fosse atirar a água na cara dele, mas ela apenas aceitou o copo e agradeceu. Estava quente, e ela perguntou-se quanto tempo fazia que ele estava ali segurando-o.

Ela devia ter feito uma careta, porque ele disse "desculpa" e estendeu a mão para tocar o lado do copo, que de repente ficou gelado. Heather tomou mais um gole. O choque térmico de imediato fez sua cabeça doer ainda mais, e ela desistiu, pousando o copo na mesa de cabeceira e pressionando a palma da mão contra a testa.

— Esse lance do Miasma é uma droga, sério — disse meio grogue.

— Eu sei...

Ele se interrompeu e respirou fundo como se fosse dizer algo.

— Cal...

— Eu fui um completo idiota. Sei disso.

— Hã, tudo bem.

Heather lutou para se sentar.

— Na verdade eu ia só te pedir uma aspirina...

Ele suspirou e sacudiu a cabeça.

— Desculpa.

— Não, de verdade, você tem razão. Você foi um completo idiota.

Ela o encarou por um bom tempo antes de ceder.

— Tá legal. Vai me contar o que rolou com você nos últimos dias? Ou vou ter que inventar histórias para contar a mim mesma?

— Tentei salvar Mason. Na ponte.

— Eu sei — ela disse baixinho. — Eu te vi. Você...

— Fracassei. E caí. Quase morri. — Ele encolheu um ombro largo. — E então descobri que, para alguém como eu, isso é mais fácil falar do que fazer.

— E como, exatamente, você descobriu?

— Meu pai me contou.

Heather pestanejou surpresa.

— Ah — exclamou e tentou encontrar algo para dizer em seguida.

Ela e Cal às vezes falavam sobre o pai ausente dele quando namoravam. Sobre como ele seria e por que teria ido embora. Heather tentou imaginar por que ele voltara, claro. As notícias sobre um apocalipse mitológico iminente deviam ter se espalhado. Ela disse isso a Cal, mas ele fez que não com a cabeça.

— Na verdade, isso aconteceu antes de sabermos o que estava rolando. Um grupo de sereias foi em busca dele depois que bati a cabeça naquela viga e caí no East River. Acho que ele ficou preocupado comigo. Ou algo assim.

— Isso é... bem, não sei *o que* é, na verdade — disse Heather. — É bom? Digo... ele é... legal?

— Ele é um deus — disse Cal, bem direto.

— Você quer dizer...

— Um deus de verdade. É. Pelo menos, um meio-deus.

Cal sacudiu a cabeça, frustrado por tentar explicar o inexplicável.

— Ainda não há um veredito se ele é legal ou não. Parece que é, mas, claro, mamãe o odeia.

— Por quê? — perguntou Heather. — Quer dizer... eu nunca entendi de verdade.

— Nem eu. Até agora — disse Cal, e deu uma risadinha. — Acontece que ela o odeia pela mesma razão que ela me odeia. Ela acha que os deuses... os deuses *dela*, pelo menos, estão aí para serem venerados. Servidos. E não, sabe, para "curtir" junto. — Ele encolheu os ombros. — E que os resultados dessa "curtição" são... antinaturais.

A boca de Heather moveu-se sem emitir som algum por um momento, enquanto ela lutava para encontrar algo a dizer.

— Sou uma aberração, Heather. E, de acordo com minha própria mãe, eu não devia nem existir.

Pronto. Ele tinha dito aquilo.

E, pela expressão no rosto de Heather, ela compreendia exatamente o que ele lhe dissera. Mas Cal não sabia exatamente o que ela *achava* sobre aquilo. O que ele sabia, com certeza, era que podia sentir o abismo repentino que se abrira entre eles.

Ela também acha que sou uma aberração.

E por que não? Sua mãe sempre tinha achado. Mason com certeza achava...

Só que não havia esperado que doesse tanto, vindo de Heather. Ele não imaginava que qualquer coisa vinda dela pudesse feri-lo novamente. Não depois da noite em que ela o deixara lá parado sozinho, no parque Sakura, logo em frente a Gosforth, enquanto as pétalas de cerejeira caíam como neve, tão brancas, contra o céu noturno, depois de dizer a ele que lhe dava a liberdade. Ele se enganara.

Ele sacudiu a cabeça para espantar a lembrança daquela noite.

— Mamãe não sabia quem ou *o quê* meu pai era quando eles se casaram — ele continuou. — Ela só descobriu depois. Ele é... *eu sou...* descendente de Tritão. Sabe? O deus marinho com o tridente.

— Então é uma herança de família — ela murmurou. — É bom saber.

Pela expressão de Heather, as implicações do que Cal acabava de contar estavam fazendo sua cabeça rodar — e, aparentemente, latejar.

— Ah, cara. — Ela levou a mão à têmpora. — Sério... você tem uma aspirina?

— Certo, desculpa.

Cal se levantou e vasculhou uma gaveta da mesa. Pegou um frasquinho de plástico e fez dois comprimidos caírem na palma da mão dela. Ela pegou o copo de água gelada com a outra mão e bateu nele com uma unha.

— A função extra de congelamento instantâneo vem no pacote desse lance de *Superamigos* que está rolando com você agora? — perguntou, erguendo uma sobrancelha, claramente tentando manter-se otimista e bem Heatheresca em relação à verdade daquilo que Cal acabava de contar-lhe.

— Acho que sim.

— E o comportamento distanciado, tipo um deus, nada a ver com você?
— Não sei.

Ele encolheu os ombros, sentindo-se desconfortável.

— É uma evasiva se eu disser que pode ser?

— *Eu* não sei — ela o ecoou. — Você está falando sério?

Cal inclinou a cabeça para trás e suspirou, fixando o olhar no teto.

— Heather... até você me dizer que tinha algo errado entre nós, eu sinceramente não sabia. Na verdade eu achava que estávamos bem juntos.

Ela fez uma pausa, obviamente surpresa com a mudança repentina de assunto.

— Estávamos — ela disse.

— Eu não sabia que você estava infeliz.

Heather deu uma risadinha.

— Já te falei antes. Eu não estava infeliz. Quem estava era *você*.

— E eu te disse que eu não sabia que estava infeliz.

Cal sacudiu a cabeça e olhou para fora pela janela. A vista costumava estar bloqueada pelos ramos do carvalho de Gosforth. Agora estava desimpedida, e o céu vazio o assustava. Não era a única coisa.

— Tenho pensado um bocado sobre tudo isso. Sobre você e sobre... Mason. Sobre como me sinto de verdade. E isso me aterroriza.

Os cachos loiros dos cabelos de Heather caíam por seus ombros, e ele se deu conta de como ela era incrivelmente bonita. E como *deveria* ter sido fácil amá-la.

— O que te aterroriza? — ela indagou baixinho.

— Tudo. Tudo que aconteceu nos últimos meses. Sei que o modo como estou agindo... como me sinto... está errado. Mas não posso impedir.

— É, bem... O amor às vezes é uma droga.

Os lábios dela se contorceram num sorriso amargo.

— Está errado e não tem solução! E não é algo que eu *queira*. E sabe o que é mais doido? Sinto mesmo como se eu fosse um daqueles personagens ridículos daqueles mitos antigos idiotas.

Uma risada angustiada embargou-lhe a garganta.

— Sinto-me como Apolo perseguindo Dafne por um prado, ou Orfeu descendo até o Hades atrás de Eurídice. Como um desses caras que perde a cabeça por uma garota e fica atrás dela até que ele morre ou ela morre, ou algum deus fica com pena deles e transforma alguém numa árvore ou numa flor, ou eles são destroçados por ninfas alucinadas... algo que simplesmente coloque um ponto final na idiotice.

— Talvez você seja — disse Heather, franzindo as sobrancelhas.

— O quê? — surpreendeu-se Cal.

— Estou falando sério — ela disse. — Talvez você *seja* um desses caras de uma dessas velhas histórias. Talvez isso... todo esse lance com Mason... talvez não seja de fato *você*.

Cal ficou olhando-a enquanto a expressão dela se tornava mais séria, com o olhar fixo no copo que tinha em mãos, sem enxergá-lo, e ele se perguntou se ela teria razão. Talvez o que ele estava sentindo não fossem os sentimentos *dele* no fim das contas.

Talvez.

E então ele percebeu que não importava. Não era algo que ele pudesse mudar, mesmo que quisesse. Uma onda de desespero cinzento e surdo o invadiu.

— Não muda nada — ele disse.

Ela ergueu os olhos para ele, um brilho súbito de lágrimas em seus cílios.

— Eu queria poder te amar, Heather — disse ele, com a maior suavidade que conseguia.

A seus ouvidos, soou tão suave como um tiro.

— Gostaria de poder odiar Mason.

— Não, não gostaria, não.

— Tudo bem, odiar talvez não. Talvez... não amar. Eu gostaria, de verdade, mas acho que tentar isso me mataria — ele disse, encolhendo os ombros num gesto impotente. — E isso, eu sei muito bem, é a coisa mais idiota que já saiu da minha boca.

— Não vou negar isso — disse Heather, com uma amostra de sua ironia usual.

— Por que *você* não a odeia? — Cal perguntou de repente.

— O quê? — Ela olhou para ele. — Por que eu deveria?

— Porque você me ama — ele disse, baixando o olhar para as mãos unidas entre os joelhos.

Seus dedos se entrelaçavam como um ninho de serpentes recém--nascidas.

— E eu amo a Mason.

— Não sei. Você odeia o Fennrys? — perguntou Heather.

O olhar que Cal lhe lançou era tão sombrio que chegava a ser cômico. Ela riu e de imediato se sentiu mal por estar fazendo troça da dor dele, mas ao mesmo tempo quase não podia se controlar. Tudo naquela situação estava tão horrivelmente errado, mas, ainda assim, ali estava ela, dividindo a cama de Cal – teoricamente – com ele, provocando-o, sozinha com ele... Quando terminou com Cal, ela achava que estava fazendo o que era melhor para ambos. Vendo em retrospectiva, talvez devesse ter ficado calada e nunca ter deixado que ele soubesse que estava apaixonado por Mason...

Espere aí.

E se tivesse sido ela o tempo todo? Heather sentiu um arrepio gelado percorrer seu couro cabeludo. O pai dela notoriamente estava sob o controle de Daria Aristarchos no conselho de Gosforth. E se... e se tudo tivesse sido arranjado? E se Cal de fato *não* estivesse apaixonado por Mason? Não realmente... não por vontade própria...

Houve uma batida à porta, e Heather percebeu que teria que voltar àquilo depois. Cal foi abrir a porta. Mason estava no corredor.

— Todos estão se reunindo no salão de jantar para decidir o que devemos fazer a seguir – disse Mason a Cal. – Estou, hã, reunindo os desgarrados.

Mason hesitou por um instante e então, olhando por cima do ombro de Cal e vendo que Heather estava acordada, perguntou:

— Posso falar com Heather por um minuto? A sós?

— Vai indo na frente, Cal – disse Heather, pondo-se em pé e alisando a colcha. – Vou daqui a um segundo.

Cal passou por Mason, fora do quarto, erguendo a mão involuntariamente para tocar-lhe a face. Ela virou o rosto antes que os dedos dele pudessem fazer contato. Os ombros dele se enrijeceram, mas ele seguiu em frente pelo corredor, com passos rápidos e nervosos.

Mason voltou-se para Heather.

— Estou muito feliz por você estar acordada.

— É, eu também estaria, se "acordada" não fosse neste momento um sinônimo de "enxaqueca".

— Você vai ficar bem? — Mason perguntou a Heather baixinho, acenando com a cabeça na direção do vulto de Cal que se afastava.

Heather sabia que ela não se referia aos efeitos persistentes da maldição do Miasma e respondeu:

— Vou, sim. — Então suspirou e se apoiou na parede. — Quer dizer, acho que posso de verdade dizer que eu era aquela garota que namorava um deus grego na escola, certo? Isso deve valer algo mais tarde na vida... Supondo que vamos ter um mais tarde na vida. Devo dizer que fiquei um pouco surpresa quando descobri.

— É, eu também.

— Sério? Porque tenho meio que a impressão de que você é tipo membro fundador do mesmo clube, Starling.

Heather a olhou com olhos sagazes.

— Quero dizer... pelo que entendo, até onde dá para entender *algo* como isto tudo, todo o corpo discente de Gosforth está estranhamente dedicado ao serviço de um ou outro panteão. Saibam disso ou não.

— A maioria não sabe, eu acho.

— Certo. — Heather assentiu. — Mas parece que *você* conseguiu um lance de personificação mitológica total. E não, não estou com ciúmes. Só não sei como aconteceu.

— Foi algo bem recente — suspirou Mason. — *Não* foi ideia minha, e nem sei bem onde a categoria "Valquíria" se encaixa no gráfico de meio deuses, semideuses e deuses plenos.

— Como? Foi aquele lance que rolou com Rory no trem?

— Foi. Mas ninguém, nem Rory, esperava que tudo fosse acontecer dessa forma.

Mason sacudiu a cabeça.

— Foi um acidente. Bem, na verdade, não foi. Foi algo... armado.

Mason fez um resumo passo a passo do que acontecera em Asgard. Quando contou como tinha encontrado Taggert Overlea no campo de batalha diante do legendário palácio de Odin, e como ele havia liderado alguns dos *Einherjar* contra os *draugr*, Heather olhou-a espantada, de boca aberta.

— Ah, meu deus! – ela exclamou. – Nosso brutamontes se saiu bem! Bom, isso me faz sentir um pouquinho melhor.

Ela fechou os olhos e sacudiu a cabeça, seus cabelos despenteados tampavam-lhe o rosto.

— Quero dizer... quase surtei quando seu pai... – Ela se interrompeu e mordeu o lábio.

— Quando meu pai o quê? – Mason perguntou.

Heather afastou o cabelo do rosto com o braço e seus olhos se abriram; seu olhar cravou-se no de Mason. Ela fez silêncio por um instante antes de dizer:

— Quando ele matou Tag.

— *O quê?*

Heather contou-lhe o que havia acontecido no trem – como Gunnar Starling tinha extraído a força vital do corpo de Tag bem na frente dela –, e Mason não conseguiu sequer ficar surpresa. Seu pai era um louco. E um assassino. Seu irmão era doente e pervertido e repleto de uma escuridão insondável. E seu outro irmão a matara quando era pequeno. Seria alguma surpresa que fosse seu próprio destino destruir o mundo?

— Não é.

Ela olhou para Heather, tendo divagado por um instante dentro de seus próprios pensamentos sombrios.

— Desculpa?

— Eu disse "não é" – repetiu Heather.

— Não é o quê?

— O que quer que você ache que é seu destino fazer. Ou ser. Você não é definida por sua família. Ou por seu destino. Ou o que quer que seja. Qualquer outra coisa exceto você. – Heather bufou frustrada. – É tanta besteira, Starling. É... é... *marketing*. É o que eles querem que você pense.

— Ontem, eu teria acreditado em você de todo o coração, Heather. Mas ontem eu não era uma profecia ambulante. – Ela sacudiu a cabeça. – Neste exato momento, todo mundo tem a esperança de que Fenn seja só um cara que por acaso tem um nome lamentavelmente profético e que, por coincidência... ou, sabe, graças a esta idiota aqui... também é um lobo.

As sobrancelhas de Heather se franziram.

— E não é esse o caso?

— Neste momento ele está num túnel por baixo da escola. Tendo uma conversinha de pai para filho... com Loki.

— Ah, merda.

— Tudo isso é culpa minha — gemeu Mason. — Fennrys *não era* Fenris até que o transformei nisso.

— Então destransforme.

— Como?

— Encontre um jeito.

Mason lançou-lhe um olhar.

— Eu *sei* de um jeito. Deixar Roth matar Fennrys antes que Fennrys mate meu pai numa batalha épica no fim do mundo.

— Tá... não. — Heather sacudiu a cabeça. — Encontre outro jeito.

— Era sobre isso que eu queria falar com você. Longe de Cal e dos outros.

Mason enfiou a mão no bolso do *jeans*.

— Escuta. Aquilo que você fez na Plaza foi muito corajoso. Eu não queria que você tivesse que andar por aí sem aquele tipo de proteção, e então fiz uma busca no quarto de Rory e encontrei isto.

Ela tirou do bolso a bolota de carvalho dourada e reluzente e a estendeu.

— Imaginei que ele teria deixado uma delas escondida no quarto dele, por via das dúvidas. Roth vai saber o que entalhar nela para que funcione. Toby também deve saber, mas ele irá comigo. Preciso dele.

— E aonde você vai?

— Vou pegar Fennrys e vamos partir. Tenho que mantê-lo a salvo, mas também temos que encontrar... algo. Ainda não sei o que é, mas pode ser a chave para impedir tudo isso. Para, quem sabe, como você disse, encontrar outro jeito. Um que não termine com Fennrys morto.

— E você não vai contar aos outros?

Mason sacudiu a cabeça.

— Só a você.

— Então tudo bem. Acho que vou ficar com o Homem do Fundo do Mar até que tudo isto se resolva.

O olhar dela vagueou pelo corredor vazio.

— Ah, Heather... — Mason suspirou. — Porque está fazendo isso com você mesma? Você sabe que pode simplesmente se afastar dele.

Heather ergueu uma sobrancelha.

— Você já esqueceu o que lhe contei sobre amor?

Mason fez um muxoxo, recordando-se.

— Você não é uma boboca babona.

— Quase isso.

Heather encolheu os ombros.

— Só que tem muito mais coisa. Olha, Starling... Eu vi o jeito como a Rainha D olhou para o filho querido quando rolou aquele lance do semideus com tridente e olhos faiscantes e ele furou seu namorado. Eu *conheço* aquele olhar. A mãe de Cal pode achar que o filho é uma espécie de aberração híbrida antinatural, mas ela é esperta o suficiente para saber que ele é uma aberração híbrida antinatural *poderosa*. E os escrúpulos de Daria, supondo que ela tenha algum, para começar, não duram muito quando há algum poder que ela possa usar para seus próprios fins.

— Uau — murmurou Mason, pensando em seu pai.

— É — suspirou Heather. — Não sei se ela odeia Cal ou se o ama até a morte. Mas sei que vai usá-lo, se puder. Não sei como, e não sei se posso fazer algo para impedir que isso aconteça, mas sei que tenho que tentar. Você entende, não é?

— Mais do que ninguém.

Mason ergueu o olhar para o rosto de Heather.

— Alguma vez você imaginou que o ensino médio podia ser tão complicado assim?

— Imaginei... só que não complicado *deste* jeito. — Heather riu. — Eu pensava, sabe, que ia ter que me preocupar com a pressão dos pares, e com o consumo de bebidas alcoólicas por menores de idade, e ser reprovada por passar tempo demais fazendo compras ou por não ser inteligente o bastante.

— É. Uns dias atrás eu achava que ser desclassificada nas eliminató-rias nacionais seria o fim do mundo — disse Mason. — Questão de pers-pectiva, hein?

— É. Uma droga.

— Eu também achava que você me odiava, não faz muito tempo — disse Mason, querendo tirar aquilo de seu peito, caso não tivesse outra oportunidade.

Heather olhou para ela e sorriu.

— Eu sei. Eu tentei.

O sorriso se desfez.

— Tenha cuidado, está bem, Starling?

— É. Você também, Palmerston.

Ela se esforçou para que o sorriso voltasse a seu rosto.

— Ei, eu tenho uma runa dourada! Além do mais, sabe, estou armada...

— O quê?

A bolsa de Heather estava nos pés da cama de Cal. Ela a pegou e abriu, para que Mason pudesse olhar lá dentro. Havia algo brilhante aco-modado ali, além do celular e do estojo de maquiagem. Mason olhou mais de perto para uma coisa que parecia uma pistola com... asas.

— Isso é um filhote de *balestra*?

— É.

Mason ergueu uma sobrancelha.

— Onde você conseguiu uma balestra?

— Hã... acho que um deus me deu.

Mason olhou para Heather e esperou. Esse tipo de conversa estava se tornando perturbadoramente frequente entre as duas garotas. Heather contou-lhe de forma sucinta sobre seu encontro com o jovem que disse chamar-se Valen, no trem de volta para Manhattan, na noite em que Mason sumira pela ponte do arco-íris.

— Uau. Quer dizer, acho que, de certa forma bizarra, faz sentido. — Mason encolheu os ombros depois que Heather terminou de contar. — Sei que a maioria deles desapareceu, mas alguns deuses, como Rafe, nunca saíram deste mundo.

— É mesmo? — Heather olhou para ela de rabo de olho. — Talvez eu esteja apenas ficando cínica, mas parece engraçado pensar que o Cupido seja um desses.

— Rá! — riu Mason. — É. Como é aquela música antiga? *What The World Needs Now Is Love, sweet love* [O que o mundo precisa agora é amor, doce amor]...

— E lá estava ele, usando óculos escuros e jaqueta de couro, e andando de metrô tarde da noite.

Ela sacudiu a cabeça relembrando.

— Ele era *tão* gato...

— Teria sido meio frustrante se não fosse — disse Mason. — O que você acha que ele quis dizer quando disse que vinha tentando te encontrar?

— Eu não sei. Não *quero* saber.

Heather ergueu a mão, impedindo que a discussão sobre aquele assunto fosse adiante.

— E, de qualquer modo, acho que isso agora vai ter que esperar até que o mundo acabe. Ou não.

Ela fechou a bolsa e deu palmadinhas nela, como para se certificar de que a pequena arma não havia desaparecido.

— Flechas do cupido.

Mason sacudiu a cabeça assombrada.

— Acho que é melhor você ter muito cuidado com isso.

— Foi o que Gwen disse.

Mason estremeceu com o som do nome dela.

— Não posso acreditar que ela...

— Sim. — Heather ergueu a mão de novo. — Não vamos falar disso agora, certo?

— Certo.

De repente, Mason apertou-a num forte abraço.

— Obrigada por ser minha amiga, Heather.

— Tá, tá. Não fique toda sentimental desse jeito, Starling.

Heather revirou os olhos, mas não havia nenhuma agressividade em seu tom. Ela se manteve num silêncio incômodo, como se procurasse algo para dizer que não fosse meloso. Mas então sua expressão mudou, e ela perguntou:

— Ei, você tem celular?

— Hã... — Mason tirou do bolso de trás o aparelho que ela havia pegado na mesa de Rory e o mostrou. — Tenho. Não faço ideia de onde foi parar o meu, mas peguei o de Rory no quarto dele. Sei lá por quê, já que não vai ser útil.

Ela apertou o botão de ligar e a tela da senha de quatro dígitos apareceu.

— Está bloqueado.

— Hum — disse Heather, franzindo as sobrancelhas enquanto tirava o aparelho da mão de Mason. — Vamos ver... Ele não é esperto o suficiente para ser sutil.

Com a língua de fora no canto da boca, ela tentou algumas combinações que imaginou que alguém como o irmão de Mason, com delírios de divindade, usaria.

— O.D.I.N... — Nada. — T.H.O.R... — Ainda nada. — L.O.K.I...?

— Tenta R.U.N.A. — sugeriu Mason.

— Nada. — Heather sacudiu a cabeça. — Saco!

A tela do telefone educadamente informou que a próxima tentativa seria a última, e que então o telefone ficaria bloqueado permanentemente.

Mason estendeu a mão e disse:

— Espere aí. Estamos fazendo tudo errado. Estamos falando de *Rory*, caramba. Qual a coisa mais importante do mundo dele?

Heather esperou, olhando por cima do ombro de Mason enquanto ela digitava com cuidado as letras R... O... R... Y..., e a tela de *home* se iluminou.

— Uau. — Heather piscou os olhos. — O mundo realmente gira ao redor dele, não?

— Do ponto de vista dele, sim — bufou Mason. — Eu devia ter sabido. Aquele verme egocêntrico.

— Aqui. — Heather pegou o aparelho e programou seu número nele. — Agora podemos ficar em contato. Só me faz um favor: se estiver parecendo que podemos perder, e houver alguma chance de que ele pegue o celular dele de volta, delete meu número. Não estou a fim de receber ligações noturnas de bêbado pós-apocalíptico vindas do seu irmão sinistro.

Mason riu.

— Vai lá. Vou descer e enrolar Cal e os outros o máximo que puder, para vocês poderem sair sem ninguém notar. Mantenha-me informada, certo?

— Certo.

— E tente não fazer nada que seja absurdamente idiota.

— Vou tentar — disse Mason.

Mas não prometeu, sabendo que dificilmente cumpriria uma promessa dessas.

XVIII

oki havia partido quando Mason finalmente voltou às cavernas. Mas Fennrys estava sentado no banco de pedra que Gwen usara como cama, de olhos fechados, e um sorriso curvava-lhe os cantos da boca. Mason aproximou-se em silêncio e inclinou-se para beijá-lo.

Ele correspondeu ao beijo, lenta e deliciosamente, e disse:

— Ainda posso sentir o cheiro dos raios do sol em seu cabelo. Mais um ponto para a técnica do porto seguro.

— É. Exceto que o fator "sem camisa" não se manteve. — Mason sorriu para ele.

— E não estou encharcado.

Ele abriu os olhos e seu olhar estava plácido. Tranquilo. Talvez apenas um *pouquinho* pendendo para o desejo ardente, e Mason sentiu seu coração acelerar em resposta. De repente ficou muito quente ali na caverna.

— Você achou Toby? — ela perguntou.

— Achei. Fui lá para cima depois que a visão se dissipou e encontrei-o arrastando um aluno para o salão de jantar. Ele disse que viria nos encontrar aqui quando pudesse sair sem ser percebido. Então... qual é a sua ideia?

Ele a puxou para si, de modo que ela teve que apoiar um joelho no banco para se equilibrar, ou correr o risco de desabar por cima dele.

— Vamos dar uma voltinha — respondeu Mason, sentindo o rosto ficar ainda mais quente com a expressão que cruzou o rosto de Fennrys. — De trem.

O sorriso dele era lânguido.

— Porque isso funcionou muito bem da última vez — disse.

— *Dentro* do trem, e não *sobre* o teto do trem, e indo para *outra* direção. — Ela inclinou a cabeça. — Se bem que, por mais estranho que pareça, nosso destino é Valhalla.

— Sério?

— A que fica em Westchester — ela explicou. — Um vilarejo pitoresco de pouco mais de 3 mil pessoas, nenhuma das quais sabe que o Ragnarök está a ponto de surgir no horizonte, e, com sorte, ninguém nunca saberá.

— O bom e velho lar da família, hein?

— Tem que ser.

Tem que ser mesmo, ela pensou meio desesperada. *É a única pista que temos.*

— Bom, é um chute e tanto, e talvez seja só uma suposição otimista. — Fenn ergueu um ombro. — Mas é tudo o que temos. E, antes de me empurrar encosta abaixo, minha mãe disse algo sobre viajar em grande estilo, e acho que um trem particular se encaixa bem. A única questão é: seu pai não deixou o brinquedinho dele do outro lado da ponte arrebentada de Hell Gate?

— Deixou, sim. Mas... um enigma para você: quando um trem não é um trem?

Fennrys olhou-a torto:

— Esse é um daqueles enigmas cerebrais vitorianos? Porque sempre fui péssimo com eles. Mesmo quando eu *era* um vitoriano.

Mason piscou os olhos por um instante. Era fácil esquecer-se de que ele era vários séculos mais velho que ela. *Ainda bem que ele não age de acordo com a idade que tem*, pensou. Ela lhe sorriu e correu um dedo ao longo do nariz dele.

— A resposta é: quando sou uma Valquíria com superpoderes incríveis e o motor do trem é um cavalo de oito patas — ela disse.

— Isso faz ainda menos sentido do que Lewis Carroll — resmungou Fennrys.

Mas ele não parecia se importar. Ele moveu a cabeça para poder beijar Mason. Ela de repente teve dificuldade para se lembrar do que devia estar fazendo ali na caverna com ele.

Certo. Salvar o Lobo. Salvar o mundo. Vamos fazer isso. Primeiro.

Ela se afastou do banco e respirou fundo.

— Foco.

— Certo.

Ele assentiu; seu olhar azul faiscava perigosamente.

— Cavalo. Trem.

— Sim — ela disse, com seriedade.

— Como?

— Acabo de me lembrar de algo que vi quando estava no trem. Quando ele estava cruzando a Hell Gate. Achei que estava tendo um delírio, mas agora não tenho tanta certeza. Agora acho que o que vi era parte de todo esse lance de Valquíria. Tipo como a charrete no Central Park. Acho que posso fazer isso.

Mason foi lentamente até a entrada do túnel e passou as mãos por cima dos entalhes complexos e retorcidos que formavam uma larga faixa em volta da abertura. Os desenhos eram parecidos com os padrões no medalhão de Fennrys e os entalhes na lança de Odin, e ela agora reconhecia o que eram, com uma espécie de familiaridade entranhada nos ossos. Padrões de nós nórdicos, entalhados com amuletos e símbolos sutis, carregados com uma espécie de magia toda própria. Havia maldições e avisos e encantamentos entrelaçados nos pictogramas e, com seus olhos de Valquíria, Mason os decifrou só de olhar. Um deles — a imagem de um animal fabuloso, com uma aparente superabundância de patas enroscadas umas nas outras – mostrou a ela os usos desse túnel em particular. Ela sabia o que ele era, o que abrigava e aonde ia.

Era um covil, e era um túnel de trem. E, uma vez invocado, seu ocupante a carregaria para longe do caos da cidade. Ele a levaria para casa. Ela entrou no túnel, e sua mão moveu-se para pousar de leve no cabo da lança enfeitiçada que usava como uma espada.

– Tem certeza de que é uma boa ideia? – a voz de Fennrys murmurou de repente na orelha dela, sobressaltando-a.

Ela não o ouvira chegar por trás, mas agora podia sentir o calor que emanava dele como a luz do sol entrando por uma janela, banhando seus ombros e suas costas. Ela queria fundir-se com aquela sensação.

– Quero dizer... – ele prosseguiu. – Achei que você tinha que manter sua Valquíria guardada.

– Em batalha, sim – ela disse. – Não estamos lutando com ninguém, estamos?

– Só com nós mesmos.

Ela se virou para olhá-lo e viu que os olhos dele estavam fixos nela, ferozes e flamejando com uma fria luz azul.

– Esta não é...

– Não é uma boa hora?

Ele deu um sorriso. Um sorriso de lobo.

Mason ouviu-se rindo, um som grave, rouco.

– Provavelmente não.

– Vou me comportar. Prometo.

Ele ergueu as mãos e recuou alguns passos.

– Faça seu vodu. O que quer que ele seja.

– Tá legal. Tá legal...

Os dedos de Mason torceram-se espasmodicamente e sua mão foi até a espada de novo.

– Lá vai...

Ela sacou a arma. Uma luz rubra desabrochou no túnel como um pôr de sol, e Mason sentiu o roçar de asas de corvo em seu rosto.

O sussurro pesado de sua veste de cota de malha uma vez mais pendeu de seus ombros, e ela sentiu o elmo sólido acomodar-se em sua cabeça. Ela ergueu a lança e chamou:

— Sleipnir.

Quando era criança, Mason ouvia as histórias que o pai contava sobre a fabulosa montaria de Odin — o cavalo de batalha negro como carvão, de oito patas, chamado Sleipnir — e tentava formar na cabeça a imagem mental de um cavalo com o dobro do número normal de membros. Nunca conseguiu muito bem, no entanto. Em sua mente, a criatura sempre terminava parecendo desajeitada e sem elegância. Meio patética, na verdade.

A realidade da coisa — e Sleipnir, ela havia descoberto, era muito real — ia muito além de seus pobres esforços de imaginação. O cavalo, quando apareceu, assemelhava-se a uma montaria normal da mesma forma que um lobo se assemelhava a um chihuahua, e era absolutamente magnífico. Para começar, era imenso. Muito maior do que um Clydesdale. Mason poderia ter ficado na ponta dos pés e se esticado o máximo que podia, e seus dedos ainda estariam a quilômetros de distância do ombro do animal. Tinha basicamente o tamanho de uma locomotiva de trem, que era exatamente a aparência que Mason vira Sleipnir usar ao encontrá-lo pela primeira vez — quando Rory a sequestrara no trem particular de seu pai. Como a lança que portava, ou a aparência de Valquíria que usava, como a transformação de seu pai no deus Odin e de sua mãe em Hel, ou Fennrys como o lobo Fenris, a criatura mítica que se postava orgulhosa diante de Mason, ocupando a maior parte do amplo túnel, era uma manifestação de poder. E não parecia nem um pouco patética com suas oito patas.

— Caramba... — Mason ouviu Fennrys murmurar atrás de si.

Ela também ouviu passadas cautelosas de botas de combate se aproximando pelo túnel.

— Toby está vindo — ela disse baixinho, sem tirar os olhos da criatura magnífica. — Diga a ele que nosso transporte está aqui.

— Posso ver isso por mim mesmo, Mase — disse Toby, no tom mais parecido com assombro que Mason já ouvira em sua voz.

Sleipnir virou a cabeçorra e bufou — uma nuvem de fumaça e fagulhas despejada por suas narinas dilatadas, como o hálito de um dragão —, e Mason viu a si mesma refletida na superfície negra do enorme olho da criatura.

— Calma, garoto — ela disse.

Se Mason fosse apenas Mason, estaria aterrorizada. Mas ela era uma Valquíria e havia invocado o fabuloso garanhão de Odin. Ele obedeceria a seu comando.

— Calma...

O cavalo monstruoso baixou a cabeça e permitiu que Mason o afagasse entre os olhos. O belo veludo negro de sua pelagem refulgia na luz mortiça.

— Preciso que você leve a mim e a meus amigos até Valhalla — pediu Mason, com educação. — Quer dizer, a que fica em Westchester. Pode fazer isso?

Ele bufou de novo e bateu no chão uma vez com um casco que tinha a metade do tamanho de um carro compacto, erguendo uma grande nuvem de poeira vermelha que encheu o túnel. Quando a poeira assentou, o cavalo de oito patas havia sumido, e uma locomotiva de oito rodas apareceu, instalada em trilhos prateados e engatada aos vagões elegantes do trem particular de Gunnar Starling. *Primeiro a charrete no Central Park*, agora isto, pensou Mason. Pelo visto, as Valquírias viajavam em grande estilo.

Talvez eu nem peça um carro de presente quando eu fizer 18 anos, pensou ela, irônica. E depois pensou: *Se eu conseguir viver até lá...*

Mason virou-se e viu Toby e Fennrys parados na entrada do túnel, de queixo caído. Estavam obviamente impressionados com o espetáculo da transformação de Sleipnir, e com sua capacidade de invocar o grande animal. Quando ela deu um passo na direção deles, ambos recuaram meio passo. Aquilo a deixou um pouco triste, mas ela ignorou o sentimento e foi até Toby e, acenando para o cavalo monstro transformado em locomotiva, disse:

— Você sabe conduzir essa coisa, não é?

De sua parte, Toby recuperou rapidamente a compostura. Ele olhou o trem com desprazer de forma rude.

— Se você quer saber se posso conduzir um *trem*, então sim. Gunnar podia ter me contado que eu ia trabalhar dentro da barriga de um cavalo gigante quando me contratou para manejar esse maldito trem dele, sabe?

Por baixo do bigode, seu lábio se curvou em um muxoxo.

— É desagradável. Eu teria pedido um aumento.

— Você sabe que não é bem assim que funciona, certo?

Mason sorriu diante da expressão no rosto do mestre de esgrima.

— E o trem só é Sleipnir porque cruzou a ponte Bifrost e assumiu o *poder* de Sleipnir. Pelo menos acho que é isso. Estou certa?

— Com certeza, Mase.

Toby deu-lhe uma palmadinha no ombro e adiantou-se, passando por ela.

— Mas, mentalmente, ainda estou me acostumando com as entranhas de cavalo.

— Você é uma alma corajosa, Tobe.

— Sim, sim. Montem no cavalo. — Ele fez uma careta. — É uma forma de expressão.

Dizendo isso, ele subiu ao primeiro degrau da escada negra reluzente que levava ao compartimento da locomotiva. Mason pensou talvez ter ouvido um relincho abafado, mas decidiu, pelo bem de sua sanidade mental, que tinha sido só sua imaginação.

Por dentro, o vagão opulento era exatamente como ela se lembrava. Cheirava a couro e tinha um leve toque dos charutos caros do pai, e ela sentiu uma pontada de saudades. Ela sentia tanto a falta dele... Ela percebia que havia venerado Gunnar Starling. Tanto quanto Rory havia, a seu modo distorcido. Tanto quanto Roth havia.

E agora? Ela sabia que o conflito que se aproximava não era daqueles em que não há perdedores. De uma forma ou de outra, o clã Starling seria destruído. E apesar de Mason estar determinada a ser quem iria emergir do outro lado como vencedora, isso a deixava tremendamente triste. O que era estranho, pois o pensamento da batalha iminente *também* a fazia desejar arrancar a cabeça de seu irmão e de seu pai e pendurá-las na sela enquanto cavalgava sua montaria de Valquíria em meio à fumaça e ao fogo por cima do campo de batalha...

Tá legal, espere aí. Menos com a sede de sangue, pode ser?

Do outro lado do vagão, Fennrys encarava-a com expressão tão intensa que ela não sabia dizer se ele queria atirá-la ao chão e rasgar-lhe a garganta... ou atirá-la ao chão e arrancar-lhe a roupa. Naquele momento, ela não tinha certeza do que teria preferido. Ele sorriu para ela e os olhos dele faiscaram com fogo frio. O coração de Mason batia tão forte no peito que ela tinha certeza de que os outros podiam ouvi-lo. Ela se perguntou se haveria alguma água no refrigerador do bar. Talvez ela precisasse despejar uma garrafa em sua própria cabeça, caso não conseguisse se controlar.

— Então, eu queria saber... — A voz grave de Rafe de repente invadiu seus pensamentos caóticos e inflamados. — O que você vai fazer quando chegar à propriedade de seu pai, Mason?

Mason ergueu os olhos, assustada em ver a porta do vagão aberta e Rafe apoiado no batente. O efeito da presença repentina dele, e da expressão sombria de seu rosto, sobre o desejo furioso de Mason por Fennrys foi o mesmo de um banho de água gelada. O antigo deus egípcio dos mortos adiantou-se e a porta deslizou, fechando-se a suas costas, enquanto ele percorria o luxuoso tapete persa, com seu olhar escuro varrendo o interior do vagão opulento.

— Viajando em grande estilo, crianças? — disse ele, irônico. — Eu aprovo.

Mason e Fennrys trocaram um olhar. Exatamente como crianças, assim como Rafe acabara de chamá-los — crianças que tinham sido pegas fazendo algo proibido e perigoso, e culpadas de algo muito pior do que enfiar a mão no jarro de biscoitos.

— Então... — Rafe continuou, passando a mão casualmente pela superfície de carvalho do bar.

Ele se virou, apoiou-se em um cotovelo e dirigiu-se a Fennrys:

— Qual a sensação de ser um de nós?

Fenn lançou um olhar a Mason.

— Você quer dizer um membro da matilha? — perguntou.

Rafe sorriu e sacudiu a cabeça, seus *dreads* balançavam suavemente.

— Não, Fennrys, o Lobo. Quero dizer, qual a sensação de ser um *deus?*

— Não sou um deus!

Fenn o encarou, claramente sem disposição para ser alvo de brincadeiras.

— Sou um monstro.

Rafe encolheu-se.

— Essa foi rude.

— Não foram essas suas próprias palavras?

— É, acho que foram.

O antigo deus suspirou.

— E acho que você está certo. Meio certo, de qualquer forma. Sou velho e esperto o suficiente para perceber quando estou enganado. E eu estava bem enganado a seu respeito.

— Não entendi.

— Apesar de tudo, acho que nunca pensei que, *de fato*, você o tinha dentro de si.

Os olhos escuros de Rafe se estreitaram enquanto ele olhava para Fennrys.

— O Lobo, eu quero dizer. Achei que você ainda podia se safar... Que haveria algum tipo de mal-entendido e realmente fosse só um nome.

— O que exatamente você está dizendo, Rafe? — Mason perguntou baixinho.

— Estou dizendo que, o tempo todo, achei que *eu* era o cara legal, ajudando o coitadinho. Sinto muito por isso.

— Sente por quê? — perguntou Fenn.

— Eu lhe peço desculpas. Deveria ter tido mais respeito por você.

Ele foi até uma poltrona giratória de couro e sentou-se como se ela fosse um trono, mas da forma como um rei faria se não ligasse para o fato de aquilo ser um trono.

— Não sou seu criador, Fennrys. Sou seu irmão.

O olhar brilhante dele desviou-se.

— Assim como sou seu irmão também, Mason. Somos deuses entre os mortais. E não me importa o que Daria Aristarchos e sua turma pensem, *nós* existimos para servir *a eles*, não o contrário. E tenho orgulho de estar ao lado de vocês para salvar o reino deles.

Mason sentiu o queixo cair de espanto. Não esperava por *aquilo*.

— Outra coisa...

Ele sorriu para ela, exibindo as pontas de seus dentes brancos e afiados.

— Quando tudo isto terminar, vocês ainda me devem, e muito.

Certo. Era mais *isto* o que ela esperava. O círculo do olhar dele ameaçou engoli-la toda e Mason de repente entendeu como era jogar pelas regras de uma divindade.

— Quanto tempo leva para chegar até onde nós estamos indo? — perguntou Rafe.

— Nós? — indagou Fenn, desconfiado.

Parecia a Mason que ele ainda esperava que o outro pé do sapato caísse. Sempre um lobo solitário, ele não estava acostumado a que acreditassem nele. Sobretudo mais de uma pessoa por vez.

Rafe riu.

— Vocês não acham que vou mesmo deixar vocês dois saírem por aí sozinhos para tentar salvar o mundo, não é?

— Como você sabe que é o que estamos fazendo? — Mason perguntou desconfiada.

— Por favor, querida menina.

Rafe curvou uma sobrancelha para ela.

— Eu não nasci ontem.

Isso era bem verdade.

— Eu não *morri* ontem — disse Fennrys, a voz tornando-se um rosnado grave.

Ele se sentou mais para a frente no banco revestido de couro, parecendo estar a ponto de lançar-se através do vagão e atacar Rafe. Mason calculou que aquilo terminaria mal e colocou-se entre ambos.

— Você não vai tentar nos impedir, não é? — ela perguntou ao deus.

— Depende. Vocês estão fugindo?

— Não. Estamos indo em busca de algo.

— O quê?

— Ajuda. Esperança. — Ela encolheu os ombros. — Hel.

— Sua mãe?

— Desta vez, a verdadeira.

Rafe esperou em silêncio por uma explicação, enquanto Mason trocava um olhar com Fennrys, pedindo permissão para contar a Rafe todo o lance das visões. Depois de um instante, Fenn soltou a respiração num suspiro e recostou-se, acenando para que ela fosse em frente. Ela contou a Rafe a maior parte do que ambos tinham vivenciado — tirando os beijos —, e o deus antigo escutou com atenção.

— Acho que Heimdall a mantém prisioneira em algum lugar — disse Mason. — E tem que haver um motivo para isso, eu imagino. De todos os Aesir, ele era o que mais desejava o Ragnarök, certo?

— Bem pensado.

Rafe inclinou a cabeça de lado, ponderando sobre a lógica de Mason.

— Odin aceitava o Ragnarök como inevitável e necessário, mas não tenho certeza de que, tendo em vista o que ele imaginava como opção, tivesse escolhido esse caminho. Para começar, ele não teria simplesmente desaparecido se esse fosse o caso. É preciso ser muito maluco para se aguentar por tanto tempo só para poder causar o fim de tudo. Heimdall e Loki são as únicas personificações originais dos Aesir que restam. E, segundo as profecias, estão destinados a acabar um com o outro. Dois lados da mesma moeda.

— Certo. É nisso que estamos pensando.

Mason relanceou os olhos para Fennrys, que assentiu.

— Assim, se Heimdall acha que minha mãe... se ele acha que Hel seria algum empecilho para que ele dê início ao Ragnarök, então encontrá-la só pode nos ajudar, certo?

— Pode ser.

Era evidente que Rafe não estava totalmente convencido disso. Mas também era evidente que queria desesperadamente convencer-se. Quase tanto quanto Mason e Fennrys.

— Ela me disse para encontrá-la, Rafe.

Mason sustentou o olhar dele, escuro e firme, com o seu próprio olhar.

— Eu de fato acredito que ela pode nos ajudar. Ajudar a *todos* nós. Acho que juntos podemos colocar um ponto final nesta confusão toda.

Rafe não disse nada para contradizê-la e, depois de um longo instante, seu silêncio deu a eles uma espécie de resposta. O vagão estremeceu quando Toby pôs o trem em movimento. Rumavam para Valhalla, e era tarde demais para Rafe abandonar a viagem.

O trem seguiu em silêncio por algum tempo, o som rítmico das rodas lembravam muito o golpear de oito cascos de cavalo. Depois de algum tempo, Fennrys ficou inquieto e cruzou as portas corrediças que levavam ao compartimento do motor, indo perguntar a Toby quanto tempo demoraria até chegarem a seu destino. No silêncio, Mason lembrou-se das folhas fotocopiadas que ela havia pegado no quarto de Rory, e que estavam em seu bolso. Tirou-as e leu tudo. Não demorou muito, mas a leitura lhe fez parecer que tivesse existido fora do tempo pelos minutos que durara. Ela ergueu os olhos da última página e descobriu que Rafe a olhava.

— Que foi, Mase? — perguntou ele, quando o silêncio dela se prolongou. — O que está te incomodando?

— Nada... — ela murmurou, presa em seus pensamentos emaranhados, abrindo em leque as páginas do diário do pai, olhando sem ver as palavras que ele escrevera tanto tempo antes. — Eu estava só... pensando.

— Sobre o quê?

— Você.

A boca dele ergueu-se num canto.

— O que sobre mim?

Mason encolheu os ombros, sem saber como abordar o assunto. Sua interação com o antigo deus da morte havia ficado desconfortável, para dizer o mínimo, desde que ela o convencera a transformar Fennrys. Mas tinha perguntas a fazer, tendo acabado de ler as divagações de Gunnar Starling sobre aquela noite já distante em Copenhagen, quando ele era jovem, estava entediado e entrou num clube onde encontrou seu destino, três estranhas mulheres apresentadas a ele pelo dono do clube, um personagem educado, elegante e com *dreadlocks*, que dizia chamar-se "Rafe".

– Sobre a noite em que você conheceu meu pai – disse Mason. – Da forma como ele escreve, é quase como se você estivesse esperando por ele. Esperando que ele cruzasse a porta para que pudesse apresentá-lo às Nornas.

– Verda, Skully e Weirdo – assentiu Rafe.

Seu olhar voltou-se para dentro enquanto ele recordava seus apelidos para as três criaturas das lendas nórdicas que haviam ido naquela noite a seu bar, vestidas como princesas góticas, para esperar pelo pai de Mason.

– Lembro-me daquela noite como se tivesse sido na semana passada.

Verdandi, Skuld e Urd... Mason lembrou-se dos nomes reais delas, que ouvira nas histórias. Elas sempre a haviam aterrorizado quando ela era criança. Como três aranhas negras, encolhidas e à espreita no centro de uma teia, esperando por uma presa indefesa. Como seu pai.

– Para mim parece como... – Mason franziu as sobrancelhas.

– Como o quê, Mason?

Os olhos dela se cravaram nos olhos dele.

– Como se você tivesse armado para cima dele.

– Ah. – Rafe assentiu com a cabeça, lentamente. – Posso entender como pareceria isso, sim... Mas não armei. Não sou precognitivo, Mason.

– Não sei o que é isso.

– Um vidente. Alguém que lê a sorte e o futuro. Como as Nornas fazem. Como Gwen Littlefield fazia. Eu sou só um deus muito velho. E quando você é tão velho como eu... e quando você pertence àquele clube em particular, que a cada ano, década e século tem menos e menos sócios... você começa a buscar a companhia de outros deuses. Ou eles começam a buscar a sua companhia. Aquelas damas, e eu uso esse termo de forma bem ampla no que diz respeito a elas, frequentavam meu estabelecimento fazia anos. Um deus dos mortos tende a atrair o tipo de indivíduo atrás do qual as Nornas sempre estão.

— Você quer dizer um indivíduo como meu pai.

Rafe assentiu de novo.

— Claro que Gunnar não foi o primeiro. E se de algum modo nós conseguirmos impedir que o Ragnarök aconteça, duvido muito que seja o último. Isso é o que as Nornas fazem.

— E a noite em que Fennrys e eu encontramos você no Central Park? Também não foi coincidência, não é? Você disse que estava esperando por ele.

— E estava.

Ele relanceou os olhos em direção à porta que dava para o compartimento do motor.

— Seu garoto já era conhecido na comunidade sobrenatural, graças à natureza bem dramática da partida dele do reino mortal. Íris, a adorável dama com belas asas com quem você se encontrou hoje, havia me mandado uma mensagem por meio de Fantasma... Você se lembra de Etienne, o falecido guarda Jano que era companheiro de Fennrys?... Quando ele disse que havia voltado... Que potencialmente ele era um perigo para a cidade, talvez para o mundo inteiro... e eu estava só tentando avaliar a situação. Eu gosto do reino mortal, lembra?

— Você jura que não armou para ele? — perguntou Mason, numa voz que era um sussurro.

— Você se refere a Fennrys ou a seu pai? Porque a resposta a ambos é um sonoro *não*.

Cruzando o vagão, ele se sentou ao lado dela, pegando-lhe a mão entre as suas e olhando-a nos olhos. Os dedos dele eram frios e fortes, e seu olhar escuro não vacilou enquanto ele disse:

— Juro pelas escalas incrustadas de sangue de Ammit. Sou um deus, Mason. Mesmo que seja um deus velho e abandonado. Não preciso mentir.

— Você não precisa fazer nada que não queira fazer — ela disse.

— Isso é verdade.

— Então por que você está aqui? Ajudando-nos?

— Porque às vezes, querida menina... — disse Rafe enquanto afastava uma mecha dos cabelos negros de Mason e a colocava atrás da orelha dela, com um sorriso suave — até um deus velho e descartado encontra algo em que acreditar.

XIX

Cal viu seus olhos verdes refletidos quando empurrou, irritado, as portas de vidro que davam para o salão de jantar. Não pôde deixar de notar que as cicatrizes na lateral de seu rosto destacavam-se, severas, em meio aos restos de seu bronzeado de verão, ainda mais com seu rosto vermelho de fúria.

— Mason e Fennrys se foram — disse para todos no aposento.

Ali estavam Roth, Daria, Heather e um punhado de alunos que se amontoavam o mais longe que o salão permitia daquele grupo ensanguentado e mal-ajambrado.

— O quê? — exclamou Daria, franzindo as sobrancelhas perfeitamente arqueadas.

— Toby também — completou Cal.

— Foram levados? Ou fugiram? — perguntou Roth.

— Como diabos eu vou saber? — retrucou Cal, fervendo de apreensão e com uma subcorrente de fúria irracional que ele mal podia crer que tinha.

Nunca na vida ele havia se sentido desse jeito, mas, no que dizia respeito a Mason, parecia que alguém controlava o vaivém de seus sentimentos, abrindo uma comporta mental e despejando emoção dentro dele para preencher um espaço vazio de que ele nem tinha conhecimento. Suas mãos cerravam-se em punhos dos lados do corpo enquanto ele lutava para impedir-se de manifestar seu poder.

— Como diabos eles saíram de Gosforth sem a gente perceber?

— Eles não podem ter ido muito longe – disse Daria. – O sistema de segurança teria nos alertado de qualquer quebra dos encantamentos de proteção ao redor da escola.

— Esses encantamentos incluem as catacumbas *por baixo* da escola? – perguntou Roth com uma voz tensa.

A mãe de Cal olhou para ele e o vinco entre suas sobrancelhas ficou ainda mais profundo.

— Eles se foram. – Roth sacudiu a cabeça.

— Para onde? – perguntou Heather em uma voz neutra e cuidadosa que significava que ela sabia algo que os demais não sabiam.

Cal conhecia aquele tom. Heather não ficara nem um pouco surpresa em ouvir que Mason e o Lobo haviam fugido. E Cal também sabia, pelo mesmo tom, que qualquer outra informação que ela tivesse, não estava a fim de compartilhar. Heather Palmerston era totalmente leal. A Mason, ao próprio Cal... era uma característica admirável, que podia significar a morte de todos.

Roth olhou para Heather e, em resposta à questão, encolheu o ombro bom.

— Nem uma pista.

— Mas quanto mais longe daqui, melhor, não é? – ela perguntou.

— Talvez. A verdade é que não sei. Não sei mais para onde tudo isto está indo, Heather. Sem Gwen, estou voando tão às cegas quanto o resto de vocês.

Cal viu que Roth ainda sentia muita dor, tanto física quanto emocional. Seu rosto atraente estava abatido e pálido, as olheiras estavam tão escuras que pareciam hematomas. Se Cal ainda tivesse espaço para qualquer emoção, teria sentido pena do irmão de Mason.

— Também não consigo achar aquele cara... Rafe – Cal disse.

— Acho que sei para onde foram — murmurou Daria. — Pelo menos acho que sei onde, no fim, eles vão acabar chegando.

— Claro que você sabe, Daria. — Roth riu sem nenhuma alegria. — Sabe, Daria, você poderia ter feito algo útil com o talento de Gwen ao longo dos anos, em vez de explorá-lo, recolhendo segredos, tramando. Agora ele foi jogado fora.

— Não é culpa dela — interveio Cal. — Ela estava tentando impedir *seu* pai e...

— Ah, cresce, Cal — zombou Heather, soando de repente como se estivesse profundamente cansada de tudo aquilo. — Pare de defendê-la só porque ela é sua mãe. Ela é tão responsável por tudo isso quanto o pai de Roth. Como também são todas as famílias fundadoras de Gosforth. Ninguém entre nossos pais é inocente. Garanto que minha mãe e meu pai também são cúmplices nesta confusão, mesmo que não estejam ativamente tentando criar o caos. Eles *sabem*. Todos eles sabem, há anos, que esta... situação estava sendo criada.

Ela acenou com a mão para Carrie Morgan e os outros alunos reunidos, e claramente nenhum deles fazia ideia do que ela estava falando.

Roth olhou para Heather com um brilho de respeito em seus olhos exaustos.

— Ela tem razão — ele disse. — Segredos... mentiras... tudo o que nós... *eu*... estivemos tentando fazer por meio de subterfúgios e intrigas e jogos... políticas sobrenaturais... nada disso funcionou.

— Claro que funcionou — disse Daria.

Ela sacudiu a cabeça bruscamente e afastou o cabelo do rosto.

— Funcionou por centenas de anos. Por causa desta Academia e dos acordos feitos entre seus fundadores. Todos nós mantivemos a paz. Até agora. Assim, como vê, eu na verdade entendo sua frustração.

— *Frustração?*

Heather estava visivelmente atônita com o tremendo eufemismo.

— Sabe, sempre pensei em você como se fosse minha filha — Daria prosseguiu, com um sorriso fino esticando-lhe os lábios. — Você e também Gwendolyn.

Cal sentiu seu queixo cair, demonstrando total incredulidade. Talvez sua mãe estivesse de fato *totalmente* pirada, ele pensou.

— Você só pode estar brincando — Heather murmurou.

— Acredite no que quiser. É verdade. — Daria deu de ombros. — Eu sempre tive a esperança de que uma de vocês, quem sabe até mesmo as duas, algum dia conseguisse atingir todo o seu potencial e talvez se juntasse a mim e a minha própria filha como sacerdotisa eleusina. Cheguei até a falar com seu pai sobre algo assim não faz muito tempo, Heather. Discutimos a possibilidade de preparar vocês, na verdade, mas ele ficou me enrolando. Claro, isso não será possível para Gwen agora...

— Graças a você — atalhou Roth, brusco.

— ... mas ainda tenho esperanças com você, Heather. Você é inteligente, e você é linda, mas é ingênua. Tem um poder que não está disposta a usar. E está mais do que disposta a posar de vítima. A princesa trágica. — Daria trespassou Heather com um olhar penetrante. — Normalmente eu não diria isso, mas você poderia aprender umas coisinhas com a garota Starling. Talvez, com o tempo, aprenda. Mas só se *houver* tempo.

Ela voltou-se para Roth:

— Preciso de meu compromisso de paz, que está no cofre na sala do diretor. E preciso que você me ajude a pegá-lo. O cofre tem uma fechadura mística que só pode ser aberta usando-se o sangue de dois ou mais membros de diferentes famílias fundadoras.

— Você quer ainda mais sangue dele? — retrucou Heather. — Você já não tirou o suficiente?

Daria revirou os olhos para ela.

— Eu não determino as regras da Magia. Dentro daquele cofre estão os artefatos que cada família entregou como reféns mútuos para que Gosforth guardasse quando a escola foi construída. As coisas deixadas por *meus* predecessores podem me fornecer os meios de formar um exército para lutar contra os *Einherjar*, se for necessário. Preciso deles, e então preciso que alguém me leve até o Upper East Side, enquanto as ruas da cidade ainda estão relativamente transitáveis. Rothgar, se sua irmã e o Lobo juntarem forças com seu pai... — ela ergueu a mão para interromper qualquer protesto indignado – ... por vontade própria ou não, então temos que estar preparados.

– Meu carro está em um estacionamento da Columbia, não muito longe daqui – disse Cal, sem hesitação. – Posso dirigir.

O olhar de Roth foi e voltou entre Cal e sua mãe. Então ele assentiu com um movimento tenso de cabeça e indicou as portas a ela, sem uma palavra. Por sua expressão, parecia a Cal que ele poderia arrancar a cabeça de Daria, talvez literalmente, se se permitisse dizer qualquer coisa referente ao que ela acabava de falar sobre Gwen. Cal não o culparia se ele fizesse isso.

*   *   *

Heather observou o irmão de Mason e a mãe de Cal se afastarem pelo corredor. Um exemplo perfeito de "inimigos cordiais" naquele momento, ela pensou. Depois que se foram, seu olhar vagueou pelos contornos familiares da elegante arquitetura gótica do lugar onde passara a maior parte de sua vida, e que só agora ela começava a enxergar com os olhos abertos de fato. Ela não aguentava mais estar ali. Era como se estivesse ficando sufocada. Os outros alunos a olhavam como se esperassem que dissesse que tudo ia ficar bem, e ela simplesmente não conseguia fazer isso. Em vez disso, girou nos calcanhares e saiu na direção da cozinha, abrindo caminho pelas portas de serviço e pegando um copo na prateleira. Ela o encheu de água da torneira, que tomou ávida, sedenta. Quando se virou, viu que Cal a seguira.

– Insanos – ela murmurou. – Todos eles. Nossos pais são *todos* completamente desequilibrados, e este lugar é um maldito hospício.

– Eles estavam tentando nos manter em segurança, Heather – argumentou Cal, baixinho. – E nós fomos idiotas. Devíamos ter ficado aqui em Gosforth e não devíamos ter nos metido.

– Do que você está falando?

Heather olhou para ele, completamente confusa.

— Estou falando daquilo que deu início a toda essa confusão. Se Mason não tivesse corrido atrás do Senhor Homem de Ação Durão depois daquela primeira noite, nenhum de nós estaria agora nesta posição. Ela saiu procurando encrenca.

Heather inclinou a cabeça e olhou-o sem poder acreditar.

— A encrenca veio atrás dela primeiro, Cal. Atrás de *todos* nós. Ou você já esqueceu?

— Claro que não esqueci! — disse Cal, furioso.

Quase pareceu que, ao dizer isso, ele estava de fato tentando acentuar as cicatrizes no rosto, que o haviam marcado naquele primeiro confronto aterrorizante.

— Mas ela devia ter ficado conosco.

— Você também se foi. Você foi para casa.

— Só porque ela havia ido embora antes. E eu não devia ter ido.

Não, realmente não devia, pensou Heather.

— Se tivéssemos todos simplesmente ficado juntos aqui, estaríamos bem, o que quer que acontecesse.

Em algum lugar na cidade lá fora, pelo som que vinha aparentemente da Broadway, Heather ouvia uma buzina de carro tocando sem parar. Provavelmente algum infeliz taxista nova-iorquino caído sobre o volante do carro, inconsciente ou morto. Soava como um grito patético de socorro, mas, enquanto ela escutava, o som parou. Talvez o motorista estivesse acordado.

Ela sacudiu a cabeça.

— Talvez, mas o resto das pessoas não estaria — disse.

Cal riu — um som áspero, amargo.

— E daí? Desde quando você se preocupa com o resto das pessoas? Quando foi que qualquer um de nós se preocupou?

— Você acha realmente que é muito melhor do que todo mundo lá fora... — ela apontou na direção das ruas cheias de corpos — e muito mais esperto do que todo mundo aqui dentro. Pois bem, olha só. Você não é nenhum tipo de ser superior...

— Sim, Heather, eu *sou* — ele interrompeu-a com brutalidade.

Ele abriu os braços bem abertos, e as torneiras duplas da pia da cozinha industrial de repente foram lançadas de seus suportes, e gêiseres duplos de água jorraram. Os dois jorros contorceram-se no ar como serpentes de mercúrio, saltando para as mãos estendidas de Cal, onde se encontraram e se enroscaram um ao redor do outro, tomando a forma do devastador tridente que ele havia conjurado antes. Aquilo havia acontecido tão rápido da primeira vez que Heather não soubera bem o que tinha visto. Mas agora, naquele instante, Heather pela primeira vez pôde ver com detalhes aquilo no que Cal havia de fato se transformado.

E era... magnífico.

Heather sempre havia amado os olhos de Cal. Aquele tom claro e cintilante de verde-mar, a forma como brilhavam quando ele sorria ou ria. E Cal costumava fazer as duas coisas com frequência. Mas agora não mais. Agora seus olhos brilhavam com outra coisa. Poder. Pequenos raios percorriam as bordas das lâminas do tridente, e o ar ao redor de Cal estava pesado e úmido, com um cheiro forte de maresia. O cabelo dourado-escuro estava todo para trás, e as linhas das faces e da testa pareciam ter sido esculpidas em mármore. A pele dele estava lisa, imaculada, salvo pela notável exceção das cicatrizes na lateral do rosto – que de algum modo o tornavam ainda mais atraente naquele momento. O material fino da camiseta que ele usava delineava e ressaltava seu físico musculoso de esgrimista. Ele parecia algum deus.

Ele é um deus. Ele de fato é...

Ela se lembrou da sensação que tivera no vagão de metrô, quando se encontrou com o estranho jovem que se apresentara como Valen. A forma como o ar parecia carregado na presença dele... Era a mesma coisa agora com Cal. E, francamente, se naquele momento Heather não estivesse tão aterrorizada com ele, estaria babando pelo canto da boca. Cal irradiava força e perigo e era incrivelmente *sexy*.

Tão diferente dele mesmo...

O pensamento arrancou Heather de seu choque momentâneo. Ela sacudiu a cabeça com tristeza e deu um passo na direção de Cal. Pousou a mão no tridente e sentiu a superfície lisa e fria da água sólida deslizar por baixo de seus dedos e afastou-a para um lado.

— Onde você está? — ela murmurou.

Ela estendeu a outra mão e tocou as cicatrizes no rosto dele. Ele estremeceu com a carícia, e Heather viu o verdadeiro Cal lampejar nos olhos dele.

— Aí está você... Calum.

Ele tentou se afastar dela, mas ela entrelaçou as duas mãos por trás da nuca dele e o manteve ali, ela própria surpresa com sua força.

— Cal, me escuta... — disse ela, com voz baixa, mas firme. — Vamos precisar de você. *Você*. Não este... outro alguém em quem você acha que precisa se transformar. Mason vai precisar de sua ajuda para poder escapar desta.

Ela não disse em voz alta que *ela própria* também precisaria.

Cal baixou os olhos para ela. Ele *realmente* a viu pela primeira vez em muito tempo e piscou os olhos rapidamente. O brilho feroz em seus olhos se apagou, inundado por uma camada de lágrimas que não rolaram. Por um instante, estiveram tão perto um do outro que Heather achou que ele fosse beijá-la. Ela ansiava por aquilo, mas não seria quem ia tomar a iniciativa. Em vez disso, ele apoiou sua testa na dela por um instante.

— Heather — disse tão baixinho que ela quase não ouviu. — Me ajude. Estou perdendo a mim mesmo.

— Não, não está — respondeu ela, num sussurro. — Sei onde encontrar você. Sempre sei.

Depois de um instante, ele se afastou dela de novo. Desta vez, ela deixou.

— Ela vai voltar logo — disse ele, relanceando o olhar na direção por onde a mãe havia ido. — E vou ter que ir com ela.

— Eu sei. E eu vou com vocês.

— Heather...

— Vai discutir comigo, Aristarchos?

— Eu ganharia?

— Não.

— Então... não.

A Maserati de Cal tinha uma beleza automobilística elegante e sublime. De um tom escuro de azul metálico, ela exibia na grade da frente o logo da venerável companhia, no qual, até aquele momento, Heather nunca prestara atenção.

Um arpão de três pontas. Um tridente.

— Coincidência? — ela murmurou para Roth, apontando o símbolo enquanto davam a volta ao redor do carro.

Ele olhou para a mãe de Cal, que se acomodava no banco do carona, na frente, e então ergueu uma sobrancelha para Heather.

— É... provavelmente nem tanto — ela disse.

Enquanto percorriam a cidade de carro, notaram que o movimento começava a aumentar. Atividade. As pessoas estavam começando a acordar. Levantavam gritando em pânico ou chorando em silêncio. Algumas se sentavam na calçada, outras vagavam como zumbis. Todo mundo se perguntando o que, afinal, havia acontecido.

Cal reduziu a velocidade para contornar um táxi amarelo virado de lado no meio do cruzamento da avenida Lexington com a rua 98 Leste. Numa condição normal — e Heather quase riu em voz alta ao formular desse modo o pensamento... *Normal? Sério?* —, Cal provavelmente teria atravessado o parque pela rua 96. Mas, no caminho até o carro, ele contara a Heather o que havia acontecido enquanto iam para Gosforth, quando ela ainda estava inconsciente. E, sim, ela concordava plenamente que, se havia qualquer chance de algum *draugr* ter sobrevivido no parque, seria melhor evitá-lo como a praga nesta tentativa de chegarem ao East River.

Com aquela sua arrogância suprema, tão irritante, Daria lhes dissera aonde tinham de ir — a ilha Wards —, mas não exatamente por quê. Heather perguntou-se o quanto das informações transmitidas por ela eram suposições e o quanto Gwen lhe contara sobre o que viria a ocorrer ao longo dos anos. Ela sentiu uma pontada de angústia ao pensar no corpo esguio da garota de cabelos roxos precipitando-se no vazio. Quando apareceu no quarto de Heather, procurando-a, Gwen contara ter *visto* o lugar aonde Daria havia levado Roth – que acabou por revelar-se o alto do Rockefeller Center –, mas disse que não o conhecia. Tudo o que Gwen sabia era que, em sua visão, ela havia sentido como se fosse "despencar pelo céu".

E de fato o fez.

Porque Heather lhe contara o que era aquele lugar e a levara lá.

Não vou pensar desse jeito. A morte de Gwen não foi culpa minha.

Não. Não foi. Foi culpa de Daria.

– Suponho que você tenha voltado a encontrar com seu pai recentemente – dizia Daria a Cal, com voz tensa e gélida, como uma corda de piano coberta de gelo.

– Por que você supõe isso? – perguntou Cal.

Ela deu uma risada amarga.

– Porque, na última vez que você e eu jantamos juntos, você não usou um garfo feito de água.

– Ele não me ensinou a fazer isso, sabe... – disse Cal, na defensiva. – Descobri sozinho.

– Uma vez ele me disse o que você era. Eu sabia.

Daria suspirou e emitiu um som que demonstrava cansaço.

– Eu sabia que um dia ele iria voltar e tentar tirar você de mim...

– Ele salvou minha vida! E não tentou me tirar de você.

As mãos de Cal apertaram o volante, transpirando frustração.

– Na verdade, foi *ele* que me disse para entrar de novo na cidade, para encontrar você. Mamãe... Você simplesmente não entende. Ele não parece ser um monstro...

– Isso é *exatamente* o que ele é, querido. Um monstro muito charmoso.

– E então eu sou o quê?

– A vítima do monstro. Assim como eu fui.

– Você realmente o detesta tanto assim?

— Cal, não finja que você sabe algo sobre essas coisas, na sua idade — Daria sibilou. — Você não sabe o que é o ódio. Está separado do amor por menos que a largura de um fio de cabelo, e eu também não acho que você saiba o que o amor é.

Heather se perguntou o que Roth, sentado em silêncio com olhar vazio ao lado dela, devia ter sentido em relação àquilo. Ela olhou preocupada para ele. Com o choque emocional e psíquico que havia tido, agravado pelo trauma físico do ferimento a machado no ombro, Heather desconfiava que teria sido melhor se o tivessem deixado em Gosforth. Não que ela achasse que haveria a mais remota possibilidade de Roth ter concordado com aquilo. Mas ele parecia estar quase a ponto de colapsar.

— Bem, monstro ou não, mamãe, sugiro que você mude para o modo charmoso — disse Cal. — Porque só chegaremos aonde temos que ir se o papai nos ajudar.

— O que...

— Liguei para ele antes de sairmos de Gosforth. Ele vai nos esperar no cais do *ferry* da rua 90 Leste com o iate dele.

Os nós dos dedos de sua mãe ficaram brancos enquanto as mãos dela se cerravam ao redor de uma sacola de seda fechada por cordões de puxar, que parecia amarela e frágil de tão velha. Ela vociferou baixinho uma fieira de palavras que pareciam grego. Também pareciam muito pouco educadas. Heather decidiu naquele instante que seria muito simpática com Douglas Muir quando o encontrasse. Qualquer um que tivesse o estômago de ficar casado com aquela górgona pelo tempo suficiente para que Cal nascesse devia ser algum tipo de santo ou um masoquista teimoso. De qualquer forma, ele merecia uma boa dose de compaixão.

— Por que não usamos a ponte de pedestres na rua 102 para chegar à ilha? — ela perguntou. — Por que precisamos de um barco?

— Porque a ponte de pedestres quase com certeza vai estar vigiada ou as autoridades terão erguido a seção central levadiça — disse Roth, baixinho. — A polícia e os militares provavelmente estão ficando malucos tentando imaginar que diabos está acontecendo por trás da muralha de névoa. E, embora não possam entrar em Manhattan, aposto qualquer coisa que não querem que nada *saia*.

— Exatamente — disse Cal. — Por causa disso, vamos ter que cronometrar nossa fuga da cidade com cuidado. Papai me disse que está usando alguns truques que tem na manga para manter o próprio iate escondido da Guarda Costeira e dos barcos de patrulha da polícia de Nova York que circulam pelo East River. Mas ainda assim temos que subir a bordo sem sermos vistos. Ainda não sei bem como.

Cal parou o carro o mais perto que pôde do cais do *ferry* sem chegar a penetrar na barreira de nevoeiro e desligou o motor. A Maserati estava parada no meio da rua, mas todos os outros carros também estavam, e Cal parecia não ligar. Eles saíram do carro e passaram por cima de uma barreira de trânsito baixa, indo rumo à borda do nevoeiro que se erguia entre eles e a água. Heather podia ver o cais. E podia ouvir as ondas batendo contra o que parecia ser o casco de um barco, mas não podia vê-lo.

Tudo o que tinham a fazer agora era esperar o momento certo, quando a muralha de Miasma ruísse, e correr para embarcar. O nevoeiro já parecia estar ficando ralo em alguns lugares, e Heather ouvia vozes chegando até eles vindas dos barcos na água. As autoridades também pareceram perceber a mudança, a julgar pela forma que as pessoas gritavam umas para as outras.

O risco de serem vistos — e detidos — era imenso.

— Espera.

Heather enfiou a mão no bolso e pegou a segunda bolota dourada que Mason lhe dera.

— Roth? Você pode usar isso de algum modo para nos ajudar?

Ele franziu as sobrancelhas ao ver o pequeno objeto dourado na mão dela.

— Onde é que você fica conseguindo essas coisas? — perguntou, achando graça.

— A fada das bolotas — disse Heather.

— Certo.

Ele pegou a bolota da mão dela e, depois de pensar por um instante, deu um sorrisinho. Com a ponta da faca, entalhou na superfície reluzente uma marca que parecia uma ampulheta deitada de lado.

— Esta é a runa do crepúsculo. Dá para usá-la para lançar um manto de obscuridade, tipo o *glamour* das fadas, que deve dar a você uma espécie de invisibilidade temporária.

— Legal — assentiu Heather. — E quanto ao resto de vocês?

— Bem. — Ele olhou para a mãe de Cal, e seu sorriso se transformou numa careta. — Acho que vamos ter que nos aconchegar a você e dar as mãos, e torcer pelo melhor.

Daria devolveu-lhe um olhar duro como pedra. Então se virou, com os olhos semicerrados e uma das mãos estendidas a sua frente. Heather imaginou que ela seria capaz de sentir quando o encantamento tivesse se dissipado o suficiente para permitir a eles adiantarem-se sem risco. Afinal de contas, aquele feitiço idiota era dela mesma...

— Agora.

Daria pegou Heather pelo pulso da mão que, bem cerrada, segurava a runa dourada. Os dedos da mulher eram fortes como aço, e ela se lançou para a frente, arrastando Heather consigo. A garota mal teve tempo de dar a mão para Roth, enquanto Cal a segurava pelo ombro que não conseguia ver, e juntos caminharam apressados, no maior silêncio possível, cruzando as portas do cais que se abriram estranhamente sozinhas. Passaram por pessoas ao acaso, que haviam sido pegas pela barreira de Miasma quando a maldição se manifestou, todas se contorcendo como peixes fora d'água, de olhos arregalados e ofegantes com os horrores que enfrentaram naquele pesadelo da barreira de neblina.

Heather engoliu o sabor ácido do medo que subiu por sua garganta ao ver aqueles nova-iorquinos que sofriam e continuou em frente, rumo a uma distorção faiscante que ondulava como uma miragem no ar e na água, ao fim do cais.

— Cuidado onde pisa...

Ouviu-se uma voz baixa e grave, vinda de algum ponto à frente deles, acima das águas.

— Não, Daria, a rampa está 15 centímetros para a esquerda. Cuidado agora...

Numa fileira de mãos dadas, como crianças de escola invisíveis, eles subiram pela rampa invisível até o iate invisível do semideus. Os contornos elegantes da embarcação branca reluzente foram ficando visíveis quando Heather subiu a bordo, e ela se viu de pé na superfície lisa do deque de madeira polida. Guardou no bolso a bolota, agora que o véu que obscurecia o iate em si – e seus ocupantes – os resguardava da vista de quaisquer patrulhas no rio.

À frente de Heather, Daria avançou um passo hesitante, rumo a um homem atraente – como uma versão mais velha de Cal – que os esperava numa cadeira de rodas.

— Douglas...? – a voz de Daria ficou presa em sua garganta.

Por um instante, Heather achou que a mãe de Cal fosse desmaiar. Ela viu o sangue abandonando o rosto de Daria, suas pupilas dilatadas enquanto ela baixava o olhar para o ex-marido, que lhe sorria de forma benevolente. Heather achou que ele estava se divertindo com a angústia da antiga esposa e olhou para Cal, percebendo muito bem, pela expressão em seu rosto, que ele deixara de propósito de mencionar à mãe o detalhe da cadeira de rodas.

Daria engoliu em seco, lutando para manter a compostura.

— O quê...

— Acidente de pescaria.

Heather pestanejou olhando para Douglas Muir, espantada com aquilo.

— Mas... você é um deus – ela disse. – Não é?

— Semideus, na verdade. Não somos tão "à prova de balas" quanto um olimpiano pleno. – Ele piscou para ela. – Somos suscetíveis a danos em circunstâncias extremas. Especialmente se o ferimento for causado por outro... agente sobrenatural, digamos.

Pelo canto do olho, Heather viu a mão de Cal mover-se até as cicatrizes em seu rosto, enquanto Douglas adiantava-se até ela em sua cadeira de rodas e estendia a mão.

— Você deve ser Heather. Bem-vinda a bordo.

— Hã, obrigada.

Ela apertou a mão dele. Era quente e forte.

— E você é Rothgar...

Os dois apertaram-se as mãos.

— Você parece com seu pai. Fico feliz em saber que não pensa como ele.

— Obrigado — respondeu Roth, seco. — Eu também.

— Quem fez isso com você? — Daria perguntou; seu olhar ainda estava preso ao cobertor que cobria as pernas de Douglas.

— Perses — ele respondeu.

Daria emanou um ruído de ira.

— Maldito seja você, Douglas...

— Ele é um *não* semideus — explicou ele a Heather, ignorando a exclamação da ex-esposa. — Um Titã muito velho, muito mal-humorado, que achava que podia aliviar seus séculos de tédio aterrorizando os habitantes das ilhas menores em um arquipélago mediterrâneo. Não vai mais fazer isso.

Douglas encolheu os ombros largos, como se descrevesse um trabalho bem-sucedido de controle de pragas.

— Infelizmente, ele conseguiu acertar uns bons golpes antes de morrer. Na água, sou o mesmo de sempre. Em terra, só preciso de um conjunto de rodas. Achei que foi um negócio justo. E suponho que o vilarejo do qual Perses já havia comido metade da população também tenha achado.

— Foi por *esse* tipo de coisa que larguei você.

O rosto de Daria contorceu-se em um muxoxo de desdém.

Douglas trespassou-a com um olhar penetrante, uma chispa de fúria brilhava em seus olhos verde-azulados.

— Você não me largou, Daria. Você me extraiu cirurgicamente de sua vida. E da vida de Cal.

As mãos dele apertaram os braços da cadeira, e Heather notou que havia membranas muito finas nos espaços entre os dedos dele. Não eram muito grandes — chegavam apenas à metade da distância até o primeiro nó de cada dedo, e ela duvidava que sequer as tivesse notado se não soubesse quem, ou o quê, ele era.

— Precisei encontrar algo útil em que empregar meu tempo enquanto estava ocupado *não* criando meu filho.

— Eu o afastei de você porque não queria que ele terminasse como você.

— O quê? Livre? — retrucou Douglas, irritado. — Você preferiria que ele passasse sua existência como um servo dos deuses do que como um deus?

— Eu preferiria que ele passasse sua existência como um humano. Não como algum híbrido aberrante.

— Ei! — Cal revirou os olhos. — Eu estou bem *aqui*!

Daria desdenhou de seu protesto com um aceno de mão, como sempre.

— Não é sua culpa, Calum.

— Ela está certa. É minha.

Havia mágoa e dureza nos olhos do pai de Cal quando ele olhou para a ex-mulher.

— Bobagem minha achar que uma coisinha como o amor seria mais importante do que uns pedaços aleatórios e faiscantes de DNA.

— Pode brincar com isso o quanto quiser — revidou Daria. — É esse tipo de pensamento que nos trouxe a este ponto. Pergunte a Yelena... Ah, espere, não... Você não pode, porque ela está *morta*. Tudo porque Gunnar Starling queria se fantasiar e bancar o Odin. Mortais não são deuses e devem parar de agir como eles.

Havia lágrimas furiosas brilhando nos olhos dela.

— Sabe, nisso a senhora pode ter razão — interrompeu Heather, que já não aguentava mais o bate-boca. — Talvez Cal estivesse melhor sem esses lances malucos de tridente e superforça. Vai saber... Mas sabe de uma coisa? Daqui a algumas horas não vai ter importância, e nós nunca vamos

222

saber, de uma forma ou de outra, se não usarmos cada recurso que tivermos, incluindo Cal, porque não vai sobrar ninguém para discutir.

— Ela está certa – disse Roth. – Depois de Fennrys, e provavelmente de Mason, Cal é o mais forte de nós. E, sinceramente, com o que aconteceu com os dois, nem sei se podemos ter certeza de qual lado eles vão estar quando tudo isso bater no ventilador. – Ele se virou para Daria e Douglas. – Quisessem vocês ou não que ele fosse desse jeito, ele é. Vamos precisar dessa força. Sei que é quase inédito que algo assim aconteça em uma das casas fundadoras de Gosforth, mas talvez vocês pudessem colocar de lado todas as bobagens de família e trabalhar visando a um objetivo comum. Ao menos desta vez. Talvez todos nós devêssemos fazer isso. Talvez, se fizermos isso, possamos na verdade conseguir algo que valha a pena e impedir o fim do mundo.

XX

O trem chegou à estação de Valhalla e nada parecia fora do normal. Havia um trilho lateral reservado para o uso privado de Gunnar Starling, e foi lá que Toby fez Sleipnir parar. Mason imaginou se, depois que eles se fossem, o fabuloso animal transformado não iria simplesmente desaparecer no ar. Ou subir aos céus. Ou sabe-se lá o que monstruosos cavalos míticos fazem nas horas de folga.

Juntos, ela, Fennrys, Toby e Rafe cruzaram o pequeno estacionamento, quase vazio. Assim como o trilho lateral exclusivo, havia também uma vaga coberta perto da pitoresca estaçãozinha, reservada para o carro negro que sempre estava estacionado ali, pronto para levar e trazer a família Starling entre a estação e sua propriedade, situada a alguns quilômetros de distância. Normalmente, Toby tinha as chaves — isso era novidade para Mason, mas não era de surpreender, considerando tudo o que sabia agora —, mas ele não havia pensado em levá-las.

— Não tem problema — disse Rafe, passando na frente deles.

— Certo. Você deve conhecer algum tipo de truque mágico — disse Mason.

Ela supôs que seria a forma como um deus estaria acostumado a lidar com fechaduras e chaves e ficou um tanto chocada quando, em vez disso, ele quebrou a janela do lado do motorista com uma cotovelada violenta, abriu a porta e enfiou-se por baixo do painel para fazer uma ligação direta em menos de um minuto.

Toby assumiu a direção, com Rafe no banco do carona. Mason e Fennrys instalaram-se no banco de trás, ambos olhando em silêncio através de suas respectivas janelas, vendo passarem os vultos escuros das árvores. Mason nunca havia sido lá muito festeira na escola. Não gostava muito de beber e não fumava baseados como alguns de seus colegas, de modo que ela não sabia bem como era estar inebriada. Mas era de fato o único modo como podia descrever o que sentia no momento. Era como se correntes de eletricidade estivessem percorrendo a superfície do crânio por dentro — pequenos raios ramificando-se através do seu cérebro e faiscando por trás de seus olhos. Sua pulsação era forte e firme e rápida, e soava mais alta do que jamais sentira, como um martelo golpeando uma rocha. Sua pele era gelo e fogo. Ela sentia o calor da perna de Fennrys perto da sua. Uns bons cinco centímetros separavam os joelhos de ambos, mas parecia que fagulhas cruzavam entre eles.

Ela sabia, só pelo jeito como se sentia, que estava certa sobre o local para onde iam. Sua alma de Valquíria sabia, e era por isso que ela se sentia quase entorpecida de euforia. Estavam na pista certa. Ela só não sabia se estavam fazendo a coisa certa. A propriedade da família era onde encontraria sua mãe, Mason tinha certeza e sabia, sem qualquer sombra de dúvida, que era algo que *devia* fazer.

Nem que fosse apenas para que se despedissem antes do fim.

Ragnarök. O fim... e um novo começo.

O maior desejo de seu pai.

Mason perguntou-se, então, se o pai teria seguido adiante rumo ao cumprimento da profecia se a mãe *não* tivesse morrido. Se Yelena não tivesse se sacrificado pelo bem de Mason, talvez *ela* fosse a razão da vida de Gunnar, aquilo que manteria a vontade dele de viver. Mas Yelena fizera a escolha pensando que era a coisa certa a fazer. Agora Mason fazia o mesmo.

E talvez não sirva de nada, mas é minha escolha...

Ela fechou os olhos e sentiu a mão de Fennrys envolver a sua.

Quando olhou para ele, viu que os olhos dele brilhavam azul-prateados na escuridão. O Lobo nele estava tão ligado quanto o corvo dentro dela. Não havia como nenhum deles voltar atrás agora.

— Vamos acabar isto juntos — Fenn sussurrou, erguendo entre os dois as mãos unidas de ambos. — Qualquer que seja o final... chegaremos lá *juntos*.

Ele envolveu a mão dela com a outra mão e ela beijou os dedos dele.

Quando se voltou de novo para olhar pela janela, Mason viu que estavam cruzando os portões da propriedade da família Starling. Erguendo-se diante deles, no final do longo acesso sinuoso, estava a mansão, como um castelo a ser invadido. Mas Mason sabia que a casa em si não era o motivo para ela estar ali. Não havia nada de que ela precisasse naquele grandioso e vazio monumento à solidão. As muitas janelas escuras da mansão olhavam para ela como órbitas vazias de crânios desbotados pelo luar, empilhados como oferendas a um deus da guerra.

Ela não encontraria nada ali.

Aquele era o lugar de seu pai.

O estúdio dele, cheio de segredos e caixas trancadas e livros, com sua lareira gigantesca, como uma bocarra escancarada, sem um fogo ardendo ali... Era aonde ela podia ir se quisesse encontrá-lo. Todos os pedaços dele. As runas douradas, os arrependimentos, as palavras em seu diário e a foto da mãe dela sobre a lareira, que Mason já nem tinha certeza de que ele ainda olhava...

Na cabeça dela havia outra imagem, de repente: três mulheres, de olhos ferozes e aparência vulgar, acomodadas nos estofados de couro no estúdio, rodeadas pelas paredes revestidas de carvalho. Mason soube, com certeza, que as Nornas haviam visitado seu pai naquela casa. A casa que, mesmo com todas as janelas abertas, *sempre* dera a Mason a impressão de uma cela de prisão. E ela se perguntou, pela primeira vez, se de fato o incidente no galpão do jardim, com Rory e o jogo de esconde-esconde, tinha sido o único responsável por sua claustrofobia...

— Oh! — ela exclamou de repente, e abriu a porta do carro, precipitando-se para fora antes mesmo de Toby parar por completo diante da escada em curva na entrada da casa.

— Mase!

Fennrys saiu pelo outro lado do carro ainda em movimento. Ela podia ouvi-lo correndo atrás dela, as botas dele soando no caminho de pedra, e virou-se quando sentiu a mão dele segurando-lhe o pulso, mas não parou.

— Ei... Tudo bem com você? — ele perguntou.

— Eu sei! — ela disse, quase sem fôlego de tanta emoção. — Ah, Fenn... Eu sei onde ela está!

"Encontre-me", sua mãe havia dito.

Ao menos foi o que Mason havia contado a Fennrys sobre sua versão da visão onírica. A princípio, ele ficara cético quanto a essa possibilidade, embora não comentasse nada. Quando saíram de Asgard, Fennrys havia prometido a Mason que, quando toda a loucura tivesse terminado, eles voltariam e procurariam Yelena — a *verdadeira* Yelena — e a resgatariam onde quer que Heimdall a tivesse aprisionado. Mas, na verdade, ele suspeitava de que seria uma promessa difícil de manter. Porque, excluindo a opção de atravessar outra vez Bifrost — que, de qualquer modo, Roth, o irmão de Mason, tão solicitamente havia mandado pelos ares —, Fenn não tinha a menor ideia de como fariam aquilo.

Quando Mason decifrou a mensagem em suas visões compartilhadas — de que encontrariam na casa dela, em Westchester, as respostas pelas quais buscavam —, ele continuou cético. Mas com a cidade de Nova York desmoronando à volta deles, e nenhum lugar para ir, e sem conseguir pensar em nada para ajudar a consertar toda aquela encrenca, Fenn estivera disposto a ir junto quando ela chamara Sleipnir no túnel. Principalmente porque, na verdade, quem não estaria? A aparição repentina do mítico colosso equino, parado lá, dócil como um pônei de fazendinha de crianças, e pronto para obedecer a Mason, por si só era um argumento bem convincente. E, uma vez a bordo do trem e a caminho, Fenn havia sentido a força de atração do destino. Ele a sentia agora, enquanto corria atrás de Mason, deixando Toby e Rafe, que ainda saíam do carro na frente da casa.

Esta propriedade deve ser imensa, pensou Fennrys enquanto corria, imaginando como diabos conseguiriam encontrar Yelena ali.

O terreno bem cuidado que rodeava os fundos da casa – uma série de gramados perfeitos delimitados por jardins rochosos floridos – gradualmente dava lugar a paisagens mais selvagens, menos estruturadas. Um prado ondulante de flores silvestres estendia-se até um regato de fundo pedregoso que corria através da propriedade e, mais além, crescia uma floresta de verdade. Não apenas árvores, mas uma *floresta* – sombria e profunda. Mason disparou como uma corça pela trilha do jardim, cruzando o prado a toda velocidade.

Por fim, Fennrys deixou de gritar atrás dela, perguntando onde diabos ela estava indo, e poupou o fôlego para correr e não ficar para trás. Quanto mais se afastavam da casa, mais evidente ficava que as partes mais distantes da propriedade não mereciam a mesma atenção meticulosa que Gunnar Starling dedicava aos espaços bem cuidados próximos à casa. Uma pontezinha rústica ornamental que cruzava o riacho turbulento perto da floresta havia ruído parcialmente, o arco central havia apodrecido e caído na água.

É como Bifrost em miniatura, pensou Fenn ao saltar de uma margem a outra atrás de Mason.

Ela nem sequer se deteve, apenas pulou o regato e continuou correndo, direto entre as densas árvores que se erguiam à frente, e Fennrys soube que, qualquer que fosse o instinto que a conduzia, havia a sensação de que as ações dela estavam certas. Ele mesmo podia sentir isso, e uma agitação brotou em seu peito. De repente, ele percebeu que estavam seguindo uma trilha tomada pela vegetação; os pés de Mason seguiam por entre o musgo e as folhas como se ela conhecesse de olhos fechados cada centímetro do caminho. Seguindo atrás dela, Fennrys viu os ramos das árvores subitamente se cobrirem com flores de um lilás suave, como se a primavera tivesse se instalado de repente. O ar ficou saturado de aroma, como a brisa perfumada na visão que compartilhara com Mason. Quando uma curva fechada da trilha contornou um maciço de olmos, Fennrys perdeu-a de vista e, depois de um instante, ouviu um gritinho de assombro.

– Mason! – ele gritou e aumentou a velocidade.

Ele rodeou as árvores e parou quando a trilha de repente se abriu em uma pequena clareira, circundada por macieiras em plena floração, repletas de flores cor de lavanda, o céu aberto por cima delas. Mason também tinha parado, e Fennrys quase se chocou contra ela. Ela estava na borda, onde as árvores terminavam. A clareira recoberta de ervas tinha no centro uma edificação pequena e baixa. Como algo saído de um conto de fadas, parecia a casinha de uma bruxa, com persianas fechadas e coberta de hera que agora estava crescida demais. O teto, Fennrys viu, era feito de painéis de vidro com moldura de ferro, como uma velha estufa de plantas. O vidro estava escuro com a sujeira dos anos, e alguns dos painéis haviam se quebrado, permitindo que a hera penetrasse. Aquilo o fazia lembrar, de forma desconfortável, de alguns dos prédios em ruínas na ilha North Brother. Havia barricas de vinho cheias de terra e ervas daninhas em cada lado da porta, que estava pintada de verde, mas desbotada e descascada.

E havia uma tranca de correr na porta.

– Mase, foi aqui...? – Fennrys sussurrou.

– Onde eu morri – disse Mason.

Ela assentiu em silêncio e adiantou-se um passo.

Lá dentro, ela sabia, haveria um banco de madeira.

No passado, ele já tinha sido de um azul vivo, decorado com rosas vermelhas. Sua mãe o pintara. Mason não sabia como sabia disso. Apenas sabia. Quando Rory a trancara no galpão, naquele dia do jogo de esconde--esconde, Mason havia adormecido naquele banco. A pintura agora tinha desbotado, o azul tornara-se cinza e as folhas verdes estavam pálidas e apagadas, mas as rosas continuavam vívidas. Mason havia contado as pétalas vezes sem fim, em sua solidão e com medo, nos três dias seguintes. O nome de solteira de sua mãe era Rose.

E este havia sido o lugar dela.

Mason seguiu na direção da porta da pequena e pitoresca estufa como se caminhasse em um sonho. Nunca mais tinha voltado ali depois que a encontraram. Nunca havia sequer pensado nisso. Nunca ousara cruzar de novo o regato que corria antes da floresta. Havia uma fechadura nova na porta – uma corrente com um cadeado, que Gunnar obviamente mandara colocar depois do jogo de esconde-esconde –, mas Mason perguntou-se por que o pai não derrubara a casinha depois daquilo.

Porque ela *ainda está ali.*

Sua mãe. Este havia sido seu lugar. Seu pomar. Sua estufa. Seu banco.

E ela ainda estava ali. Mais do que apenas em espírito.

Mason sacou da bainha à cintura a faca que Fennrys lhe dera e arrebentou o cadeado com um único golpe do cabo. A porta abriu-se sem emitir nenhum som e uma réstia mortiça de luz vermelho-dourada, tremeluzente, emanou pela abertura. O que era estranho, uma vez que o lugar estava obviamente deserto.

– Que diabos...? – murmurou Fennrys, enquanto entrava pela porta atrás dela.

Dentro da estufa, não havia telhado de vidro, prateleiras de madeira ou ferramentas enferrujadas. O banco estava ali, no meio do chão de terra que de resto estava vazio, circundado por paredes rústicas de pedra. Correntes enferrujadas que terminavam em algemas pendiam de anéis de ferro cravados nas paredes, e a única luz, fonte do resplendor trêmulo, era uma tocha presa a um suporte. A um lado, em vez de parede, havia barras de ferro que iam do chão ao teto. Uma cela de prisão.

E Fennrys a conhecia bem. Mason também a conhecia.

Porque, antes que ele pudesse se refrear, sua mão esquerda circundou o pulso direito, no local onde as cicatrizes o marcavam como tendo sido prisioneiro ali. E, de repente, Mason pôde vê-lo retornando àquele lugar, a escuridão e o fedor de podridão, perguntando-se, desesperado, se tudo havia sido uma ilusão. Pensando que talvez nunca tivesse saído daquele lugar e que ainda estava aí, acorrentado à parede, nu, sozinho...

— Fennrys?

A cabeça dele ergueu-se de súbito quando a voz dela invadiu seu momento de pânico.

— Fenn?

Com suavidade, ela lhe abriu os dedos, afastando-os do próprio pulso dele, e ergueu o olhar para ele, cujos olhos azul-prateados brilhavam tanto que ofuscavam a tocha na parede.

— Venha — ela disse.

Fennrys segurou-lhe a mão quando ela começou a levá-lo para a porta gradeada.

Um som fez com que se detivessem. Viraram-se e olharam para trás, enquanto lenta e tortuosamente uma sombra, como uma mancha de escuridão negra como tinta, se formava, estendida no banco. A princípio, parecia com um monte de farrapos negros, mas, enquanto olhavam, definiu-se como um vulto, uma mulher que ergueu a cabeça e empurrou para trás o capuz esfarrapado da capa que usava. Sua face estava emaciada e cansada, seus olhos azuis pareciam afundados no rosto. Porém ela sorriu com suavidade quando olhou para Mason.

— Mamãe! — gritou Mason, lançando-se na direção do banco, curvando-se sobre o vulto frágil de Yelena e abraçando-a com força. — Encontrei você! Eu disse que a encontraria...

— Meu bebê — murmurou Yelena por entre o cabelo de Mason. — Nunca duvidei disso.

Fennrys soube, instintivamente, o que havia acontecido.

Quando Roth, ainda criança, involuntariamente causou a morte de sua irmã caçula — e Yelena, naquele tempo uma poderosa deusa da morte, interveio e mandou a filha de volta para o mundo mortal —, abriu-se naquela estufa um portal para Helheim. E ele permaneceu aberto, ainda que apenas por uma fresta. Grande o suficiente apenas para que a própria Mason Starling pudesse abrir caminho e passar. Mas ela havia conseguido, e agora poderiam levar sua mãe de volta para o mundo mortal. Heimdall havia aprisionado Yelena na mesma cela onde o próprio Fennrys havia sido trancafiado quando a Valquíria Olrun tentara levá-lo para Valhalla como herói, por meio da Ponte do Arco-Íris.

Só não havia nenhum banco azul na cela quando Fenn esteve ali.

Nenhum que ele pudesse ver. Mas Yelena havia sido sua via de saída, assim como ele e Mason agora eram a dela. Ele se ajoelhou ao lado de Mason e da mãe e disse:

— Olá, senhora. É bom finalmente revê-la.

Yelena olhou para o rosto de Fennrys e sorriu. Ergueu a mão e pousou-a suave no rosto dele. O pulso dela estava circundado por uma das algemas da parede. Fennrys a reconheceu. Ainda estava manchada com o sangue *dele*.

— Eu sabia que estava certa quanto a você. Sabia que você cuidaria de minha filha.

Os ombros dela descaíram de exaustão, e a mão se afrouxou enquanto seus olhos se fechavam.

— Cuidamos um do outro, senhora... — disse Fenn numa voz suave.

Os olhos dele se fixaram nos olhos de Mason por cima da cabeça escura da mãe dela.

— E cuidaremos de você também. Vamos só tirar esse seu bracelete tão bonito e sairemos daqui num instante...

Yelena sacudiu a cabeça.

— A única chave está com Heimdall. Ele a roubou de mim. A algema é um daqueles artefatos criados pelos anões para manter presos "monstros" como Loki e sua prole. Feita de metais estranhos e coisas impossíveis. Sem a chave, não há uma forma de abri-la. Seria necessário o martelo de Thor.

Fennrys sorriu e ergueu os olhos para Mason.

— Quem não tem martelo... *lança* mão de outra coisa...

— Você acabou de fazer um trocadilho? — Ela piscou os olhos para ele.

— Um trocadilho horrível, sim. Achei que a situação pedia um pouco de leveza. Sabe... mãe acorrentada e coisa e tal.

Ele acenou com a mão para o cabo da espada ao lado dela.

— Qual é, Mason? Que magia pode ser mais poderosa do que a que existe na lança de Odin? Use-a para partir a corrente.

Mason hesitou.

— É só por um instante — ele disse. — Se uma batalha ameaçar surgir, você pode se transformar de volta na mesma hora.

Era mais fácil falar do que fazer, ela sabia, mas Yelena parecia desfalecida no banco entre eles, e parecia estar ficando mais fraca a cada segundo. Seus olhos pestanejaram e se abriram brevemente quando a filha sacou a lança de Odin e se transformou em Valquíria, golpeando a algema com a lança, enquanto soltava um grito furioso. Houve o brilho de um raio e o som de um trovão... e então escuridão.

— Estou ficando bem cansada dessa trilha sonora meteorológica que me segue para todo lugar aonde vou — murmurou Mason.

Ela forçou a si mesma a abandonar sua versão Valquíria, enquanto Fennrys dava uma risadinha e atirava a algema despedaçada num canto da cela. Ele ergueu Yelena do banco e aninhou-a de encontro a seu peito, levantando-se. Mason foi na frente e eles saíram da estufa agora escura para a clareira, onde o chão estava coberto por pétalas da cor do crepúsculo que haviam caído como confete das árvores.

Para Fennrys, era como deixar de novo a cela da prisão. Só que desta vez ele usava calças e sua memória estava intacta. E Mason Starling estava a seu lado. Ele seria capaz de fazer aquilo. Aquele lance de deter o Ragnarök antes que fosse tarde. *Eles* seriam capazes.

Enquanto carregava a mãe de Mason nos braços para a clareira diante da estufa, ele sentiu a mão dela erguer seu medalhão.

— Loki... — ela murmurou. — Ele tocou isto com a magia dele. Posso sentir.

Fennrys baixou os olhos para Yelena.

— Sim. Isso aí agora funciona como uma daquelas coleiras de cão com eletrochoque...

Ele viu pelo canto do olho a expressão perplexa no rosto dela e tentou explicar.

— Loki fez isso para me ajudar a me controlar, depois que Mason meio que, hã, acidentalmente me transformou numa personificação *de verdade* do Lobo Fenris. E é por isso que o Ragnarök está a caminho, e é por isso que estamos tentando detê-lo, e é por isso que estamos aqui para encontrar você e talvez conseguir alguma ajuda...

Ele percebeu que estava balbuciando quando a mãe de Mason começou a se mexer em seus braços e lhe pediu com educação que parasse e a colocasse no chão. Ele atendeu ao pedido. Ela ficou em pé e oscilou um pouco, e tanto Mason quanto Fennrys estenderam a mão para ampará-la.

— Estou bem.

Yelena recusou a ajuda e endireitou-se em toda a sua estatura.

— Minha força retorna. Só preciso de um momento sem aquela algema e fora da cela. Mas...

Ela se voltou e mirou Fenn com o mesmo olhar penetrante de safira que Mason sempre usava quando ela o contradizia em algo.

— Acho melhor você me explicar o que diabos você e minha filha andaram aprontando desde que o libertei!

XXI

Na verdade, antes daquele momento, Mason e Fennrys tinham imaginado que Yelena, com seus poderes como Hel, já soubesse de tudo que havia acontecido entre eles e que havia sido por *isso* que ela aparecera a Mason na visão. Mas aparentemente não era esse o caso. De fato, Yelena contou-lhes que, desde que tinha sido capturada e aprisionada por Heimdall, estava alheia a tudo que acontecera no reino mortal. E seu conhecimento sobre tudo o que ocorrera no reino mortal desde a época do nascimento de Mason e sua própria morte tinha sido sempre inconsistente e incompleto. Ela soubera que a filha precisaria de Fennrys, o Lobo, e por isso o havia mandado até ela. Mas não sabia exatamente o porquê da necessidade. Não que importasse.

Tudo que importava a Mason era que sua mãe estava ali e estava viva.

— Não... Não estou — explicou Yelena, hesitante, desfazendo a imagem feliz criada por Mason. — Querida, é algo que você tem que entender. Quando tudo isto terminar, não vou poder ficar aqui. Meu lugar agora é Helheim.

— Podemos falar sobre isso mais tarde — disse Mason, na verdade não desejando pensar que, tendo acabado de encontrar a mãe, precisaria deixá-la partir de novo depois de terem evitado o apocalipse.

Quer dizer, se *conseguirmos evitar o apocalipse.*

No fim, ela e Fennrys contaram à mãe de Mason tudo o que havia acontecido com os dois, como ela pedira. Bem, tudo o que era relevante para a situação, deixando de fora o fato de ambos estarem totalmente apaixonados. Eles não sabiam como Yelena encararia o fato de que o guarda-costas que enviara para cuidar da filha estava interessado em fazer com ela muito mais do que guardar suas costas.

Enquanto falavam, encaminharam-se devagar para o píer, e foi lá que Toby e Rafe os encontraram. Agora... estavam esperando. Mason não sabia bem, de fato, o que esperavam. Mas estava ficando impaciente. Pensou em continuar usando a armadura de Valquíria — caso o que tivessem que encarar a seguir necessitasse de intimidação —, mas na verdade talvez fosse um exagero, dadas as circunstâncias.

Afinal de contas, o píer no lago estava calmo e pacífico. E ocupado, naquele momento, por não menos do que um superguerreiro centenário, um antigo deus lobisomem egípcio, um — ou melhor, *o* — lobisomem nórdico e a deusa de Hel.

Menos de meia hora depois de ter sido resgatada da cela de prisão de Heimdall, Hel parecia ter recobrado sua plena e terrível compostura como rainha de um mundo dos mortos. Mas, de vez em quando, ela ajeitava uma mecha de cabelo para trás do ombro de Mason, ou tocava--lhe o braço. Ou Mason pegava a mãe apenas olhando para ela. Podia ver a si refletida nos olhos que eram tão parecidos com os seus, e o amor imenso contido naquele olhar dizia a Mason que tudo o que Yelena fizera fora feito sem arrependimentos.

E fora feito por ela. A filha que ela nunca tivera nos braços.

Isso fazia Mason nunca querer sair daquele lugar. Mesmo sabendo que essa opção não existia. Ela suspirou e virou-se para olhar por sobre a água. Estava a ponto de perguntar — de novo — o que estavam esperando quando, de rabo de olho, viu o lampejo de algo movendo-se no meio do lago. Ela se adiantou um passo, apertando os olhos, e viu cabelos claros e perolados que ondulavam, vultos familiares abaixo da superfície; nove corpos esbeltos com braços longos de um azul vivo e vestidos iridescentes que se agitavam e borbulhavam como a espuma do mar. Ela segurou o braço de Fennrys, apontando para as formas ligeiras e escuras.

— Hum, as Donzelas das Ondas. Eu estava quase começando a imaginar quando elas iriam aparecer de novo. Eu devia saber que seria aqui. Agora.

— Por quê? — perguntou Mason.

— Porque são criaturas de Heimdall — respondeu Yelena por ele. — Há quem diga que o Guardião da Ponte é filho de nove mães. Outros dizem que ele é o pai de nove filhas. As Donzelas não parecem a fim de esclarecer o assunto e dizem que são uma coisa ou outra, a seu bel-prazer.

— Outro mito nórdico aberto à interpretação — murmurou Mason. — De certa forma, é reconfortante, sabe?

— É — resmungou Fennrys, olhando-a de soslaio. — Bem menos reconfortante é o fato de que, em qualquer versão, Heimdall é o cara que mais está a fim de fazer acontecer o lance do Ragnarök. Quer dizer, fora as Nornas e seu pai, e talvez *meu* pai... Embora eu tenha a impressão de que Loki preferiria dar uma chegada ao Meatpacking District e cair na balada, em vez de ir para o campo de batalha. Ainda tem o detalhe preocupante de que... sabe... um tempo atrás, você fez a essas senhoras uma promessa.

Ele indicou com o queixo a água, onde uma das Donzelas havia emergido e olhava Mason com um sorriso no rosto e um brilho febril nos olhos.

Yelena ergueu uma sobrancelha para a filha, que ficou vermelha sob seu escrutínio.

— Você não me contou isto.

— Eu não sabia! — Mason gaguejou um pouco. — Quer dizer, eu me esqueci dessa parte, e na hora ninguém se deu ao trabalho de me dizer que era uma péssima ideia.

— O que foi mesmo que você prometeu? — Fenn perguntou seco.

Pareceu a Mason que ele estava tratando o assunto de forma um tanto leviana, considerando o fato de ele saber perfeitamente bem que ela de forma geral havia barganhado a vida dele para que fossem salvos naquela ocasião. Mas como diabos ela podia saber que Fennrys iria se tornar o próprio monstro mítico que segundo as profecias devoraria Odin, que por sua vez seria o próprio pai dela? Naquela hora, tudo o que ela desejava era não se afogar. Não morrer. Ela teria prometido a mesma coisa, mesmo que soubesse o que sabia agora.

— Mason? — a mãe dela insistiu.

— Eu disse a elas que, quando a hora chegasse e eu encontrasse o Devorador, eu daria um fim nele.

— Então é isso aí — disse Fennrys, encolhendo os ombros, meio resignado.

Isso irritou Mason.

— Pare com isso. Não vou "dar um fim" em você.

Yelena ergueu a mão; havia uma expressão de intensa contemplação em seu belo rosto.

— Foi *exatamente* isso que você prometeu?

— Hã... algo assim — disse Mason, desconfiada. — Posso não ter construído a frase exatamente dessa forma, mas tenho certeza de que é basicamente isso.

— Mase? — disse Rafe, adiantando-se.

Tendo recentemente forçado Mason a fazer outra promessa, ele estava, talvez mais do que ninguém, qualificado a opinar sobre o assunto.

— Quero que pense realmente a sério sobre isso. Seu pai interpretou mal a pontuação na profecia das Nornas, e isso mudou todo o significado da coisa.

— Como é possível isso? — perguntou Mason. — Quer dizer... essa profecia está rolando por aí faz tanto tempo... imagino que ela nem foi escrita originalmente em nossa língua.

Mas Toby parecia estar acompanhando qualquer que fosse o raciocínio dos demais.

— Não... não. Eles estão certos, Mase... — Havia uma ponta de agitação tensa em sua voz. — A questão é a forma como foi comunicada a ele, mas, *ainda mais*, a forma como Gunnar decidiu interpretá-la.

A interpretação é tudo. *Pense.* O que exatamente você ouviu as Donzelas dizerem a você no rio Hudson?

Mason fechou os olhos e concentrou-se muito.

Demais.

Ela não conseguia se lembrar. Especialmente não naquele momento, em que reverberava no fundo de sua mente o zumbido constante da ânsia guerreira da Valquíria, que ela tanto precisava se esforçar para controlar cada vez que conjurava a armadura.

— Relaxe — murmurou-lhe Fennrys ao ouvido, a voz suave como a de um hipnotizador, o que ao mesmo tempo ajudava e distraía. — Apenas transporte-se de novo para lá, dirija a memória de volta àquele momento. Estávamos debaixo d'água. Havia criaturas sob nós e fogo por cima, e eu estava com você. Achávamos que iríamos nos afogar... E então as Donzelas das Ondas nos salvaram e falaram. Falaram com você...

Mason visualizou as belas jovens aquáticas, com longos cabelos pálidos, pele azul brilhante e olhos faiscantes de esmeralda. Lembrou-se do entusiasmo delas enquanto perseguiam os vultos escuros e selvagens dos Nixxie que tinham atacado a ela e a Fennrys nas profundezas do rio. Podia ouvir suas vozes, musicais e líquidas, como a água em seus ouvidos. Haviam falado direto com sua mente. E tinham dito...

— *Você vai saber sobre o Devorador* — ela murmurou, relembrando.

No lago, as Donzelas reagiram com entusiasmo.

E depois?

— *Você vai dar um fim a ele...*

Não, não foi exatamente isso.

— Você vai fazer *dele* um *fim!* — Mason disse, seus olhos se arregalando, o coração batendo agitado na garganta. — Foi isso! Você vai fazer dele... um fim.

Fenn soltou a respiração numa exalação controlada.

— Tudo bem — ele disse, cerrando as sobrancelhas. — Tudo bem... isso é bom.

— É?

— Acho que sim. Acho que significa que você não tem que me matar para cumprir sua promessa.

Ele sorriu.

— Isto é, a menos que você queira.

Pensando na semântica e nos detalhes de sua promessa, Mason sentiu a esperança renascer. Como se o sol de repente saísse de trás de uma nuvem escura para aquecer-lhe o rosto.

— Então isso só quer dizer que tenho que...

— Me usar... para fazer o fim acontecer.

Os músculos da mandíbula de Fenn se retesaram enquanto ele apertou os dentes.

— Certo. Isso *não é* tão bom assim.

Mas Mason recusou-se a deixar o sol de sua esperança esconder-se de novo atrás daquela nuvem.

— Espere! — exclamou, agarrando a frente da camisa de Fennrys. — Não prometi *qual* seria esse fim. Prometi?

O olhar de Yelena ficou indo e vindo entre os dois.

— Você prometeu?

Mason negou devagar com a cabeça.

— Não — respondeu com segurança.

Agora ela tinha certeza. Completamente.

— Prometi *um* fim. Não *o* fim. Não o fim delas...

Mason puxou Fennrys para si, o olhar erguido para ele, até que seu nariz quase tocava o queixo dele.

— E, de um modo ou de outro, Fennrys, o Lobo... nós vamos terminar com isso.

O sorriso dele foi um desabrochar de beleza selvagem e iluminou-lhe o rosto enquanto ele erguia Mason do chão.

— Isso, sim, é minha garota falando — disse, beijando-lhe a boca com avidez.

Mason nem ligou que Toby e a mãe dela e Rafe estivessem ali, fingindo que ela não estava praticamente se pegando com Fennrys. O sol da esperança ainda brilhava alto no céu sobre sua cabeça e tudo estava – ou ao menos *iria* estar – bem com o mundo.

Vamos fazer a coisa certa.

O céu lá em cima, na verdade escuro e tempestuoso, não conseguiu dissipar sua onda violenta e repentina de otimismo quando ela se afastou com relutância dos braços de Fenn e voltou-se para as águas do reservatório Kensico.

Agora, ela pensou, *como cumprir a promessa feita às Donzelas? Como usar Fennrys para fazer o fim acontecer?*

Ela lançou o olhar pela superfície espelhada do lago, plana e cinzenta, onde o círculo de deusas esperava, e de repente soube. Ela não havia voltado à propriedade apenas para encontrar sua mãe. Também tinha vindo para encontrar a mãe *dele*. Antes que qualquer um dos demais tivesse a chance de questioná-la, Mason sacou a lança de Odin, seu manto de Valquíria a vestiu uma vez mais, e ela bradou um nome.

– Sigyn! – ela gritou. – Seu filho precisa de você!

– Mase? – Fennrys exclamou. – Que diabos você está...

O grito dele foi afogado quando a superfície do lago começou a espumar e ferver, criando movimentos sinuosos, anéis de prata que se entrecruzavam, enquanto as Donzelas das Ondas mergulhavam velozmente, manobrando em sincronia nas profundezas sombrias como um cardume de peixes, faiscando como raios ao circularem vezes sem conta, seus cabelos ondulavam, seus membros fendiam as águas. Mason sentia torrentes de poder se acumulando, sendo irradiadas, enquanto as deusas nórdicas a ajudavam a invocar o impossível.

– O que elas estão fazendo? – perguntou Toby em um quase sussurro.

– *Naglfari* – sussurrou Yelena.

Era uma palavra – um nome – que Mason não reconheceu de imediato. Mas só o som dela já lhe causava um grande medo e uma ansiedade ainda maior.

– O Navio dos Mortos – disse Rafe, com voz baixa e grave.

– O navio onde nasci – Fennrys apressou-se em corrigir.

A visão fugaz que tivera do vulto envolto num manto, em um banco de madeira em meio a um nevoeiro com cheiro de maresia, segurando algo embrulhado em panos, veio à mente de Mason. No lago, as Donzelas entoaram uma canção estranha, e lentamente um leviatã escuro agitou-se em algum lugar sob a superfície da água. Ao lado de Mason, Fennrys prendeu a respiração. Algo que ela nunca o vira fazer antes. Mas ela entendia completamente a reação dele. A tensão do momento era quase insuportável. As nuvens no céu pareceram deter-se, e não havia nenhuma brisa ou canto de ave.

A parte central do reservatório Kensico jorrou em um gêiser poderoso, espirrando para cima em um jato de água de diamantes e arco-íris. E um barco legendário, com proa de dragão, lançou-se alto no ar. Como algum grandioso e antigo monstro do mar erguendo-se de um repouso na água, *Naglfari*, o grande e fantasmagórico Navio dos Mortos nórdico, subiu na direção do céu e pairou suspenso por um instante antes de cair de novo com um estrondo sobre a superfície do lago, arremessando uma parede circular de água que se ergueu por entre a espuma branca. Então, o barco longo e elegante, de flancos baixos, começou a flutuar suavemente, silencioso, rumo à praia onde todos esperavam.

O dedo nu e esquelético de seu único mastro apontava para cima no centro do navio, e a verga, despida de vela, era um risco preto em meio ao céu. Uma fileira de escudos redondos, amassados nas batalhas enfrentadas, pendia das laterais do navio, acima das fileiras de remos que mergulhavam na água, movendo-se em uníssono, como as pernas múltiplas de alguma criatura pré-histórica. E impulsionando esses remos estavam os fantasmas dos homens que haviam trazido aquela mulher extraordinária por meio de um oceano, para que ela pudesse dar à luz uma profecia.

O lobo Fenris. O Devorador. O Arauto do Ragnarök.

O amor da vida da jovem Mason Starling.

De pé na proa, com seu cabelo longo e claro esvoaçando graças a uma brisa fantasma, a mulher alta, de ombros largos, com vestido e capa verdes, não era bonita, mas era atraente, tinha feições fortes, angulosas, e olhos que atestavam que o poder de sua vontade, força e determinação moldava-lhe a vida de acordo com seus próprios desejos, e não com os desígnios de alguma profecia apocalíptica.

Mason viu de imediato por que Loki a havia amado.

Ela se virou e olhou para Fennrys, surpreendendo-se com a suavidade da expressão dele, tão fora do comum. Ele contemplava a mãe enquanto o barco se aproximava, e Mason viu nele um raro momento, se não de felicidade pura, ao menos de paz.

O passado de Fenn sempre fora um assunto espinhoso para ele – mesmo quando ele não conseguia se lembrar de nada –, e vê-lo daquele jeito reforçou ainda mais a determinação de Mason de que forjariam seu futuro de acordo com *suas* condições. Ela sentiu o braço da própria mãe envolver seus ombros com suavidade. Por um instante, Mason se aconchegou à mãe, sentindo o calor que estivera ausente quando Heimdall fingira ser Hel, em seu reino infernal.

A quilha do navio tocou a praia pedregosa, e quatro dos marinheiros guerreiros, cinzentos e fantasmagóricos, saltaram pelas laterais, puxando cordas esfarrapadas e envoltas em algas e trazendo o navio de guerra para a terra. A mulher alta saltou com elegância por cima da amurada do barco e foi até a praia, as barras da túnica e da capa arrastavam-se pesadas, encharcadas até o joelho, enquanto ela ia com longas passadas na direção de Fennrys, que estava parado ao lado de Mason. Ela sentiu a mão dele apertar brevemente a sua. Então ele a soltou e avançou para saudar o fantasma de sua mãe.

Do outro lado de Mason, Hel também se adiantou.

Sigyn abraçou o filho – um abraço breve, vigoroso, repleto de emoção –, virou-se para a mãe de Mason e fez uma relevante mesura. Mason teve a impressão de que, se fosse qualquer outra pessoa no lugar daquela mulher, a ocasião teria exigido uma reverência. Mas então as duas mulheres – ou, na verdade, o fantasma e a deusa da morte, para sermos bem teóricos – apertaram-se as mãos como velhas amigas.

– Então começou? – Sigyn perguntou a eles.

Sem tempo para papo furado e apresentações, suponho, pensou Mason. Mas ela mal conseguia ouvir a si mesma em meio ao clamor interno de seu espírito de Valquíria.

Rafe assentiu com a cabeça.

— Nós queremos pôr um fim nisso. Mas não O Fim, se é que me entende.

— Qualquer que seja o resultado, qualquer que seja o fim, vocês devem defrontar-se com o inimigo no campo de batalha final de Valgrind.

Sigyn olhou para trás, para as Donzelas das Ondas.

— Elas vão exigir isso de vocês.

— Calculo que não estamos nada perto de lá no momento — resmungou Toby, olhando ao redor. — Não estamos perto de nada.

Sigyn sorriu.

— Quando vim para cá... quando *viemos* para cá... cruzamos um oceano que diziam ser intransponível. Que continuaria até cair pela borda do mundo. Mas então encontramos este lugar. Esta terra intocada, desconhecida, e subimos com este navio por um rio até onde foi possível, e então achamos este vale. Quando ele era um vale e quando o rio era navegável. Faremos com que volte a ser. E seguiremos o rio até o fim. Até Valgrind.

As Donzelas das Ondas começaram a apupar, excitadas, e um arrepio subiu pela espinha de Mason. A lança de Odin quase pareceu estremecer em resposta.

— Acho que posso ajudar com isso.

A mãe de Mason adiantou-se e, erguendo os braços, lançou uma nuvem espessa de sombras negras, que fluíram como um líquido pelo ar, na direção de *Naglfari*. Entremeando-se e contorcendo-se, as sombras rastejaram pelo mastro acima e prenderam-se à verga, desenrolando-se como uma vela negra. As Donzelas das Ondas saltaram e dançaram na água, e um vento fantasma ergueu-se e enfunou a vela de sombra.

Fennrys desviou os olhos para Mason. Ela fez que sim, e ele deu um passo na direção de *Naglfari*, detendo-se diante da linha de escudos que pendia na lateral do barco e, com um gesto amplo, disse:

— A bordo todos os que vão embarcar.

*   *   *

— Sou o único que está vendo a barragem? — Rafe perguntou casualmente.

O barco navegava a toda velocidade para o sul, cruzando a superfície lisa como vidro do reservatório.

— Aquela barragem imensa, sólida, intransponível?

De cada lado do dragão da proa de *Naglfari*, as Donzelas davam saltos e faziam cabriolas em meio às ondas que o barco erguia, como golfinhos se divertindo. Dez metros à frente deles erguia-se a barragem de Kensico. Mason adiantou-se até a proa do barco e arremessou a lança de Odin. Um tremendo pedaço de concreto explodiu da borda da grande parede de concreto.

— Ainda não dá para a gente passar.

Rafe sacudiu a cabeça com os *dreadlocks* enquanto a lança voltava ao punho encouraçado de Mason.

Mas então as Donzelas cantaram, e as águas do reservatório ergueram-se numa gigantesca onda que avançou através da abertura em uma cascata furiosa, levando *Naglfari* consigo. Este passou por cima da abertura na parede da barragem — um naco em forma de meia-lua, grande o bastante para deixar passar a embarcação sem esvaziar o reservatório e varrer o vale ao sul. Em vez disso, carregado pela onda que as Donzelas haviam conjurado, o navio fantasma cavalgou a espuma agitada pela planície e seguiu o curso sinuoso do rio Bronx, no passado muito mais amplo, agora inundado com aquela única e grande onda, como um macaréu correndo para o oceano e levando o barco.

O curso do rio Bronx serpenteava em meio a uma série de áreas muito industrializadas e populosas, tão oculto pelas margens florestadas que quase ninguém sabia que estava ali, e cruzado a cada tanto por pontes e viadutos das autopistas. Nenhum deles constituiu um obstáculo para *Naglfari*. Enquanto desciam, carregados por aquela onda mágica, o rio que reduzira-se a um riacho muito tempo atrás, a vela de fumaça passava imaterial por todos os obstáculos, farfalhando e estalando no vento fantasma.

Depois de arremessar a lança contra a barragem, Mason embainhou a arma abalada pela corrente de poder que a inundara. Agora estava sentada perto da traseira do barco, num banco onde não havia remadores fantasmas, puxando um fio solto na barra de seus *jeans*, sentindo-se trêmula e insegura, e um tantinho solitária, na ressaca da exibição de sua força de Valquíria. Fennrys confabulava com Toby, discutindo estratégias de batalha – *não* que fossem chegar a tanto –, e Rafe envolvera a mãe de Mason em um papinho entre divindades do Mundo dos Mortos. Mason achou que ele talvez tivesse tipo uma paixão súbita por ela. Não seria surpresa. Eles tinham muita coisa em comum.

Mason estava ali, perdida em pensamento, quando o banco ao lado dela rangeu. Ela ergueu os olhos e viu que Sigyn havia se juntado a ela. A mulher loira e vistosa sorriu para ela, mas não forçou uma conversa. Dali a pouco, quando se sentiu a fim de falar, Mason perguntou:

– Você já conhecia minha mãe?

Sigyn fez que sim.

– Como aconteceu?

– Eu já estava morta fazia tempo, era uma sombra vagueando por Helheim, quando sua mãe e eu nos encontramos – ela disse num idioma que, embora aos ouvidos de Mason soasse como estrangeiro e desconhecido, seu cérebro interpretava como um inglês musical. – Quando encontrei Loki lá, amarrado e torturado pela serpente, fiz meu melhor para impedir que o veneno caísse em seu rosto.

– Você ainda o amava, depois que ele a deixou daquele jeito?

Sigyn simplesmente assentiu.

– Ele me falou sobre você – disse Mason.

A mãe de Fennrys deu um sorriso triste.

– Depois de um longo tempo, ele me implorou para que o deixasse. Ele me disse que me ver sofrer enquanto ele sofria era pior que o tormento em si. Por fim, acreditei nele. E assim, por mais que o amasse, eu o deixei.

– Loki transformou minha mãe numa deusa – disse Mason. – Por quê?

— Porque *eu* lhe pedi que o fizesse — disse Sigyn. — Conheci sua mãe quando ela era uma sombra recém-chegada ao Além. A primeira Senhora Hel havia partido fazia muito, como tantos outros, despindo o manto do poder. Poder que Loki, como único deus que restava em Helheim, recolheu com sua vontade e manteve a salvo até o momento em que pudesse investir alguém com ele. Foi algo bem parecido com a forma como as Nornas recolheram o poder de Odin e o poder de Thor, depois que os próprios deuses se foram.

— Acho meio complicado de entender — disse Mason.

— Imagino que seja — assentiu Sigyn. — Yelena e eu conversamos, e ela me falou da profecia que as Nornas tinham entregado a seu pai. Ela me contou que havia renegado seu destino anunciado e usado o poder de sua vontade para que você nascesse menina. Foi quando eu soube que Yelena tinha poder. E eu a levei a Loki, que lhe deu ainda mais poderes. Juntas, juramos que, um dia, corrigiríamos as coisas para nossos filhos, se pudéssemos.

— Por que Loki não deu a *você* o poder original de Hel?

— Já fazia tempo demais que eu estava lá. — Sigyn deu de ombros. — Yelena ainda tinha o eco da humanidade em si. E havia *decidido* que você nasceria menina. Ela era forte o suficiente para suportar a investidura. E se tornou uma ótima deusa.

Mason sorriu para sua mãe onde ela estava, conversando com Rafe. Orgulho pela mulher que havia enfrentado tanta coisa para poder dar a Mason uma chance de derrotar o que havia sido profetizado. Ela jurou não decepcioná-la. O único problema era que não sabia como fazê-lo.

— Como vamos vencer? — Mason perguntou, e até mesmo ela conseguia ouvir a ponta de desespero em sua voz. — Tudo o que fazemos parece trazer mais perto o inevitável. Agora erguemos o Navio das Almas. Mais uma peça no tabuleiro do Ragnarök. Não é isso que meu pai quer?

— Ele quer que o jogo aconteça como ele quer, sim. Mas, para poder jogar por suas próprias regras, você vai precisar de qualquer forma colocar todas as peças no tabuleiro. Como você vai movê-las é decisão sua.

Sigyn estendeu a mão e pousou-a no ombro de Mason. Então, sem dizer mais nada, levantou-se e foi falar com a sombra cinzenta que pilotava o barco.

Mason observou-a afastando-se e então voltou a atenção para a paisagem que passava rápida. Ela não sabia onde estavam indo, e não sabia o que encontrariam quando chegassem lá. Mas de repente ocorreu-lhe que talvez devesse descobrir. Ela enfiou a mão no bolso da jaqueta e tirou o celular que roubara de Rory.

O barco ganhava velocidade à medida que o rio se alargava perceptivelmente diante deles quando Fennrys ouviu Mason dar um gemido decepcionado. Ele lançou um olhar a ela e, dizendo a Toby que voltava num instante, passou por cima dos bancos dos remadores para ir na direção da traseira do barco.

— O que aconteceu? — ele perguntou.

Mason segurava um celular na mão e, com expressão de resignação cansada, ela lhe mostrou a imagem no visor iluminado.

— O que é isso que eu estou vendo? — ele perguntou a Mason, enquanto olhava para a linha azul que serpenteava, toda contorcida, através de um campo verde e marrom e cinza. — Além de ser um mapa, quero dizer. Eu sei que é um mapa.

— Está vendo isso? — Ela apontou para o lugar onde a linha azul engrossava e se abria numa cunha estreita, fluindo para uma extensão azul mais ampla, salpicada com algumas manchas verdes e atravessada por algumas linhas retas.

— Vou supor que este é o rio onde estamos. — Fennrys tocou o mesmo local para o qual Mason havia apontado. — E aqui é onde ele termina?

— Isso.

— E este é...?

— O East River.

Fennrys franziu as sobrancelhas e em sua mente sobrepôs a imagem com o que ele conhecia de Nova York. De repente ele compreendeu a reação de Mason.

— Ah. E *este* pontinho, bem aqui, deve ser a ilha North Brother. Certo?

— Isso.

— E *esta* linha aqui, perto da margem de baixo da tela, seria a ponte Hell Gate?

— Exato — concordou Mason.

— Então lutei com o monstro marinho *aqui*... e as Nereidas de Cal nos atacaram *aqui*.

— Certo.

Ela sorriu para ele com alegria fingida.

— Que sorte a nossa! Estamos voltando bem para o meio do Triângulo das Bermudas sobrenatural da cidade de Nova York.

— É claro que estamos — disse Toby, passando por cima de um banco para juntar-se a eles.

Fennrys viu que o mestre de esgrima movia-se com dificuldade, sentando-se de forma pesada, como se suas articulações doessem. Mason estendeu a mão para ajudá-lo a equilibrar-se quando ele oscilou um pouco, e Toby a afastou irritado. Então bufou e disse:

— Desculpe-me, Mase. Estou bem. Só... ainda não tenho o balanço de marinheiro.

Fenn trocou um olhar com o velho guerreiro e viu nos olhos dele que não era só isso. Mas Toby era teimoso e orgulhoso e com certeza não admitiria não estar em forma para a batalha. Não na iminência do que talvez viesse a ser a maior batalha que ele já tivera que lutar em toda a sua longa vida. Fennrys respeitava Toby desde o momento em que o conheceu, protegendo seus alunos no ginásio de Gosforth contra o ataque de monstros. Mas sua admiração por ele duplicou naquele momento.

Mason obviamente sentia a mesma coisa. Sem qualquer comentário sobre o estado debilitado de Toby, voltou sua atenção para o celular, tocando a tela de novo.

— Estou mandando uma mensagem a Heather — disse. — Acabo de perguntar onde ela está.

Depois de uns instantes, o celular zumbiu e ela virou o aparelho para mostrar a eles a resposta de Heather. Ela dizia:

No barco do PAI de Cal. MUITO bizarro.

East River.

Eu, Cal, a Mocreia e teu mano.

O gatão que não é psicopata.

— Acho que eles saíram da escola depois de nós — disse Toby. — De alguma forma, devem ter se juntado a Douglas Muir.

— Acho que sim — Mason concordou, ainda examinando a mensagem de texto. — Tem mais...

Perto da ilha Wards, será???

Indo semear dentes de dragão. É.

Ideia de Daria. Não tô entendendo nada.

Cadê vc??

— Dentes de dragão? — perguntou Mason.

— Pelo menos Daria não vai estragar seu histórico perfeito de evocação de maldições totalmente insanas — exclamou Toby, com alegria fingida. — Porque isso seria lamentável.

— Fala sério. Dentes de *dragão*? De verdade? — perguntou Mason.

Porque, nessa altura de sua vida, isso não seria surpresa alguma.

Enquanto esperava que Toby respondesse, ela teclou:

Perto. Tbm de barco.

Indo na mesma direção.

Chegamos logo. Fique EM SEGURANÇA.

Não houve uma resposta imediata, e ela se virou de novo para Toby. Ele deu um suspiro cansado.

— No mito grego das origens dos guerreiros de Esparta, eles teriam nascido dos dentes de uma serpente gigantesca... um dragão... colocados na terra como se fossem sementes.

— Daria está reunindo um exército — disse Fennrys. — Ou *cultivando* um.

— Parece que sim — assentiu Toby.

— Mas por quê? — perguntou Mason. — Não há ninguém com quem lutar.

— Ainda.

Fennrys estava com a cara fechada.

E não vai haver, afirmou Mason para si mesma, decidida. *Não vai haver nenhuma escolha. Portanto, nenhum terceiro filho de Odin. Portanto, ninguém para liderar os* Einherjar *para fora de Asgard.*

Ela precisava encontrar o pai e dizer-lhe isso. Da forma mais incisiva possível. Ela era aquela que escolhia os mortos, e *esta* era sua escolha.

Eu não vou escolher.

Ele não poderia forçá-la.

Apocalipse evitado. Fim da história.

Impelido pelos ventos sobrenaturais, *Naglfari* estava se aproximando do lugar onde o rio Bronx se alargava e desembocava no East River. A uma ordem de Yelena, os marinheiros fantasmas de *Naglfari* dirigiram o navio para oeste, circundando uma ponta de terra e passando a norte da penitenciária da ilha Rikers. O barco navegava em silêncio, dando-lhes uma visão desimpedida da ilha North Brother à direita, da ilha South Brother à esquerda e do estreito de Hell Gate, direto à frente. No meio dos três pontos, Mason notou que a água, com sua superfície de vidro negro, parecia estar quase fervendo nas profundezas, atravessada por correntes que se contorciam e estrias refulgentes verde-limão de magia desenfreada.

Na distância, para oeste, o céu sobre Manhattan estava sombrio e furioso, iluminado por baixo pelos inúmeros incêndios com um brilho vermelho-alaranjado — inclusive o do Central Park — que ardiam por toda a cidade. Também estava cheio de helicópteros, diminutos àquela distância, como uma nuvem de mosquitos, pairando acima dos arranha-céus. Mesmo de longe, podiam ouvir o som surdo das hélices e o lamento das sirenes. Depois que o nevoeiro se dissipou, o exército tinha voltado à cidade.

Num contraste total com toda aquela atividade frenética, o pedaço de terra diretamente à frente deles — a extremidade norte da ilha Wards/Randalls — transmitia uma sensação silenciosa, deserta. Bem à frente de

Naglfari, uma grande extensão de terra havia sido transformada numa infinidade de campos de beisebol, dispostos como trevos de quatro folhas: nada além de uma enorme área de campos gramados e areais planos e descampados. Um cenário perfeito para embates esportivos amigáveis... ou batalhas nada amigáveis.

A desconcertante desolação apenas era acentuada pela silhueta branca do barco de Douglas Muir, atracado em um píer logo ao sul dos campos, com as velas recolhidas e silencioso. E, para além de tudo, o esqueleto desolado das ruínas da ponte Hell Gate. *Naglfari*, com sua quilha rasa, própria para navegar em rios e aportar em praias, não precisava de um lugar onde ancorar. Os marinheiros fantasmas simplesmente continuaram remando até que a proa de dragão subiu pela praia cascalhada na ponta leste de Randalls e o barco se deteve, metade para fora d'água.

Por um momento, tudo ficou em silêncio.

O tempo parou, equilibrando-se no fio de uma lâmina.

Mason prendeu a respiração e soube que, em algum lugar daquela ilha, seu pai fez o mesmo.

XXII

—**V**ocê deve ficar aqui – disse Cal a Heather, quando Roth saltou por cima da borda do iate para amarrá-lo ao píer.

Ele não esperou a resposta dela; saltou atrás de Roth para o deque de concreto e estendeu a mão para ajudar sua mãe a desembarcar.

Heather não tinha sequer ânimo para discutir. Não mais.

Tinha um pressentimento terrível sobre aquilo tudo. Daria havia prometido que os Guerreiros do Dragão seriam um último recurso – apenas uma medida de segurança para o caso de as coisas darem terrivelmente errado –, e até que fosse esse o caso, a bolsa cheia de dentes que carregava consigo permaneceria bem fechada. Claro, Daria era a única entre eles que sabia de antemão algo sobre o que poderiam ter de enfrentar.

Heather havia perguntado a Roth se Gwen alguma vez dera a *ele* qualquer tipo de informação sobre o possível desfecho daquela noite, e ele disse que não. Ela acreditou nele, sobretudo por causa da dor surda que lhe passou pelos olhos ao dizer isso – como se parecesse que, de algum modo, Gwen o tivesse traído por não ter dito nada –, e não o pressionou. Roth era uma ferida aberta ambulante, e Heather podia sentir os filamentos partidos dos laços de amor entre ele e a garota morta, como fios de arame farpado agitando-se em um vento terrível.

O amor, ela pensou. *É uma droga.*

Quando Roth e Cal foram com Daria fazer um reconhecimento, Heather debruçou-se no corrimão e ficou olhando enquanto se afastavam. Ela nem sequer percebeu que havia tirado da bolsa a pequena balestra até olhar para baixo e ver que a estava segurando. Suas mãos brincaram com a pequena e estranha arma, e ela de repente ficou feliz por Cal não estar ali para ver o rubor de vergonha que se espalhou por suas faces.

Ela poderia fazer aquilo. Com o projétil de chumbo que estava na bolsa, ela poderia mudar o que ele sentia por Mason Starling em seu oposto exato. Poderia fazer com que ele "des-amasse" Mason. Mas qual o preço?

"Esse aí machuca como o diabo", Valen havia dito no trem, ao lhe dar a balestra.

Era engraçado, mas houve um momento, percorrendo as ruas caóticas de Manhattan na Maserati de Cal, em que Heather pensou, por um breve instante, ter visto aquele deus que partia corações, empoleirado no carrinho virado de um vendedor de rua, tomando um cone de sorvete. Ela havia reconhecido os óculos escuros e a atitude descontraída e *supersexy*. Mas, quando olhou de novo, não havia ninguém nem perto do carrinho destruído, e Heather atribuiu aquilo a sua imaginação.

Só que... ela achou que talvez tivesse visto outros também.

Gente que não parecia exatamente com *gente*. Da mesma forma que dava para identificar turistas no meio de uma multidão, os seres que Heather havia visto na cidade às escuras, encharcada pela tempestade e sitiada por forças sobrenaturais, emitiam vibrações diferentes dos mortais comuns.

É assim que a cidade vai ser, ela pensou. *Se sobreviver, vai estar cheia de deuses e monstros, ocultos a plena vista.*

Fantásticos, dissimulados, perigosos...

Melhor que a alternativa.

Ao menos ainda haveria um mundo.

Mesmo que seja um mundo cheio de gente esquisita.

Gente esquisita como Cal. Seu ex-namorado e deus grego. Ela quase teve inveja de Roth – ele ao menos *sabia* que Gwen o amara tanto quanto ele a amava – e quase detestou Mason. Só que não era justo. Starling não havia pedido o amor insano e inabalável de Cal. Ela tampouco tinha decidido roubar propositalmente o coração de Cal. E Heather sabia que Mason nunca abusaria daquele afeto.

Quer dizer, ela jamais faria isso, pensou Heather. *Mason não é esse tipo de garota. Mas e se...*

Sua linha de pensamento foi interrompida por Douglas Muir, que pigarreou educadamente atrás dela. Sobressaltada, Heather virou-se e quase deixou cair a balestra. A mão de Douglas estendeu-se e segurou a coisa antes que desaparecesse borda afora do barco. Ele abriu os dedos e examinou a pequena arma de elegante ornamentação. Então ele olhou para Heather.

– Por que uma jovenzinha tão simpática como você está brincando com uma velharia perigosa como esta? – ele perguntou.

Apesar da voz suave, havia um tom cortante por trás das palavras.

– Achei que podia ser útil.

Heather encolheu os ombros com naturalidade, pegou de volta o arco e colocou-o no fundo de sua bolsa. Ela torceu para que o pai de Cal não lesse, em seu rosto, o tipo de utilidade em que pensara.

Especialmente a flecha dourada.

– Quer dizer, é uma arma, certo? – disse. – Pode ser que precisemos de qualquer arma que tenhamos a mão. Não é?

– Armas humanas.

Douglas encolheu os ombros.

– Coisas como essa aí não são para nós.

– O que você quer dizer com "nós"?

Heather ergueu uma sobrancelha para ele.

– Sem querer ofender, senhor Muir... mas você não é um de "nós". Não exatamente.

— Sei disso — ele suspirou. — Lembro-me como foi que descobri isso.

— Deve ter sido incrível — disse Heather.

— Foi o pior dia da minha vida.

Ela franziu as sobrancelhas para ele.

— A humanidade é preciosa, Heather.

Douglas inclinou-se para a frente, suas mãos apertavam os braços de sua cadeira e seus olhos verdes faiscavam ferozmente.

— Por qual motivo você acha que estamos lutando? A humanidade, frágil, defeituosa, ridícula. E todas as bobagens e dores que a acompanham.

Ele suspirou.

— Você talvez ache que pode resolver seus problemas do modo como um deus resolveria, com essa arma de brinquedo. E poderia. Mas tem que pensar no que iria perder nesse processo. Porque quando está jogando jogos com os deuses, a coisa mais difícil que deve fazer é preservar sua humanidade.

Ele fez a cadeira rodar um pouco para trás e olhou para além de Heather, para Daria e os rapazes, que a distância tinham o tamanho de peças de xadrez.

— Sobretudo diante da guerra e do amor. Mais ainda do que os deuses, eles podem criar o caos em sua alma. O amor mais do que a guerra. Pergunte a seu amigo que lhe deu isso aí.

— Farei isso — ela disse baixinho. — Se algum dia tiver a chance de encontrá-lo de novo.

— Espero que tenha.

Douglas sorriu.

— Espero que tenha a chance de dizer-lhe que você não precisava da ajuda dele.

O sorriso dele era tão parecido com o de Cal que fazia doer o coração dela. Mas algo nas palavras dele teve um sabor de esperança para Heather. Ela degustou essa sensação por um longo momento. Mas então o céu se abriu acima deles, e uma luz cinza-dourada derramou-se sobre a ilha, trazendo com ela os sons de gritos de batalha ao vento.

E a esperança se transformou em cinzas na boca de Heather.

Do ponto em que estava, sob a ponte Bronx Kill, no extremo norte da ilha Randalls, a pouco mais de 500 metros de onde o Navio dos Mortos tinha tocado a terra, Rory Starling baixou os binóculos de visão noturna e tentou não rir como um louco. Top Gunn não aprovava demonstrações excessivas de emoção. Rory manteve o rosto virado para longe de onde o pai estava parado, nas sombras mais profundas sob os arcos da ponte – silencioso como uma lápide e tão imóvel quanto. A única indicação de vida em Gunnar era o brilho sinuoso que se contorcia em seu olho esquerdo.

Ele não dissera uma palavra desde que as Nornas chegaram.

Ele deve estar ficando maluco, pensou Rory, *tendo que tolerar a presença delas aqui esta noite...*

Não que houvesse qualquer coisa que Gunnar pudesse fazer a esse respeito. Aquelas três doidas não iriam sair dali. Bem por cima dele, Rory podia ouvi-las e vê-las, três vultos sombrios que deslizavam como aranhas de um lado a outro pela ponte ferroviária, uivando e girando com ansiedade mal contida e explosiva. Descabeladas, de olhos alucinados e vestidas da cabeça aos pés com roupas pretas esfarrapadas, sua agitação fervilhava e espocava como as fagulhas de uma roda de fogos de artifício.

Mesmo depois de ter lido tantas vezes os trechos do diário de Top Gunn, Rory ainda não tinha muita certeza do que esperar do trio. Em termos de vestuário, não parecia que tinham mudado muito em aparência desde aqueles dias. Na verdade, parecia que a cena *punk* de Copenhague tinha agradado tanto ao senso estilístico coletivo das irmãs que elas decidiram adotar aquele visual até que o Ragnarök eclodisse.

Talvez seja só porque desta vez elas chegaram tão perto que não querem arriscar nada, pensou Rory. *Tanto faz. Não sei qual é a delas. Mas desde que fiquem fora do meu caminho...*

Gunnar tinha contado a Rory que os Starling atuais não eram a primeira geração de devotos dos Aesir a tentar concretizar aquilo. Mas Rory jurou, por sua nova mão de prata, e pela vida de sua irmã outrora morta, que seriam os últimos. Eles conseguiriam levar até o fim a missão.

Eu vou conseguir, ele pensou, quando subitamente o céu acima dele se abriu e uma luz estranha, mortiça, banhou a ilha.

Trazendo consigo os sons da uma batalha que se aproximava.

Esta é a minha deixa!

Mas então, um instante depois, ele sentiu uma pressão familiar no fundo da mente — uma espécie de fagulha cálida, um formigamento. Alguém tinha trazido uma runa dourada para a ilha. Rory já não precisava sequer vê-los para saber quando os talismãs estavam por perto. Não depois de tantos anos aprendendo os segredos das pequenas bolotas de ouro. Seu pai tinha pegado de volta aquelas que Rory roubara de seu escritório, e desde então ele sentia de forma aguda a ausência delas — como um viciado privado subitamente das drogas — e o suor brotou em sua testa agora. Ele relanceou os olhos para o pai, totalmente concentrado no navio fantasma a distância.

Então é aqui que saio do roteiro, pensou Rory, e de repente saiu correndo.

Ignorando os gritos do pai, e usando os trilhos elevados para fazer sombra a seus movimentos, Rory correu para sul e leste, seus olhos varrendo os campos esportivos, e enquanto corria removeu da mão de prata a luva de couro.

De pé na proa do Navio dos Mortos, Rafe percorria a ilha com os olhos escuros e argutos. Por fim, apontou para uma estrutura pequena e angulosa — uma ponte ferroviária elevada, parte da estrutura de trilhos que levava à ponte Hell Gate na extremidade sul da ilha.

— Lá — ele disse.

Fennrys postou-se ao lado do antigo deus, apertando os olhos na direção em que ele apontava, e viu três pequenos vultos dançando loucamente em cima das vigas da ponte. O som carregado pela mais tênue brisa. Ele ouviu as três irmãs começarem a gritar loucamente, um desconcertante uivo ululante, as vozes entremeando-se umas às outras como meadas emaranhadas de lã.

Um relâmpago brilhou diretamente sobre a ponte, fixando como o *flash* de um fotógrafo as poses extravagantes.

— As Nornas? — perguntou Fenn.

— Escandalosas... — murmurou Rafe, com os dentes entrecerrados.

Mason se juntou a eles.

— Elas estão sozinhas? — ela perguntou.

Fennrys notou que havia um rubor vivo de excitação no rosto dela.

Ele desviou a atenção para examinar o terreno. Fora a ponte, não havia muito naquela área além do velho alambrado por trás dos campos de beisebol. Do outro lado, para o sul, ele podia ver Roth, Daria e Cal caminhando devagar pelo campo. Não parecia que estivessem indo se encontrar com alguém. Então não era nenhuma reunião marcada entre as famílias de Gosforth. Bem, já era alguma coisa, ele supôs.

Fenn apontou para eles e disse:

— Não vejo ninguém mais...

— Rafe — disse Mason. — Você conhecia as Nornas. Não poderia falar com elas?

— Não sei qual seria o benefício disso.

Ela colocou a mão no braço dele.

— Antes que mais alguém chegue aqui... antes que meu pai chegue aqui... talvez pudéssemos pôr um fim nisso.

— Mase...

— Faria algum mal tentar?

— Não. Acho que não... — ele disse.

Ele olhou para Yelena e Sigyn.

Fennrys seguiu o olhar dele. As duas mulheres, fantasma e deusa, haviam se retirado para a parte de trás do barco, os capuzes puxados para cima, ao redor de seus rostos. Os fantasmas guerreiros de *Naglfari* haviam se dissolvido até quase nada, e Toby estava encolhido num banco. Parecia que para ele era um esforço até mesmo manter-se ereto sentado. Dali não sairia nenhuma ajuda se chegasse a ocorrer um confronto, pensou Fennrys.

— Podemos tentar parlamentar antes que precisemos lutar — disse, e olhando para Rafe assentiu com a cabeça, de forma relutante.

O deus encolheu os ombros e saltou com agilidade por cima da borda do barco. O efeito foi instantâneo, imprevisível e aterrorizante...

No instante em que as solas dos sapatos modernos e estilosos do antigo deus tocaram o solo, a escuridão sobre a ilha Randalls se abriu e a luz dos céus sem sol de Valhalla banhou a ilha, pálida e ofuscante ao mesmo tempo. Fennrys ouviu o trovão de pés que avançavam – uma multidão deles – vindo de algum lugar muito para trás do barco. Ele se virou e olhou por cima do ombro, para onde a ilha North Brother estava iluminada como a Times Square com uma luz sobrenatural. Quando se virou de novo, viu um braço cinzento, com músculos dessecados, de repente irromper do solo bem na frente de Rafe.

Mason gritou um alerta, mas era tarde.

Tarde demais, pensou Fennrys. *Sempre tem sido...*

Outro punho cinzento brotou do chão. *Draugr*.

Rafe tinha uma expressão de angústia ao fender o ar com uma das mãos, manifestando a lâmina esguia de cobre que usava como arma. Ele vociferou uma praga venenosa e brandiu a espada em um semicírculo, decapitando o *draugr*. Mas Fennrys viu que todo o solo por baixo dos pés de Rafe, desde o cascalho da praia até os gramados aparados dos campos de beisebol mais além, parecia contorcer-se e corcovear. Era como se o solo estivesse vivo.

Não. Morto, pensou Fennrys. *Terra Morta...*

"Estamos na Terra Morta."

De repente, ele podia ouvir a voz do *troll* que encontrara sob a ponte Hell Gate, na primeira noite depois da volta à cidade de Nova York. Na época, ele não soubera o que significava "Terra Morta", mas agora com certeza sabia. Naquele momento, Fennrys lembrou-se de outra conversa. A que ele e Maddox tiveram com Rafe ao entrarem na Biblioteca Pública de Nova York, quando ele partiu para o Reino dos Mortos, para encontrar Mason e trazê-la de volta para casa. Sobre como o terreno onde hoje se erguiam o parque Bryant e a biblioteca no passado havia sido o cemitério de milhares de corpos, seus restos mortais depositados em uma vala comum – covas não identificadas para os pobres e corpos não identifica-dos –, e como tais corpos haviam sido exumados por volta da virada do século XX e transferidos. Enterrados de novo.

Rafe não soubera onde.

Fennrys sabia.

Todos aqueles corpos, tirados de um local onde existia uma passagem para os Reinos do Além – uma passagem para Aaru, o reino perdido de Anúbis, o Senhor dos Mortos – tinham sido enterrados de novo no solo da ilha de Wards e Randalls. E, ao pisar naquela terra fúnebre, Rafe tinha acabado de reabrir a passagem.

E chamado aqueles muitos, muitos mortos de volta para uma horrenda não vida.

Fennrys entendeu tudo com o mesmo tipo de lógica clara e diabólica que o antigo deus, e ao mesmo tempo que ele. Rafe rodopiou alucinado, em seu rosto uma expressão de pânico e de terrível compreensão. Seus olhos ardiam de arrependimento enquanto ele olhava a distância. Fennrys acompanhou-lhe o olhar e viu que as três mulheres que antes giravam loucamente numa dança de guerra tinham ficado imóveis, como se fossem estátuas.

– Mason... Fennrys – Rafe os chamou. – Sinto muito! Não fui eu que armei para cima de vocês, Mase, eu juro! *Eles* armaram para mim! Desde o início...

– O que está acontecendo? – gritou Mason, agarrando o braço de Fennrys e olhando alucinada ao redor.

A réstia de luz asgardiana se espalhava detrás deles e, onde tocava a superfície do East River, a água se transformava em terra firme, estendendo-se até a costa da ilha North Brother. Quando a ponte de terra alcançou a ilha, Fennrys viu uma centelha de telhados dourados refulgentes e soube que a fissura tinha se escancarado, abrindo caminho para o Além. Até Asgard. Montanhas distantes margeavam o que parecia ser uma planície infinita, que avançava na direção deles à medida que a fissura se expandia, substituindo as águas escuras do East River com terra e grama que estremeciam com o som de pés.

Vieram como o trovão, avançando pela planície sobrenatural.

Os *Einherjar*.

O estreito de Hell Gate se transformou no previsto campo de batalha de Valgrind.

E Fennrys defrontou-se com uma escolha impossível.

Diante do barco agora encalhado, os *draugr* estavam por toda parte, erguendo-se do solo num círculo cada vez mais amplo ao redor do antigo deus egípcio. Fennrys sabia que Rafe não poderia retornar a *Naglfari*. Havia *draugr* demais em seu caminho.

— Vá! — ele gritou. — Saia daqui, Rafe! Não há nada que você possa fazer agora senão correr...

O antigo deus pareceu querer protestar, e então, ao ver que era inútil, rosnou frustrado e, num piscar de olhos, transformou-se em lobo. Havia uma fresta de cerca de meio metro na massa de monstros cinzentos que se contorciam, e ele enveredou por ela, saltando com seus quartos traseiros poderosos, escapando por centímetros das garras deles. Correu para o sul, ao longo da praia, e Fennrys torceu para que pudesse chegar ao iate de Douglas Muir e fugir antes que o rio desaparecesse totalmente e a única via de fuga se fechasse para o deus ancestral. Seu amigo... A única pessoa além de Mason que de fato acreditara em Fennrys desde o começo.

A única pessoa que lhe dera uma segunda chance...

E uma terceira...

Fennrys olhou para trás, para onde a mãe de Mason e a dele estavam de pé, imóveis como estátuas.

Elas não iam interferir. Não podiam. Haviam feito suas escolhas muito tempo antes, e agora quem deveria decidir eram aqueles que as sucediam. Ele olhou para Toby e viu um homem velho. Havia rastros de lágrimas em suas faces idosas. O guerreiro eterno que não mais podia lutar, apenas testemunhar a batalha do fim do mundo. Doía só de olhar para ele.

— Ah, meu deus — ele ouviu Mason sussurrar. — Rafe não vai conseguir...

Fenn virou-se e viu a horda de monstros de pele cinzenta tentando agarrar as pernas traseiras do lobo negro. Viu quando ele tropeçou e caiu e lutou bravamente para retroceder, apenas para ser arrastado de volta ao turbilhão de *draugr*. Os gritos e ganidos que saíam de sua garganta eram de cortar o coração e repletos de dor.

O Lobo que havia em Fennrys ganiu em solidariedade.

Ele já tinha deixado Maddox para trás, e agora teria que ficar ali e deixar que Rafe fosse tragado por uma horda de *draugr*. E isso o estava matando. Mas não havia nada que pudesse fazer. Havia prometido a Mason. Fenn virou-se e olhou para ela e pôde ver a si mesmo refletido nos olhos dela. Ele viu que seus próprios olhos reluziam azul-prateados.

Porém a magia que Loki havia entremeado a seu medalhão aguentou firme. Ele não se transformou.

Não iria se transformar...

— Está tudo bem — disse Mason, pousando a mão sobre o coração dele. — Lembre-se de que você *sempre* será Fennrys. Agora é hora de ser o Lobo.

Ele hesitou. Rafe urrou.

— Vá!

Fennrys arrancou do pescoço seu medalhão e atirou-o para Mason enquanto dava um salto para a borda do navio, pulando por cima dela e transformando-se em pleno ar. Instantaneamente sentiu sua mente transformando-se junto com o corpo. Cada instinto e cada impulso se tornaram mais claros e refinados. As emoções foram perdidas.

Para ele, não havia nada mais a não ser a luta. Matar.

Ele correu.

XXIII

Quando o céu se abriu, Roth, Daria e Cal estavam parados em meio a um campo de beisebol aparentemente tranquilo. E então o solo começou a convulsionar-se. Os três olharam ao redor confusos. Mesmo com todos os tremores ocorridos em Manhattan nos últimos dias, este parecia diferente. Então eles viram, a distância, os palácios de Valhalla com seus telhados de ouro reluzindo através da fissura para além do rio.

— Não... — murmurou Daria. — Chegamos tarde demais.

— Não pode ser! — protestou Cal. — A menos que Mason já tenha escolhido...

— Não. — Roth lançou-lhe um olhar feroz. — Mason não faria isso.

Daria o olhou como se ele tivesse ficado doido.

— Ela não tem motivo para fazer isso! — ele exclamou, estendendo um braço na direção dos campos de beisebol vazios. — Não há nenhuma batalha aqui. Ninguém para escolher. E mesmo que sejam chamados para este lugar, os *Einherjar* não vão lutar sem um terceiro filho de Odin para liderá-los.

— Então está bem claro que não temos nada a temer — disse Daria, seca.

— É, nada...

Cal apontou sombrio na direção do antigo barco *viking* com a vela negra de sombras, aportado na praia na extremidade sul da ilha. E para a multidão de vultos cinzentos que irrompiam da terra como ervas germinando em fotografias de lapso de tempo.

— Fora aqueles caras.

— *Draugr*.

O olhar de Roth endureceu.

Daria levou a mão à bolsa que pendia de seu cinto.

— Espere. — Ele a segurou pelo pulso. — O que você está fazendo?

— Gunnar é muito esperto — disse Daria. — Ou ao menos aqueles que estão manipulando os cordéis são espertos. Mesmo que impeçamos que sua irmã desempenhe o papel que foi profetizado para ela, não vai fazer diferença. Se não conseguirmos manter *aquelas* coisas — ela apontou para os *draugr* — restritas a esta ilha, então tudo estará perdido, quer Mason escolha ou não. Não vai ser o Ragnarök, mas...

— O que vai ser? — perguntou Cal.

— Pior.

Daria ergueu a mão e tocou as cicatrizes no rosto de Cal, feitas justamente por um *draugr*, naquela noite no ginásio de Gosforth, e disse:

— Se você fosse mortal, *isto* teria acabado com você.

Cal afastou a mão dela.

— Disseram-me que Fennrys fez algo para me curar naquela noite.

Daria assentiu.

— Sem a magia dele, e sem sua... fisiologia peculiar, você teria morrido. E *então* se tornaria como eles. Como essas criaturas.

— Um zumbi da tempestade?

Cal franziu as sobrancelhas.

— Chame como quiser.

Cal olhou para Roth, que encolheu os ombros, com uma expressão de perplexidade na face.

— Eu não sabia — disse Roth. — Não sabia que era isso o que acontecia.

— Parece que seu pai não lhe contou tudo — disse Daria.

— Não é de surpreender — retrucou Roth. — Eu não contei a ele que achava que ele era um lunático. Ou que eu estava na verdade trabalhando para você.

— Se eu *não* evocar os Guerreiros do Dragão agora — disse Daria —, então os *draugr* vão simplesmente matar e se multiplicar, e matar e se multiplicar, até não restar ninguém.

Ela olhou por cima do ombro, para onde eles podiam ver os contornos de um grupo de edifícios institucionais, cerca de um quilômetro e meio ao sul.

— E eles provavelmente vão começar ali... No hospital psiquiátrico da ilha Wards, que aloja inúmeros criminosos insanos e contraventores violentos e perigosos. Talvez depois sigam para a penitenciária da ilha Rikers.

Ela cravou em Roth um olhar fixo.

— Não? Você acha que essa é uma situação inaceitável? Talvez concorde então que é melhor que tracemos nossa linha de defesa na areia aqui, literalmente.

Sem esperar resposta, Daria passou por ele e se adiantou até a área do arremessador, ajoelhou-se e fez um sulco com os dedos na terra arenosa. Então despejou nele o conteúdo da bolsa de seda. Sussurrando algo em uma voz baixa e ansiosa, voltou a cobrir o sulco e, fazendo um gesto para que Cal e Roth a seguissem, disse:

— Eu recuaria se fosse vocês.

Então os Guerreiros do Dragão apareceram.

Um abismo fendeu ao meio a área do arremessador, abrindo-se o suficiente para que cinco homens, ombro a ombro, pudessem passar. Os cinco primeiros içaram-se pela abertura, vestidos com armaduras antigas de bronze — elmos com crista de crina de cavalo, placas peitorais, saias de couro com rebites de metal e sandálias e perneiras —, cada um deles portando uma espada, uma lança e um escudo do tamanho de um homem, exibindo a insígnia de uma serpente enrodilhada. Suas faces eram idênticas. Eram máquinas de matar. E formavam uma legião.

Cinquenta, cem, duzentos... eles continuavam saindo daquele fosso. Mesmo depois que as primeiras fileiras já estavam lutando com a linha de frente maltrapilha da horda *draugr*. Cal olhou para a mãe, esperando ver em seu rosto uma expressão de triunfo. Mas tudo o que viu ali, naquele momento em que ela não sabia que ele estava olhando, foi cansaço e preocupação.

Ela não acha que podemos vencer. Eles não serão suficientes.

Precisam de ajuda...

A visão de tantos guerreiros, armados e prontos para matar ou morrer, agitou algo no sangue de Cal. Algo que ele nunca teria pensado ser capaz de sentir. Sede de sangue. A febre da batalha. Talvez, ele pensou de forma distanciada, fosse parte da condição de deus, mas, o que quer que fosse, Cal não iria se negar a enfrentar. Depois de toda a dor e a frustração dos últimos dias, todo o caos e a incerteza e a fúria cega... depois de dias de medo, ele por fim se deixou ser *plenamente*.

Talvez, ao fazer isso, ele pudesse finalmente provar algo a si.

E a Mason.

Cal sentiu seus olhos faiscarem com raios quando ordenou que as águas do East River fizessem sua vontade, e um funil de água rodopiante de repente subiu aos céus, curvando-se no ar na direção dele. A água o rodeou em uma torrente circular, vestindo seus membros em uma armadura rija como aço e alongando-se no formato de um tridente em sua mão. E então ele correu para juntar-se às fileiras dos Guerreiros do Dragão de sua mãe.

Oculta, invisível por trás da névoa iridescente da magia da runa dourada, Heather estacou quando o chão diante da mãe de Cal de repente se abriu e uma procissão de sujeitos de saias e chapéus engraçados brotou. Sujeitos de saias e chapéus engraçados com aparência terrivelmente perigosa. De olhos duros, musculosos, obcecados e decididos, eles quase vibravam como cabos de alta tensão com a necessidade de causar o máximo dano ao inimigo – qualquer inimigo.

E por coincidência parece que há uma oferta especial de inimigos, bem aqui!

Aqueles caras podiam lutar o quanto quisessem, ela pensou. Nem estavam vivos – não de qualquer forma real que Heather pudesse conceber –, e ela não se importava com o que acontecesse com eles. Eram um exército de *video game*, todos iguais.

Todos exceto um.

O guerreiro que lutava com graça e elegância familiares perto da linha de frente. Aquele sem elmo e com cabelo castanho-dourado... e tridente.

– Ah, não. Cal... – Heather sussurrou e começou a correr de novo.

Esta não era a luta dele. Não podia ser.

Era a luta da mãe dele. E do pai de Mason.

E Heather simplesmente sabia que, se Cal se envolvesse, aquilo terminaria mal. Era intuição – uma sensação de serpentes imaginárias contorcendo-se em seu estômago –, mas aquela sensação rapidamente deu lugar a outra – de dedos *de verdade* envolvendo-lhe a garganta. Ela cambaleou e se deteve, e ouviu o sussurro da voz de Rory Starling.

– Oi, Palmerston, acho que você tem algo que é meu.

Ele havia aparecido bem atrás dela.

Tão rápido... e então ela se lembrou de que Rory sempre havia sido atlético. Mas ele sempre tinha sido babaca e arrogante demais para participar de esportes em equipe. Ele talvez estivesse escondido atrás de uma das poucas árvores solitárias do parque e ela devia ter passado correndo por ele, tão concentrada que estava em chegar até Cal.

– Onde diabos você acha que estava indo? – perguntou Rory. – Você ia salvar o Calzinho? Parece que ele está se saindo bem sozinho, ao menos uma vez. Provavelmente não vai durar. Esse cara não tem tutano. Ou, sabe, não vai ter depois que eu acabar com ele. Se os *draugr* não fizerem isso antes.

A voz dele era horrível, desdenhosa. Heather podia ouvi-lo, mas não podia vê-lo, e ela percebeu que, como a tocava, ele também estava invisível. Rory devia saber que ela estava com a runa dourada. Ele estava atrás dela, forçando-a a continuar andando, e o primeiro instinto dela foi recuar e escoiceá-lo o mais forte que conseguisse, torcendo para acertar algo vital. Mas foi como se ele lesse a mente dela, e os dedos em sua garganta se apertaram com uma força mais do que humana. Heather ficou paralisada.

— Hm-hm — disse Rory. — A menos que você esteja cansada de ter uma traqueia.

Ela se lembrou de Rory estar muito ferido da última vez em que o viu. O braço dele parecia ter sido quebrado para além de qualquer conserto. Aparentemente, ele tinha melhorado muito depois daquilo. Ao menos fisicamente. Ele ainda era claramente um psicopata. E acabava de ameaçar estraçalhar a garganta dela.

— Olha, eu preferiria que a gente não se materializasse de repente no meio de todos aqueles soldados — ele disse. — A coisa poderia ficar feia. Por isso, vou manter minhas mãos em você e *você* vai manter sua mão na runa dourada. Agora *ande*. Só continue andando... para lá, para aquela ponte de vigas metálicas.

Ele a cutucou com força.

— Não sei bem se meu pai se encontra num estado de espírito para ter companhia, mas, para mim, reféns são como dinheiro no banco. E se ele não precisar de você para isso, pode te entregar às Nornas para elas brincarem. Provavelmente faz séculos que elas não degustam uma bela mente saudável.

— Com certeza não, se elas andam sempre na sua companhia — retrucou Heather.

Para sua surpresa, Rory apenas riu.

— Sabe, Palmerston, sempre achei que você era mais do que só uma gostosa. Eu até achava que você era esperta. Quando você se tocou e largou aquele zé-ninguém Aristarchos, achei que talvez pudesse até haver uma chance para nós.

Heather viu-se dividida entre a vontade de rir e a de vomitar.

Mas então viu que estavam entrando na sombra da ponte Bronx Kill. Quando Rory de repente arrancou a runa dourada de sua mão e empurrou-a para a frente, ela caiu de joelhos ao chão... bem aos pés de Gunnar Starling. Um dos homens mais aterrorizantes que já conhecera.

— Desculpa eu ter sumido, pai — disse Rory. — Mas achei que ela podia ser útil.

Gunnar lançou um olhar ameaçador a seu filho pródigo, que casualmente havia guardado no bolso a runa dourada, e então virou-se para olhar Heather. Ele a encarou em silêncio por um longo tempo, e tudo que Heather pôde fazer foi devolver-lhe o olhar, incapaz de desviar os olhos, enquanto voltavam as lembranças do que o patriarca Starling havia feito da última vez em que ela o vira. Calmamente assassinando Tag Overlea com uma bolota dourada, como a que Rory acabava de tirar dela.

— Útil? — Gunnar perguntou, em um tom enganadoramente normal. — Tenho minhas dúvidas agora.

Ele se curvou diante dela e chegou a estender a mão para ajudá-la a erguer-se. Heather não tinha ideia do que fazer ou dizer, mas, quando ele falou de novo, sentiu como se estivesse se transformando em gelo por dentro.

— Mas isso não quer dizer que a senhorita Palmerston já não tenha nos ajudado imensamente. E por isso, minha querida, eu lhe devo profusos agradecimentos. Claro, nunca serei capaz de retribuir. Não depois de hoje. Agora venha, fique a meu lado, e vamos assistir aos frutos de nossos esforços combinados amadurecerem neste ramo da Árvore da Vida.

— Alguma vez você já se ouviu falando? — disse Heather, o tom trêmulo tirando a força das palavras ásperas. — Esse complexo alucinado de supervilão que você está alimentando é um pouco de exagero, não acha? E, só para constar, eu nunca ajudaria alguém como você.

— Não deliberadamente, tenho certeza.

Gunnar ignorou a provocação.

— Tive sorte por sua mãe não sentir a mesma coisa. Ela é uma mulher extraordinária. E devotada de verdade a sua deusa.

Heather sentiu um aperto desconfortável no estômago.

– Que deusa? Do que você está falando?

– A deusa romana Vênus.

Os olhos de Gunnar estavam repletos de uma satisfação horrenda diante de qualquer que fosse a expressão de Heather no momento.

– Você não sabia?

Claro que ela não sabia.

Claro que eu sabia.

Ela soubera. Sempre soubera.

Estava lá, na relação tensa e desconfortável entre os pais – a forma como podiam parecer tão apaixonados um pelo outro em um momento, e como se odiavam no instante seguinte. As fases de ódio quase sempre aconteciam depois de uma das festas particulares da mãe no jardim de inverno. Aquelas às quais o pai nunca ia.

Aquelas às quais Heather havia sido proibida de comparecer.

Festas... não, rituais, dedicados a Vênus, a deusa romana do amor.

– Acho que vou passar mal – Heather gemeu.

Claro, Vênus tivera um filho. Cupido. Um anjinho do dia de São Valentim, dia dos namorados.

Valen...

Francamente, Heather preferia a versão de aspirante a James Dean.

Ele dissera que havia estado procurando-a, mas que nunca conseguira achá-la. Aquilo devia ser coisa da mãe dela. Por um breve instante, Heather pensou que talvez a mãe estivesse tentando protegê-la.

Não. Não se o que Gunnar Starling disse fosse verdade.

– Sua mãe prometeu você à deusa dela quando você nasceu.

À deusa do amor. Então era por *isso* que ela conseguia sentir a emoção nos outros desde que era pequena. E isso fizera Heather sentir-se uma aberração durante toda a sua vida.

Obrigada, mamãe.

– E, claro, seus sentimentos pelo garoto Aristarchos sempre foram excepcionalmente fortes.

Gunnar deu um sorriso agradável, como se fosse apenas um dos professores de Heather em Gosforth, dando-lhe os parabéns por uma tarefa bem feita.

— Fortes o suficiente para que sua mãe os usasse como um conduto... para direcionar os sentimentos *dele* na direção de minha filha.

— Por que ela faria isso? — Heather perguntou, mal conseguindo articular as palavras.

— Porque eu pedi a ela.

Gunnar deu um sorriso predador.

— Posso ser muito persuasivo. E, da forma como penso, nunca é uma má ideia ter um ser semidivino devotado a nossa causa.

O olho esquerdo dele brilhou de forma estranha quando ele olhou na direção de Calum.

— Mesmo que ele não saiba que é. Ainda.

Heather sentiu uma onda de calor no rosto. Eles a haviam usado. Apenas para chegar a Cal. Ela estava coberta de razão quando disse que os pais deles eram todos desequilibrados. Todos. Não apenas Gunnar Starling, embora ele claramente fosse o pior de uma turma que era do mal.

Ele acenou com a cabeça para o campo.

— Veja agora Cal fazer sua parte...

Peças em um tabuleiro, pensou Heather. *É só isso que todos somos.*

E, agora, tudo o que ela podia fazer era ver como o jogo se desenrolava.

Ela olhou ao redor para ver onde Rory estava, mas ele não estava à vista. Enquanto Gunnar se vangloriava, seu filho tinha usado a runa dourada que tomara de Heather e havia desaparecido de novo. Ela se perguntou por um instante para onde teria ido, mas então ouviu um uivo de dor nada humano.

E ela soube exatamente onde Rory estava, e por quê.

*   *   *

Temíveis borrões de dourado e negro, debatendo-se em meio ao mar de um cinza horrendo, os dois lobos lutaram galantemente por suas vidas contra um número imenso de *draugr*. E não havia nada que Mason pudesse fazer para ajudar. Não sem manifestar a Valquíria dentro de si.

Exatamente aquilo que, naquele lugar, ela não poderia fazer em absoluto.

Ela queria gritar, frustrada, enquanto observava Rafe e Fennrys lutando para defender um ao outro contra uma multidão terrível, dois contra tantos.

Mas então, de repente, havia *mais*.

Um grito de encorajamento escapou dos lábios de Mason quando guerreiros de elmos de bronze apareceram, fileiras após fileiras, saídos do nada, penetrando no mar de monstros cinzentos, e foi como se a maré mudasse. Eles fizeram os *draugr* recuar, dando a Fenn e Rafe a chance de respirar e de reagrupar-se e lutar da forma como devia ser – como uma equipe. Quando uma abertura de repente apareceu no mar de zumbis da tempestade, o lobo negro lançou-se para diante, na direção do elegante iate branco ancorado no píer de concreto próximo. Douglas Muir havia visto Rafe e Fennrys vindo e já tinha soltado as amarras da proa. Quando Rafe saltou – passando por cima do corrimão lateral e desabando no deque, um amontoado arfante –, Douglas soltou as amarras da popa, pois Fennrys, o Lobo, vinha logo atrás dele.

Mason sentiu as esperanças renascerem.

Eles vão conseguir!, ela pensou.

E então o ar diante do grande Lobo dourado... tremeluziu.

A apenas três metros do iate, a cabeça de Fennrys de repente foi lançada para cima como se ele tivesse sido atingido por um trem invisível, e ele voou seis metros para trás no ar, o sangue jorrava de seu focinho em um arco rubro.

– Fennrys! – Mason gritou confusa e horrorizada.

Quando Rory de repente surgiu à vista, sua confusão desapareceu.

Mas não o horror.

O pavor encheu o peito de Mason, afogando a esperança que tão recentemente florescera ali. Rory foi atrás de Fennrys, o Lobo, erguendo sua reluzente mão de prata bem alto para descarregar um potente soco no flanco do Lobo. Mason quase pôde sentir as costelas dele se quebrando e gritou quando o punho metálico desceu de novo e de novo, atingindo como trovões o lobo dourado.

Ela viu a grande fera lutar para se erguer e então cair de novo. E de novo.

Ela viu a pelagem dourada manchar-se de vermelho.

E, então, *tudo* o que ela viu foi vermelho.

XXIV

névoa vermelha que se abateu sobre ela como um manto clareou tudo. Simplificou tudo. Ela era o que era. Valquíria. Seu propósito era puro.

Escolherei.

Quem?

Aquele que lutará por mim. Que morrerá por mim...

Seu olhar de longa distância examinou os combatentes em campo enquanto, atrás dela, os *Einherjar* esperavam. Prestes a alcançar o destino que lhes fora prometido, na iminência do próprio Ragnarök. Escudos e espadas, elmos e lanças rebrilhando ao sol não existente, eles estavam numa formação solta, não eram a turba indisciplinada de alucinados que ela teria esperado – embriagada com a alegria do caos iminente, a luta, as mortes...

Isso viria em breve.

Mas ainda não.

Destinados a seguirem em batalha apenas os três filhos de Odin, os *Einherjar* estavam forçados a controlar sua fúria guerreira até o momento

275

em que existisse de fato um terceiro filho. Aquele que Mason, como Valquíria, deveria escolher. Exatamente aquilo que ela havia jurado não fazer. E agora, em pleno tabuleiro do jogo de deuses que seu pai armara com tanto empenho, era só nisso que ela pensava. A visão de Fennrys ferido, ensanguentado... tão totalmente derrotado, havia destruído o autocontrole dela.

Ela nem sequer percebera que havia sacado da bainha a lança disfarçada. Mas o fizera.

E, agora, um corvo circulava por cima do elmo que cobria sua cabeça, e a cota de malha revestia seu corpo. E vingança, sede de sangue, o frenesi da batalha eram as únicas coisas que sentia. Além da peculiar e avassaladora ânsia de escolher.

Escolher...

Seu olhar de Valquíria varreu o campo.

Escolher.

Mas quem?

O Lobo.

Não.

O Lobo havia lutado com bravura, de modo selvagem, mas a chama de sua luz interna tremulava como o pavio já queimado de uma vela que passara a noite toda acesa. Ele não poderia ser o terceiro filho de Odin.

Mason voltou-se para os guerreiros da mulher eleusina. Nascidos dos dentes de dragão, com certeza haveria um dentre eles que lutasse com valentia suficiente para valer o toque de sua lança. Os olhos dela varreram fileira após fileira. Todas as faces pareciam iguais. Olhos duros, gelados, como gemas polidas encaixadas em faces de mármore esculpido, com idênticas expressões sob a aba severa de reluzentes elmos de bronze, as guardas nasais dividindo em duas suas feições, desumanizando-os. Máquinas de guerra. Eles lutavam bem, com eficiência, mas sem paixão.

Ela precisava de paixão...

Ali!

Logo atrás da linha de frente dos Guerreiros do Dragão, ela encontrou.

Cal.

Calum Aristarchos tinha paixão. O ardor da brasa que queimava no centro de seu peito perpassava-o até a flor da pele. Paixão por *ela*. Por Mason Starling. O tipo de paixão que o levaria a fazer qualquer coisa que ela exigisse dele.

Tudo estava muito claro para ela agora.

Ela precisava dele da mesma forma como ele precisava dela. Era uma tempestade de desejo perfeita, e ela estava mais do que disposta a mergulhar no coração dessa tormenta. O rugido do vento e do sangue nos ouvidos afastou qualquer outro pensamento de sua mente quando ela fez erguer-se o vento das Valquírias e, empunhando a lança de Odin acima da cabeça, subiu aos céus sobre o campo de Valgrind para conclamar seu campeão.

Mas primeiro ele teria que lutar. Por ela.

Ele teria que morrer por ela.

— Calum Aristarchos! — bradou, subindo do convés do barco para pairar sobre o campo de batalha.

Seu manto abriu-se como asas atrás de si.

— Lute por mim! Morra por mim!

A face dele voltou-se para cima e seus olhos verdes faiscaram.

— Conquiste meu amor! — ela gritou.

E sua voz ecoou pelo campo de Valgrind.

Em algum lugar dentro dele uma fechadura travada pela ferrugem de repente se estilhaçou e caiu.

E uma porta se escancarou.

Durante todos os anos em que fora um esgrimista premiado, Cal havia vencido por ser cuidadoso. Inteligente, estratégico, nunca exagerando ou se arriscando de forma tola. Aprimorara ao máximo sua técnica, estudando com atenção os oponentes. Lutava de forma elegante, precisa e desapaixonada. E na maior parte das vezes vencera.

Aquilo havia sido antes de Fennrys, o Lobo.

Antes de começar a perder tudo.

Mas pelo visto o Lobo não era o único que poderia lutar com fúria alucinada.

Quando Cal ouviu Mason chamar seu nome, seu coração respondeu com um arroubo de emoção. Ele ergueu os olhos e a viu lá, brilhando como um anjo no céu acima dele, e soube que nunca tinha visto algo tão belo nem tão terrível em toda a vida.

Morrer por ela? Era o desejo de seu coração.

Antes mesmo de fazer qualquer escolha consciente, Cal de repente viu-se na linha de frente das hostes dos Guerreiros do Dragão, uivando um grito de batalha e decepando membros dos *draugr*. Toda a paixão reprimida em sua alma imortal encontrou expressão na arma reluzente que brandia... e na forma como ela fendia por entre os inimigos.

Ele ganharia o amor de Mason Starling, mesmo que isso o matasse.

O que, claro, era a ideia principal.

— Ah, não! Não, não, não... *Droga!*

Heather assistiu horrorizada enquanto a Valquíria erguia-se do barco fantasma para os céus sobre o campo de batalha. Ela ouviu a Escolhedora dos Mortos gritar, em uma voz tempestuosa, uivando palavras que Mason Starling ficaria envergonhada de ouvir saírem de sua própria boca.

Isto é, se ela ainda fosse Mason Starling.

— Starling... *NÃO!* — gritou Heather, mesmo sabendo que a outra garota não a ouviria, empenhada como estava em distorcer ainda mais os sentimentos já confusos de Cal e atá-los em um nó de fúria assassina movida a paixão.

Ela queria gritar que tudo aquilo era uma mentira. Tudo.

Sim, ela pensou. *Cal ama Mason, mas* essa *é a maior mentira de todas!*

Assim, Heather decidiu que iria dar uma injeção da verdade em Cal. Verdade dolorosa, latejante, penetrante como uma agulha. Fora da linha de visão de Gunnar, ela enfiou a mão na bolsa que ainda tinha a tiracolo e tateou com cuidado, procurando a balestra... e o temível projétil frio e pesado de chumbo.

"Esse aí machuca como o diabo", Valen lhe dissera.

Claro que machucava. O ódio sempre o faz.

Heather se esforçou para carregar no lugar apropriado da balestra, com uma só mão, a seta de chumbo, os dedos dormentes ao toque frio do projétil. Ela provavelmente nem precisaria se preocupar em ser discreta. A atenção de Gunnar Starling voltava-se totalmente para o que acontecia no campo de batalha – para a luta épica e horrenda travada entre Rory e o Lobo que costumava ser Fennrys – e para Cal e Mason.

De canto de olho, Heather viu Roth sair do lado de Daria e atravessar correndo o campo, indo direto na direção de Cal, que estava ocupado em abrir clareiras na horda *draugr* para exibir-se diante de Mason. Roth chocou-se contra Cal por trás, arremessando-o para longe do calor da luta. Ele gritou com Cal, socando-o e implorando, tentando fazê-lo recuar e parar de lutar, sem qualquer sucesso. Tudo que conseguiu foi atrair a fúria de Cal para si, e a faca de caça que ele portava não era páreo para o tridente prateado que Cal tinha nas mãos. Em pouco tempo, Roth foi forçado a recuar. Ele cambaleou para trás, rumo à ponte Bronx Kill, e Cal o seguiu, pressionando-o com seus ataques. Foi quando Heather viu sua oportunidade. Ela tirou a balestra da bolsa.

Perto da ponte, Roth se abaixou por baixo do golpe do tridente de Cal e girou o corpo, desferindo-lhe um soco. Cal cambaleou um passo para trás e brandiu a arma em um círculo violento que deixou três linhas paralelas de sangue na frente da camiseta de Roth. Este caiu de joelhos, e Cal avançou, erguendo o tridente para um golpe fatal. Acima deles, Mason pairava no ar como um anjo negro. Seu rosto, por baixo da aba do elmo de asas de corvo, era a máscara rígida e exultante de uma deusa da batalha. Seus olhos azuis estavam incandescentes.

Ela ergueu a lança de Odin acima do ombro...

Oculta nas sombras sob a ponte, Heather levou a balestra aos lábios e, agindo por instinto, sussurrou o nome de Mason Starling para o projétil cinza. Fez a mira e puxou o gatilho. O projétil acertou Cal bem no meio do peito.

Ele urrou como um animal ferido.

Em um instante, a loucura o abandonou – Heather *viu* isso acontecer – e a expressão de angústia que passou pelas feições de Cal quando ele ergueu os olhos para o céu onde Mason pairava... terrível e bela, pronta para atacar, para escolher... A expressão dele partiu o coração de Heather. Da mesma forma como ela acabava de partir o dele.

Você o libertou, ela disse a si mesma.

Mas isso não a fez sentir-se nem um pouco melhor. Ela viu o tridente cair das mãos dele, estilhaçando-se em um milhão de lágrimas ao bater no chão. Os ombros de Cal se encolheram convulsivamente para a frente, e ele desabou de joelhos na lama do campo revolto, tremendo, escondendo o rosto entre as mãos. No céu lá em cima, a lança de Odin hesitou na mão de Mason, e a ponta da lâmina ergueu-se. Sua fúria de Valquíria transformou-se numa expressão confusa. Heather olhou para Roth, caído ao chão perto de Cal, olhando para cima, para sua irmã. O peito dele arfava ensanguentado. A maré da batalha se retirara para longe deles.

Heather deu um passo à frente...

E Gunnar Starling acertou-lhe a mandíbula com um golpe das costas da mão.

– Sua garota estúpida! – ele gritou. – O que você fez?

Ele recuou, com o punho pronto para dar-lhe um murro. Heather tentou rastejar para sair do caminho dele, e de repente Roth estava arrastando Gunnar para trás, para longe dela. E então Cal também estava ali. Ele agarrou Heather pelo pulso e a puxou para longe dos dois Starling, que estavam atracados, desferindo golpes um contra o outro, praguejando e enlouquecidos de fúria. Quando Cal colocou Heather fora de perigo, ergueu a mão dela até diante de seu próprio rosto... e fitou a balestra. Apenas a olhou, por um longo e silencioso momento. Ela podia ver em seu rosto. Ele sabia o que era.

E sabia o que ela havia feito a ele.

– Foi tudo uma mentira – ele disse, com voz débil e rouca. – Não foi?

Heather assentiu com a cabeça, incapaz de pronunciar as palavras que diriam a ele que *sim*, que tudo o que ele sentira por Mason Starling – toda a paixão excruciante, todos os momentos de felicidade quando ela sorria para ele, todas as coisas que ele havia querido com ela – tinha sido uma miragem.

Os dedos dele se crisparam sobre a pele dela, enquanto ele a segurava pelo pulso.

– Não *parecia* miragem... – ele sussurrou.

A outra mão dele foi para um ponto do peito acima do coração, onde a seta de chumbo o acertara. Devia haver uma marca ali, Heather sabia. Uma marca que talvez nunca desaparecesse.

– Por quê? – Cal lhe perguntou.

– Por que o quê? – Ela o olhou por sob os cílios, hesitante em fitá-lo nos olhos.

Cal sacudiu a cabeça cansado.

– Há outra flecha, não há?

Ela engoliu em seco e fez que sim com a cabeça.

– Por que você não a usou também?

Heather sabia o que ele queria dizer. Por que, em vez do que fizera, não tinha feito com que Cal a amasse?

– Não quero a mentira – ela sussurrou. – Por mais bonita que seja.

De forma súbita e chocante, a paixão ardente havia desaparecido. A luta se fora de repente, banida do coração daquele que ela estivera a ponto de escolher. Incerteza, pesar, arrependimento amargo... essas coisas não atraíam sua espada. Mas de repente formavam tudo o que havia no coração de Calum.

Ela não o escolheria. Não poderia.

A névoa rubra da ânsia de batalha clareou em sua mente, e seu olhar vagueou pelo campo caótico abaixo de si. Ela viu Heather e Cal – seus amigos – voltados um para o outro, as cabeças baixas sobre uma arma que Heather segurava com tanta força que os nós de seus dedos estavam brancos. E então Mason entendeu exatamente o que havia acontecido. Ela desceu lentamente até pousar diante deles, e usando sua força de vontade desejou tornar-se Mason de novo...

E nada aconteceu.

O elmo, a armadura, a lança... *nada* disso se foi. Mason continuou sendo uma Valquíria. Mas também era Mason. Houve um instante de confusão, e então ela compreendeu. Havia ido longe demais. Tornara-se Valquíria demais para *não* escolher. Não muito longe de onde estava, a batalha ainda prosseguia. Os *draugr* e os Guerreiros do Dragão combatiam sem cessar uns contra os outros, enquanto os *Einherjar* seguiam imóveis, esperando que ela escolhesse. Roth e Gunnar se digladiavam. E Rory e Fennrys se enfrentavam numa luta de morte.

A morte de Fennrys.

Com cada golpe que acertava, a mão prateada de Rory parecia brilhar mais — mesmo em meio ao sangue vermelho que cobria as juntas dos dedos. Mason não entendia. Como Lobo, deveria ser praticamente impossível matar Fennrys. Sua força era incomensurável, sua capacidade de cura era quase instantânea. Tinha sido esse, acima de tudo, o motivo pelo qual Mason implorara a Rafe que o transformasse.

Rory era apenas... Rory.

Mas ele usa essa mão feita para um deus. Essa mão feita de prata...

De repente, Mason ouviu a voz de Loki ecoando em sua cabeça. Ela recordou as palavras dele nas catacumbas sob Gosforth: *"Prata"*, ele disse, tirando os anéis de seus dedos para poder tocar em seu filho, *"Intolerável para os lobisomens"*.

Veneno para os lobos. Uma verdade que havia sido transmitida por meio de contos populares e de fadas. Matar um lobisomem com uma bala de prata. Ou um punho de prata. E então Mason percebeu algo mais. Em uma das mãos, ela portava a lança de Odin. Mas a *outra* ainda segurava firme o medalhão de Jano que Fenn lhe lançara quando estavam no barco. E ele ainda pulsava com toda a magia que Loki vertera nele, para aprisionar o Lobo dentro de seu filho.

Mason havia usado o medalhão antes — Fennrys havia lhe ensinado como fazê-lo.

Faça acontecer em sua mente, e faça acontecer no mundo...

Ela verteu toda a sua vontade e todo o seu coração no disco de ferro e enviou a magia dele na direção de Fennrys, o Lobo, implorando a Loki para que a ajudasse a ajudar seu filho.

— Por favor — ela sussurrou. — Ajude-o a encontrar o homem dentro da fera...

Porque a mão de prata de Rory estava matando o Lobo.

Porém Mason sabia que não poderia matar Fennrys.

O Tempo espiralou para fora e para além dela. Ela viu seu irmão uivar com uma gargalhada cruel e erguer bem alto o braço. Então o talismã no punho dela brilhou com uma luz sobrenatural. Ela viu os olhos do Lobo reluzirem em resposta a sua súplica.

Rory desferiu outro golpe devastador, dirigido à cabeça de Fennrys.

E Fenn agarrou-lhe o punho com a mão.

Fennrys ouviu a voz de Mason em sua mente.

"*Volte para mim*", ela sussurrou.

Querida, não posso. Estou tão cansado...

"*Por favor, Fennrys. Juntos, podemos fazer isto.*"

Mason...

"*Eu te amo.*"

Com essas palavras, ele mergulhou mais dentro de si mesmo do que jamais mergulhara. Ele encontrou a magia de seu pai — a Magia de Loki — e a agarrou com sua mente. E sentiu-a inundar de repente seu coração e seus membros, transformando-os. Mudando-o.

E acorrentando a fera dentro dele.

Para sempre.

Ele trincou os dentes e projetou a mão, agarrando o punho de prata de Rory com dedos de ferro. Em sua forma humana, a prata não era, para Fennrys, nada mais do que metal, frio e duro. Ele se pôs em pé, a sensação das costelas quebradas raspando umas nas outras era nada mais do que um ruído de fundo em sua mente naquele momento.

Sorriu para o rosto atônito, furioso, de Rory.

E então empurrou-o e o fez cair de joelhos na lama tingida de vermelho.

* * *

A respiração de Mason ficou presa na garganta.

Fennrys estava em pé e Rory estava no chão. Mas ela podia sentir, por meio do vínculo cada vez mais tênue da Magia de Loki, como Fenn estava fraco. Como estava ferido. Se Rory reagisse, ela não tinha certeza de que Fenn venceria. Ela olhou para Heather e depois para a balestra que ela ainda tinha na mão.

— Há outra seta? — perguntou.

Heather fez que sim e tirou a seta dourada de sua bolsa. Ela a colocou na balestra com movimentos ágeis e precisos e passou a arma para Mason.

— Só... fale um nome — disse, indicando a arma com a cabeça.

Mason entendeu. Tudo o que precisava fazer era dizer à balestra quem deveria fazer seu irmão amar. E seu irmão louco, violento, desequilibrado, que odiava a humanidade, finalmente saberia como era gostar de alguém. Sentir. *Amar*. Era a pior coisa que ela podia pensar em fazer a ele.

Ela ergueu a arma até os lábios.

— O *mundo*, Rory — ela sussurrou em uma voz que parecia uma sentença de tribunal. — Ame *o mundo todo*...

Então ela mirou e puxou o gatilho.

O projétil atingiu Rory no meio das costas, e a Mason pareceu que nunca havia ouvido semelhante grito de angústia em toda a sua vida. Ele caiu ao solo, contorcendo-se e chutando, os olhos revirando-se, enquanto um dilúvio avassalador de emoção desabou sobre ele, como um *tsunami*. A mente dele não havia mudado, ela sabia, apenas seu coração, e Rory cravava as unhas no peito como se preferisse arrancar o coração a ter de aguentar mais uma batida sequer. Ele urrou e urrou, enrodilhando-se de agonia, sentindo cada momento de cada coisa horrível que já fizera e sabendo, pela primeira vez, como de fato era podre até o mais profundo de seu ser.

Ele não seria capaz de ferir mais ninguém, nunca mais.

Estava terminado.

Não... não está.

Mason olhou para baixo e viu que ainda não tinha se transformado de volta ao que era. Ela não podia. Devia escolher. E enquanto não o fizesse, o mundo – aquele que ela havia acabado de fazer seu irmão amar com toda a força de seu coração doentio e pervertido – continuava em perigo. Mas, uma vez que escolhesse, esse mundo acabaria. Ela quase chorou de frustração... e então algo lhe ocorreu.

O combatente mais valente em todo o campo havia sido Fennrys, o Lobo.

E aquele com quem ele lutara tão valentemente havia sido... ele mesmo. Fennrys havia lutado com seu lobo interior... por ela. Tinha sido quem lutara por ela. Ele já havia morrido por ela... Ele merecia ser escolhido. Ser o guerreiro. E ele manteria o Lobo a distância.

O que significa...

Mason sentiu um arroubo de exultação percorrê-la quando ergueu a lança na mão, sentiu o peso do destino e a arremessou.

– NÃO! – rugiu seu pai quando a arma ancestral deixou a mão dela. – O Lobo deve permanecer o Lobo!

O que significa que não haverá Ragnarök.

A lâmina de ferro de Odin reluziu com um brilho branco enquanto voava pelos ares. Ela acertou Fennrys bem no meio do peito, inflamando--se, e então passou através dele para cravar-se no chão, deixando apenas uma marca incandescente onde penetrara. Fenn ficou parado ali, uma expressão de leve surpresa no rosto, ao pressionar a mão sobre a marca.

– Acho que já morri tantas vezes – disse, com voz rouca – que esse tipo de coisa já nem me afeta mais...

Mason sentiu uma onda de alívio fluir através dela, quando a cota de malhas e a armadura que usava se evanesceram como a neblina na brisa.

285

Ela se virou para o pai e viu o brilho dourado no olho dele tremeluzir e ficar mortiço.

— A profecia não pode ser cumprida quando o Lobo e o Guerreiro são a mesma pessoa — ela disse baixinho. — Desculpe-me, papai. Hoje não vai ter Ragnarök.

Ela se virou e olhou para as hostes dos *Einherjar*, que estavam parados, à espera, e localizou Taggert Overlea, sua jaqueta universitária substituída por couro e ferro.

— Espero que não seja uma decepção muito grande para você, Tag.

Ele encolheu os ombros e disse:

— Não, está tudo bem.

— Achei que estaria.

— Você não sabe o que fez — o pai dela urrou. — Você não...

— Sei *exatamente* o que fiz — ela disse, com a voz cortante como um chicote. — Não dá para me chamar de Escolhedora, se não posso escolher por mim mesma. Eu escolhi. Você pode aceitar. Ou não. Essa escolha é *sua*.

Uma risada soou acima deles, poderosa e musical.

Mason olhou para cima e viu Loki de pé em uma das extremidades da ponte Bronx Kill, a face repleta de alegria, e Heimdall parado na outra, de rosto fechado. Entre os dois estavam as Nornas, imóveis como estátuas, rostos pintados impassíveis.

— Melhor sorte da próxima vez, Guardião — gritou Loki para Heimdall, seu eterno inimigo. — Ou talvez não. Não se esses prodígios mortais continuarem tão audazes. Pelos deuses, eles estão cada vez mais belos. E mais divertidos!

O punho de Heimdall fechou-se ao redor do chifre que pendia de seu cinto, e o sorriso de Loki desapareceu, substituído por um esgar de advertência que fez até mesmo Mason recuar um passo.

— Volte para Asgard, Guardião — disse ele, numa voz de trovão. — Volte para seus planos e esquemas e deixe essas crianças em paz no mundo delas. Você e eu nos encontraremos de novo em outro Valgrind. E talvez *então* terminemos um com o outro. Ou na vez seguinte, ou na outra.

Ele se virou para as Nornas.

— E vão com ele, suas desequilibradas. Vou me juntar a vocês em breve, e então poderemos sentar-nos juntos e fazer um brinde a todos os nossos irmãos e às nossas irmãs que se foram e esperar pelo próximo fim do mundo!

Heimdall desviou o olhar para Mason e ela o olhou firme nos olhos.

Enquanto ele se evanescia aos poucos, junto com Loki e as Nornas, ela se perguntou se algum dia voltaria a ver o Guardião de Bifrost de novo. E então soube que ele deveria torcer para que isso nunca voltasse a acontecer.

XXV

— Ainda tenho uma dívida para com você — disse Mason quando Rafe cruzou o campo para se reunir a eles.

O antigo deus assentiu com a cabeça uma vez.

— Não esqueci.

Mason mordeu o lábio. Desejava que ele tivesse esquecido, mas sabia que não era assim que esse tipo de coisa funcionava.

— Minha vida?

— Isso serviria — ele disse, com uma relutância sombria.

— Que tal a minha no lugar dela? — disse Toby, por trás de Mason.

Ela se virou para ver o mestre de esgrima ali parado, curvado pela idade, acinzentado e debilitado.

— Toby? — Ela pousou a mão no braço dele.

Ele a ignorou, falando diretamente com o deus da morte.

— Muito mais gente nesta cidade vai seguir o caminho para os Reinos Inferiores depois de hoje.

Os olhos negros de Rafe se estreitaram.

— E você tem um barqueiro a menos.

Mason sacudiu a cabeça alarmada.

— Toby...

— Posso pilotar um barco.

— Sei disso.

A boca de Rafe se torceu em um meio sorriso.

— E tenho uma boa familiaridade com a morte.

— Sua alma vai me pertencer — Rafe disse baixinho.

Toby deu de ombros.

— Pode ficar com ela. Já a usei muito.

— Você deverá me servir sempre que eu chamar.

— Já trabalhei nesse esquema antes.

— E você vai pagar sua conta de bar em dia.

Rafe tirou uma garrafa de viagem do bolso de seu *blazer* e entregou-a ao mestre de esgrima.

Toby tomou um longo gole e Mason viu a cor voltar às suas faces flácidas e marcadas. Seus olhos mortiços criaram brilho e ele ficou mais alto. O cinza começou a sumir de sua barba.

— Tem certeza?

Ela pôs a mão no braço dele.

— Ah, sim.

Ele assentiu com a cabeça.

— É a primeira coisa de que tenho certeza em muito tempo. Além de *você*. Mason Starling, entrego-lhe minha vida e minha alma, para que você faça o que quiser.

Ela assentiu inundada por tamanha gratidão e afeição por seu treinador que mal conseguia falar. Mas engoliu o nó de choro que travava sua garganta e disse:

— E eu entrego sua vida e sua alma aos cuidados de Anúbis, Senhor dos Mortos, como pagamento total por minha dívida.

Ela viu quando os olhos de Rafe brilharam e ele sorriu.

— Ele que tome conta direitinho de você, se souber o que é bom para ele.

— Cuidarei da melhor forma, senhora.

Rafe inclinou a cabeça com elegância.

— Pode ter certeza.

— Só isso? — ela perguntou, olhando ao redor.

Fennrys ajoelhara-se sobre um joelho no solo pisoteado, e ela precisava ir até ele. Precisava segurá-lo nos braços e ter certeza de que tudo estava bem entre eles.

— Terminou?

— Terminou, sim — disse Toby. — Está acabado, Mason. Nós vencemos.

Eles de fato haviam vencido. Mason só desejava não ter perdido tanto. Mas o campo de Valgrind começou lentamente a afundar de novo no mar. Os *draugr* retornaram ao solo. E os Guerreiros do Dragão, a uma palavra daquela que os conjurara, Daria Aristarchos, marcharam de volta à fenda na Terra da qual haviam saído. Estava acabado.

Quase.

Debaixo da sombra da ponte Bronx Kill, o pai de Mason cambaleou para a frente. Estava com uma aparência tão diferente de sua aparência elegante costumeira que ela mal o reconheceu.

— Estão orgulhosos, vocês dois?

Gunnar lançou um olhar venenoso e cheio de ódio a Mason e Roth.

— Estão orgulhosos de terem me traído? De terem traído nossa família?

Roth sacudiu a cabeça, demonstrando aversão e cansaço.

— A única traição aqui é a sua — ele disse. — Sempre foi. Você sabia. Você sempre soube o que eu fiz. O que Daria me fez fazer... matar Mason. Você *permitiu*, não foi? Como pôde fazer isso com Mason? Comigo?

— Eu achei que um dia seria útil ter você em poder dela — disse Gunnar. — E foi. Você foi... ah, filho. Nós *quase* vencemos!

— Você é um cretino doente, pai — cuspiu Roth, e desviou o olhar.

Gunnar sacudiu a cabeça com violência; sua cabeleira prateada caiu-lhe esmaecida diante do rosto.

— Não! Eu apenas conheço meu lugar no universo. Meu propósito. Todas as famílias de Gosforth servem a propósitos mais elevados.

Ele deu um sorriso alucinado.

– Só porque a nossa não venceu desta vez não quer dizer que não valeu a pena lutar.

Ele avançou na direção de Roth, com as mãos fechadas em punho, mas Roth ergueu a faca de caça que segurava para mantê-lo a distância. Gunnar encostou-se à ponta da lâmina e acenou com a cabeça, sua expressão foi relaxando, tornando-se serena.

– Agora – disse. – Acabe com tudo. Acabe comigo.

Mason prendeu a respiração. O silêncio caiu, e o tempo pareceu parar. Então...

– Não.

Roth sacudiu a cabeça.

– Você pode ir para o inferno, velho. Mas encontre seu próprio caminho para lá. Já matei membros da família demais.

O coração de Mason se encheu de orgulho por Roth, enquanto ela observava a expressão impassível do pai contorcer-se numa fúria súbita e incandescente.

– Covarde! – ele urrou.

Os olhos dele ficaram sombrios e alucinados; no olho esquerdo, o filamento dourado reluzente tornou-se escarlate, e sua boca se escancarou enquanto ele lançava imprecações contra o filho mais velho. Mason mordeu o lábio para controlar o choro diante da insanidade do pai. E então, de canto de olho, ela viu o vulto escuro e encapuzado da mãe deslizando em silêncio pelo campo. Por um instante Gunnar não o percebeu, consumido como estava pela fúria. Mas então a viu. E foi como se alguém se abaixasse e tirasse a tampa de um ralo. Toda a fúria se esvaiu dele. O rosto de Gunnar perdeu a expressão. A luz ensandecida apagou-se em seus olhos, e uma pequena porção do homem que Mason havia conhecido e amado durante toda a sua vida ressurgiu.

– Yelena...? – a voz profunda de Gunnar saiu como um sussurro.

Ele deu um passo hesitante em direção à visão da esposa amada, enquanto ela empurrava para trás o capuz, expondo o rosto.

– Eu sou Hel – ela disse. – Sou o que você me tornou.

— Leve-me.

Gunnar estendeu as mãos.

— Leve-me com você!

Yelena sacudiu a cabeça com tristeza. E, naquele momento, tudo mudou em Gunnar Starling. O senso selvagem de determinação evaporou-se e uma necessidade desesperada o invadiu. A necessidade de morrer e de reunir-se ao amor de sua alma.

— E quanto a você?

Ele avançou pelo campo até onde Fennrys ainda estava agachado sobre um joelho, segurando o lado do corpo.

— Não é seu destino acabar comigo?

Mason viu os dedos de Fenn apertarem o cabo da faca longa presa a sua perna. Ela prendeu a respiração quando ele sacou a arma de sua bainha. E então os nós dos dedos dele perderam a palidez e ele atirou a lâmina ao chão.

— Como Roth disse...

Ele deu um sorriso frio.

— Você quer tanto assim um final? Faça isso você mesmo.

Então ele se colocou em pé e virou as costas para o pai de Mason, afastando-se dele, com os passos inseguros, mas a cabeça erguida.

— Não. NÃO! — gritou Gunnar, desesperado.

Ele olhou até mesmo para Daria Aristarchos, seus olhos imploravam desesperados, e Mason pensou que isto parecia o trágico último ato do mais estranho triângulo amoroso de todos os tempos se desenrolando bem na frente dela. Yelena, Daria e Gunnar Starling. As duas mulheres trocaram um longo olhar e sorrisos cheios de pesar. Ali havia até mesmo perdão – um pouco, não de todo – pelo que Daria havia feito. Ela passaria o resto de sua vida tentando se redimir daqueles atos de vingança selvagem. O resto de sua vida e mais além, suspeitava Mason, a julgar pelo olhar de sua mãe. Mas não haveria ajuda para Gunnar Starling.

Não haveria qualquer mão para empurrá-lo em seu caminho para Helheim, exceto a sua própria...

— Estarei com você de novo, meu amor — ele murmurou.

E então pegou a lâmina de Fennrys e a cravou em si mesmo, para cima, abaixo de sua caixa torácica, sem nada emitir além de um gemido abafado.

Enquanto a luz começava a desaparecer dos olhos dele, Hel murmurou:

— Não, não estará.

E, em um ato final de fria retribuição, Mason viu o que sua mãe de fato havia se tornado. No que seu pai a havia transformado. Ela acenou com a cabeça uma vez para Daria, que ergueu o rosto para o céu e fechou os olhos. Poucos momentos depois, três sombras apareceram no céu sem sol, e as Harpias despencaram lá de cima para reivindicar seu suicida.

Mason virou para o outro lado quando as três deusas caíram sobre Gunnar Starling, estendido no chão, a lâmina de Fennrys cravada em suas vísceras por sua própria mão e o brilho dourado de seu olhar lentamente se apagando.

Quando ela se virou de novo, um instante depois, ele havia partido.

— Acho que você deixou isto cair... — disse Fennrys, caminhando com dificuldade na direção de Mason e estendendo-lhe a lança de Odin.

— Sim...

Ela se esforçava para sorrir, em meio à torrente de lágrimas que jorrava de seus olhos.

— Que mão mole a minha. Obrigada...

Os dedos dela roçaram os dele quando ela segurou a haste da lança. Os olhares de ambos se encontraram, e Mason sentiu como se caísse numa lagoa profunda e fresca, oculta em uma floresta muito distante de qualquer lugar. Fennrys de repente se enrijeceu de dor. Ele estava muito pálido. Mason o envolveu com um braço e virou-se para Rafe, cujos ferimentos já estavam se curando, e não eram mais do que cicatrizes recentes que iam desaparecendo.

— O Lobo nele se foi, Mase. Mas a força lupina se foi junto — disse Rafe.

Ele colocou a mão no peito de Fennrys.

— Ele está muito ferido. Ossos quebrados, sangramento interno...

— Talvez eu possa ajudar — disse Daria, trocando um olhar com seu filho. — Um dos maiores de nossos deuses foi Apolo. O Curador. Há aqueles em minha família que ainda praticam essa magia. Farei o que puder. *Nós* faremos o que pudermos.

Rafe recuou.

– Coloque-o no barco – disse.

Cal adiantou-se e, antes que Mason tivesse uma chance de protestar, encaixou o ombro sob o braço de Fennrys e meio que o carregou na direção do iate de seu pai. Heather aproximou-se e ofereceu a mão para amparar Mason, mas após um instante esta fez que não com a cabeça e se afastou do grupo formado por seus amigos, segurando a lança de Odin.

Ela partiu a lança em duas, sobre o joelho.

EPÍLOGO

O vento frio do fim do inverno fustigou as faces e a testa de Mason e trouxe lágrimas brilhantes como diamantes a seus cílios enquanto ela percorria a pé as poucas quadras de volta ao dormitório de Gosforth, a partir do salão na Universidade de Columbia onde havia sido oferecido o banquete de premiação. O troféu de esgrima em suas mãos era pesado o suficiente para ser uma arma, e ela sorriu orgulhosa de sua conquista.

Estava mais orgulhosa ainda por tê-la alcançado sozinha.

Seu retorno ao mundo da competição havia sido difícil sem Toby ali para treiná-la – e mais difícil ainda sem Fennrys ali para... bem, para simplesmente *estar* ali –, mas ela estivera decidida a fazê-lo. A festa daquela noite fora um momento agradável, e ela estava se acostumando com a solidão. Ergueu a gola de seu sobretudo e deixou que os sons da cidade a envolvessem enquanto caminhava. Nova York já estava quase recuperada de seu entrevero com o Ragnarök. Recuperada e replantada e reconstruída. A cidade e seus habitantes haviam deixado para trás a esquisitice e o horror e, mesmo que ninguém conseguisse explicar com exatidão o que havia acontecido, haviam seguido em frente da forma como fazem os nova-iorquinos.

A Academia Gosforth havia passado por uma reestruturação administrativa discreta e profunda, com Daria Aristarchos assumindo a posição de diretora – com forte apoio do conselho estudantil – e com Roth Starling como presidente interino do conselho da escola. As aulas foram retomadas poucas semanas depois de a cidade ter sido declarada pelas autoridades como novamente segura. Nesse meio-tempo, Mason passou a maior parte de seu tempo treinando no ginásio da universidade, com Cal e Heather.

Os três não conversavam muito – pareciam não precisar disso –, mas Mason sabia que Heather havia enviado uma carta aos pais dizendo que não ia mais voltar para casa e que eles podiam colocar as coisas dela num depósito. Ela iria buscá-las depois que se formasse, talvez. Cal lhe oferecera um quarto na casa da mãe, para quando o verão voltasse, e Mason ficou feliz ao ver que os dois estavam ficando mais próximos. O fato de Heather não ter usado nele a seta de ouro, quando podia ter feito isso, pareceu abrir os olhos de Cal, pensou Mason, e talvez tivesse o mesmo resultado, só que demorando um pouco mais.

Ela estava feliz pelos amigos. E feliz por si mesma naquela noite.

A melancolia que ela vestia como um manto naqueles dias havia se atenuado um pouco.

Ainda assim. Quando chegou a seu quarto e colocou o troféu na estante, sentiu um aperto no coração. Haviam se passado mais de seis meses e nada. Nem uma palavra. Ela sabia que era porque, aonde quer que tivessem levado Fennrys, não era nenhum local onde houvesse sinal de celular. Mas era difícil. Mason suspirou e tirou o casaco, vendo seu reflexo na janela fechada e escura do quarto. Ela parecia um fantasma elegante, o cabelo preso para trás e o brilho do vestido de noite que usava dando-lhe uma qualidade etérea. Ela foi fechar as cortinas...

E algo bateu no vidro da janela.

Algo pequeno... como uma pedrinha.

A respiração ficou presa na garganta de Mason. Ela estava imaginando coisas...

Tinc.

Num piscar de olhos, ela escancarou a janela. Colocou a cabeça para fora, arquejando no frio súbito, mas não conseguiu ver nada. Tudo estava escuro e quieto... e então ele saiu das sombras sob as árvores e sorriu para ela. Aquele sorriso estranho, maravilhoso.

E Fennrys disse:

— Está pronta para o nosso encontro?

Mason abriu a boca, mas não saiu som algum.

Fennrys...

— Eu sei que você só se forma no ano que vem, e que não é exatamente um baile de formatura, mas esse vestido combina bem demais com esta orquídea.

Ele ergueu uma caixinha atada com uma fita.

— Você está... usando um *smoking*? — Mason conseguiu dizer.

— Não está bom?

— Não! Está ótimo!

O coração dela ia explodir de alegria.

— *Fantástico!* Não se mexa...

Ela saiu da janela e correu para fora do quarto, sem se incomodar em pegar casaco nem bolsa. Ela só precisava ter certeza de que ele não ia desaparecer. E ele não o fez. Estava ainda esperando quando ela correu porta afora, para os braços dele.

— Oi, querida — ele sussurrou entre os cabelos dela. — Senti sua falta.

Ela ergueu os braços e puxou a cabeça dele para baixo e o beijou.

E todo o mundo e todos os meses que haviam transcorrido simplesmente... desapareceram.

Atrás deles, Mason ouviu o ronronar rouco do motor de um carro e virou-se para ver o vulto escuro de um Bentley encostando no meio-fio. Parecia o carro que seu pai costumava usar, e ela prendeu a respiração por um instante. Mas a janela do motorista desceu e a face sorridente de Toby Fortier apareceu.

— Para onde, crianças? — ele perguntou enquanto Fennrys abria a porta e Mason subia para o banco de trás.

— Que tal um porto seguro? — disse Fennrys com uma risada.

Toby ergueu uma sobrancelha no retrovisor.

— Você pode dar o endereço?

Fennrys olhou para Mason, aconchegada junto a si.

— Leve-nos para o High Line — ele disse. — E não poupe os cavalos.

AGRADECIMENTOS

Ah, Ragnarök...

Bom, acho que, agora que esta série chega ao fim, devo agradecer, antes de tudo, à incrível e fabulosa cidade de Nova York – um lugar que venho alegremente tentando destruir desde os dias dos livros de *Wondrous Strange*. Hã, desculpa aí, NYC... Eu adoro e curto de verdade suas ruas e seus parques e edifícios e pontes, e sem você teria sido impossível escrever estas histórias. Obrigada por cada pedacinho de luminosa inspiração que você me deu.

Obrigada, mais uma vez, a Jessica Regel, minha agente, que de muito bom grado me encorajou em minha jornada para liberar monstros e caos na cidade dela. E a Tara Hart, também propiciadora do *ka-boom* místico. Vocês duas, e o pessoal fantástico tanto da JVNLA quanto da Foundry Literary + Media, são responsáveis por muita coisa.

Obrigada, também, a minha editora, Karen Chaplin, e a toda a sua diligente e criativa equipe na HarperCollins: a diretora editorial Rosemary Brosnan; Maggie Herold e Alexei Esikoff, meus editores de produção; e Cara Petrus e Heather Daugherty, minhas diagramadoras. Obrigada, ainda, a Hadley Dyer e a todo mundo da HarperCollins do Canadá, por torcerem pela destruição literária.

Minha mãe e minha maravilhosa família, como sempre, merecem todo o amor, a gratidão e as batalhas épicas que eu possa lhes oferecer e muito mais. O mesmo quanto a todos os meus amigos incríveis.

E espero que ele nunca se canse de ler este tipo de coisa, mas realmente devo o maior *ka-boom* mitológico apocalíptico de todos a meu parceiro de crimes (e ocasionalmente de ficção), John.

Como sempre, infindáveis agradecimentos a meus leitores ávidos pelo caos! Vocês são simplesmente os melhores.

Ragnarök-n-roll!

PRÓXIMOS LANÇAMENTOS

JANGADA

Para receber informações sobre os lançamentos da
Editora Jangada, basta cadastrar-se no site:
www.editorajangada.com.br

Para enviar seus comentários sobre este livro,
visite o site www.editorajangada.com.br ou mande
um e-mail para atendimento@editorajangada.com.br